AF498254

Kurt Aram

Familie Dungs

e-artnow 2018

Lou Andreas-Salomé
Das Haus - Eine Familiengeschichte vom Ende des vorigen Jahrhunderts

Julius Stinde
Die Familie Buchholz - Aus dem Leben der Hauptstadt

Ludwig Ganghofer
Der Klosterjäger (Historischer Roman aus dem 14. Jahrhundert)

Charles Dickens
Klein-Dorrit

Theodor Fontane
Die Poggenpuhls

Kurt Aram

Familie Dungs

e-artnow, 2018
Kontakt: info@e-artnow.org

ISBN 978-80-268-8645-7

Inhaltsverzeichnis

Roman

1. Kapitel

Es gab auch heute nur ein einziges gutes Hotel in der Industriestadt, trotzdem sie jetzt zu den bedeutendsten ganz Westdeutschlands gehörte, wo die Reichsbankstelle im letzten Jahr einen Umsatz von fast zwei Milliarden Mark hatte. Dies eine gute Hotel stammte noch aus der alten Zeit, da die Menschen, wenn sie nur ihr gutes Essen und Trinken bekamen, recht anspruchslos waren und an Bequemlichkeit und Geräumigkeit der Zimmer keine hohen Anforderungen stellten.

In diesem Hotel hatte Frau von Beetzow, die Gattin des neuen Regimentskommandeurs, mit ihrer jüngeren Schwester, dem Freifräulein von Karst, Quartier genommen, bis der etwas umständliche Umzug von Potsdam hierher sein Ende gefunden hätte. Oberst von Beetzow hatte zwar seine Damen darauf vorbereitet, daß sie ihre Ansprüche für die Zeit ihres Aufenthaltes im Hotel etwas zurückschrauben müßten, aber so eng und düster und wenig komfortabel hatten sie es sich doch nicht vorgestellt. Dabei bewohnten sie die beiden besten Räume des Hotels, die sogar einen gemeinsamen Balkon nach der Straße zu besaßen.

»Bist Du schon wach, Lotte?« rief Frau von Beetzow aus ihrem Zimmer.

»Meinst Du vielleicht, ich könnte noch schlafen bei dem fürchterlichen Spektakel, den die Tram da draußen macht?« lautete die Gegenfrage.

Dann war es wieder für eine Weile still in den beiden Zimmern.

»Wie spät ist es eigentlich?« fragte Lotte und gähnte.

»Neun Uhr,« sagte Frau von Beetzow.

»Meinst Du nicht, daß wir allmählich aufstehn sollten?« klang es aus dem Nebenzimmer.

»Wenn Du Mut hast, Lotte!«

Frau von Beetzow lauschte einen Augenblick, dann lächelte sie. Was war nur über die Schwester gekommen, daß sie es so eilig mit dem Aufstehen hatte, seitdem sie hier waren? Die Stadt war doch wirklich nicht sehr verlockend, und die wenigen Menschen, die sie bis jetzt kennen gelernt, eigentlich auch nicht. Dabei zeichnete sich Lotte sonst durch eine gesunde Faulheit aus.

Frau von Beetzow lauschte, und dann erhob sie sich ebenfalls.

Das erste Frühstück nahmen die Damen in Frau von Beetzows Zimmer.

»Decken wir wenigstens den Matz auf,« sagte Lotte, als sie ins Zimmer trat, und entfernte das Tuch von dem Käfig, in dem ein Kanarienvogel saß. Das Tierchen reckte sich, ruckte mit dem Kopf eifrig hin und her und begann laut in den Tag hinein zu singen.

»Jetzt haben wir wenigstens eine angenehme Morgenmusik,« meinte Lotte und ließ sich neben der Schwester am Frühstückstisch nieder.

»Die Verpflegung ist wirklich gut, alles was recht ist,« sagte Lotte.

»Aber ich habe ja noch gar keinen Einwand erhoben, und Du bist schon wieder beim Verteidigen.« Frau von Beetzow musterte die Schwester eingehend.

»Habe ich vielleicht etwas an mir, das nicht kleinstädtisch genug ist, Ise?«

»Das wage ich nicht zu beurteilen, dazu kenne ich diese Stadt noch viel zu wenig. Dir scheint sie übrigens ganz gut zu gefallen, Lotte? Du bist immer guter Dinge!«

»Bin ich das sonst vielleicht nicht?«

»So doch nicht immer!«

»Ich bin eben eine gute Schwester, und da Du so schwer gegen dies Nest anstehst, bemühe ich mich, es Dir so angenehm wie nur möglich zu machen.«

»Lauter pure Güte?« Frau von Beetzow drohte mit dem Finger.

»Was denn sonst? Nun ja, es hebt meine gute Laune wesentlich, daß ich wenigstens nicht sehr lange hierzubleiben brauche.«

Ise seufzte. »Schrecklich, daß Georg annehmen mußte.«

»Es wird ja nicht ewig dauern,« tröstete Lotte.

»Das wäre auch noch schöner!« meinte Frau von Beetzow entsetzt.

Die Schwestern erhoben sich, öffneten die Balkontür und traten hinaus.

»Der erste Punkt unseres Tagesprogramms: Luftschöpfen!« lachte Frau von Beetzow.

»Das ist auch sehr wichtig,« meinte Lotte weise.

Das Hotel lag zu Anfang einer Straße, die so schmal war, daß nicht zwei Wagen aneinander vorbei konnten. Mit der einen Seite grenzte es an eine andere Straße, die wenigstens so breit war, daß die Elektrische, wenn auch langsam, hindurchkam.

»Es regnet wenigstens nicht,« meinte Frau von Beetzow erleichtert. »Aber trotzdem riecht es nach Kohle.«

»Grade wie bei Großpapa, wenn der Wind auf den Schornstein drückte,« sagte Lotte.

»Es berührt Dich also sozusagen heimatlich?«

Lotte nickte. Die Schwester schüttelte den Kopf.

»Jetzt weiß ich auch, wem das Haus dort drüben gehört, über das wir uns schon so amüsiert haben,« erklärte Lotte. »Es gehört Frau Anton Dungs senior.«

»Mein Gott, wenn schon!«

»Du scheinst nicht zu wissen, was das heißt, Ise?«

»Weißt Du es denn?«

»Frau Anton Dungs senior ist die Mutter von Anton Dungs junior.«

»Was Du nicht sagst, sieh mal an.«

»Und Anton Dungs junior ist...« Sie suchte nach Worten.

»Was ist er denn?«

»Der reichste und mächtigste Mann dieser Stadt.«

»Ist das sehr viel, Kind?«

»So vielleicht eine halbe Milliarde, Ise.«

Ise lachte wie über einen guten Witz. »So viel Geld gibt es ja gar nicht.«

»Hier schon, Ise.«

»Herr Anton Dungs junior wäre also so etwas wie ein wandelnder Juliusturm. Wie alt ist denn der Mann wohl?«

»Fünfzig, Ise.«

»Und immer noch Junior?«

»Das bleibt er, auch wenn er hundert Jahre alt ist.«

»Zu drollig ist das bei diesen Kaufleuten. Aber woher weißt Du das alles so genau?«

»Euer Bursche ist doch hier zu Hause.«

»Aber Lotte!«

»Ich bin doch nicht die Frau Oberst, ich kann mich doch mit ihm unterhalten.«

»Und da hat er Dir das alles aufgebunden?«

»Ich glaube, Ise, lügen tun die Leute hier nicht, außer wenn es aus geschäftlichen Gründen unbedingt nötig ist. Sie machen einen so ehrlichen und geraden Eindruck.«

»Mein Gott, Kind, wie Du redest!«

Lotte fuhr fort: »Frau Dungs senior soll eine sehr scharmante alte Dame sein.«

»Am Ende wird sie mit uns verkehren?« fragte Frau Ise halb neugierig, halb erschrocken.

»Ich glaube nicht, daß sie mag,« antwortete Lotte.

Frau Ise lachte. »Du bist köstlich, Lotte. Mein Gott, wie soll ich ohne Deinen Humor hier fertig werden!«

»Ich spreche ganz ernsthaft, Ise. Hier kommandieren Frau Anton Dungs senior und Herr Anton Dungs junior, sowie Herr Hugo Momm senior und Herr Hugo Momm junior, aber nicht Dein Mann.«

»Hör' auf! Diese unmöglichen Namen!«

Um die Ecke bog in die schmale Straße ein junger eleganter Herr im Zylinder, blickte nach dem Balkon, stutzte, wollte den Hut lüften, unterließ es dann aber doch und eilte hastig zu dem Haus, in dem Frau Anton Dungs senior wohnte.

Frau von Beetzow sah ihm unwillkürlich nach und wandte sich dann zu ihrer Schwester. »Du kennst den Herrn?«

»Flüchtig.«

»Wenn Du ihn kennst, hätte er doch grüßen müssen?«

»Das hätte er wohl auch getan, wenn er gewußt hätte, ob es mir recht sei.«

Frau von Beetzow wurde ernst und wollte etwas sagen, doch Lotte kam ihr zuvor.

»Ich weiß schon, was Du sagen willst, aber tu' mir den Gefallen und warte noch damit.«

»Lotte, was geht da vor?« sagte Ise leise und erschreckt. »Wer ist der Herr?«

»Du sahst doch, wohin er ging?« wich Lotte einer direkten Antwort aus.

»Am Ende gar Herr Anton Dungs junior?«

Lotte lachte. »Sah er vielleicht so aus, als wäre er fünfzig Jahre alt? Nein, Ise, das war Herr Alfred Dungs.«

»Wer ist denn das nun wieder?«

»Das ist ein Sohn von Anton Dungs junior.«

»Der hat schon so erwachsene Söhne?«

»Du glaubst, scheint's, immer noch, junior das hätte etwas mit Jugend zu tun?«

»Und woher kennst Du den Herrn?«

»Ich traf ihn bei unserer ältesten Schwester, Frau Oberst.«

»Bei Dengerns, die so exklusiv sind?« entfuhr es Ise.

Lotte biß sich auf die Lippen, dann erwiderte sie: »Eben deshalb verkehren sie auch mit Alfred Dungs.«

»Lotte, ich bitte Dich, hast Du ... hast Du ein *Tendre* für den Herrn?«

Lotte lächelte. »Ein wenig, wenn Du nichts dagegen hast.«

»Und er?« fragte Frau von Beetzow hastig.

»Nicht wenig,« meinte Lotte lächelnd.

»Und das erfahre ich jetzt erst, und das geht hinter meinem Rücken vor?«

Lotte reckte sich und sagte ruhig: »Es geht gar nichts hinter Deinem Rücken vor, es geht überhaupt nichts vor, wenn ich den Ausdruck schon gebrauchen soll.«

Ise legte einen Arm um Lottes Taille und flüsterte: »Würdest Du ihn heiraten?«

Lotte nickte.

»Mein Gott, wenn das Papa erfährt!« Frau von Beetzow blickte die Schwester angstvoll an.

Um Lottes Mund legte sich ein herber Zug, während sie antwortete: »Es liegt gar kein Grund vor, Papa jetzt schon zu beunruhigen.«

Ise blickte die Schwester fragend an.

Lotte wurde blaß, als sie sagte: »Es gibt ja noch andere Schwierigkeiten auf der Welt als Papa.«

»Ich verstehe Dich nicht, Lotte.«

»Er hat ja auch einen Papa!«

Das klang so bitter, daß Ise unwillkürlich sagte:

»Macht er Schwierigkeiten?«

»Das wird er wohl, Ise.«

»Ja, was bilden sich denn diese Leute ein?« rief Ise ganz empört.

Lotte zuckte die Achseln.

»Sie könnten doch froh sein...«

Lotte legte ihrer Schwester bittend die Hand auf den Mund. Da schwieg sie.

Auch Lotte schwieg eine Weile, dann sagte sie: »Damit kein falscher Verdacht bei Dir entsteht, muß ich Dir noch sagen, daß ich mich gefreut habe, als ich hörte, Ihr seid hierher versetzt, und daß ich natürlich auch deshalb gleich mit Dir hierher reiste, weil mich diese Gegend jetzt ... interessiert. Aber um mehr handelt es sich nicht, und auch Herr Alfred Dungs wußte nicht, daß ich hier bin. Deshalb war er wohl auch ein wenig verblüfft und wußte nicht gleich, wie er sich zu benehmen hatte, als wir so plötzlich vor ihm auf dem Balkon standen.«

»Aber Du hattest es doch wohl auch deshalb so eilig, jeden Morgen auf den Balkon zu kommen?«

Lotte lächelte wieder. »Wenn der Zufall schon so merkwürdig spielt und mich in diese Stadt führt, so dachte ich, muß man diesen günstigen Zufall unterstützen, soweit es in meinen schwachen Kräften steht.«

»Aber, Lotte, schämst Du Dich denn gar nicht? Was für ein Benehmen!«

Die beiden Damen kehrten in das Zimmer zurück, und Ise deckte wieder ein Tuch über den Käfig, in dem der Kanarienvogel immer noch munter und guter Dinge darauf los sang. »Ich kann das jetzt nicht hören!« sagte sie erregt.

Lotte schlang die Arme um ihre Schwester und geleitete sie zu dem Sofa, auf dem sich beide niederließen. »Du brauchst Dich gar nicht aufzuregen, Ise, es ist wirklich nicht nötig.«

»Aber, Kind, wie soll denn das nun werden? Wenn ich an Papa denke und an die Leute dort drüben ... Wie ist denn das alles nur möglich? Das kann ja nie und nimmer gut werden!«

Lotte sah ihrer Schwester groß ins Gesicht. Dann wandte sie sich ab.

»Bist Du mir böse?« fragte Ise leise.

Lotte schüttelte verneinend den Kopf.

»Für Georg ist das doch auch nicht angenehm,« meinte Ise zaghaft.

Wieder reckte sich Lotte und sah die Schwester kampfbereit an.

»Wir sagen ihm wohl am besten gar nichts,« lenkte Ise ein.

»Das ist auch gar nicht nötig,« erwiderte Lotte ruhig.

»Wie schrecklich selbständig Du bist,« meinte Ise vorwurfsvoll.

Lotte musterte die ältere Schwester, die zart und schlank war, um einen Kopf fast kleiner als sie, die Jüngste und Kräftigste der Familie von Karst.

»Für Dich sind wir viel zu früh von zu Hause fortgegangen, und daß die Mutter so jung starb, war für Dich das größte Unglück,« klagte Ise.

»Nun wollen wir einmal vernünftig miteinander reden,« schlug Lotte vor, »da ich mich Dir gegenüber nun doch verraten habe.«

Lotte erzählte, wie sie Alfred Dungs zufällig bei Dengerns in Berlin getroffen habe. Er sei ihr gleich aufgefallen. Zunächst, weil Bürgerliche selten bei Dengerns verkehrten, am wenigsten so intim. Dann aber auch um seiner selbst willen. Seine sichere, ruhige Art habe ihr von vornherein imponiert, und daß er so gar nichts von einem Hofmacher an sich hatte. Sie seien bald in ein längeres Gespräch gekommen, da es sich herausgestellt habe, daß er ebenfalls das Land sehr liebe. Er habe ihr von seinem Gut im Westen erzählt, und so seien sie schon gleich gut Freund miteinander geworden. Sie hätten sich dann häufiger bei Dengerns gesehen, hie und da auch einmal im Theater getroffen.

»Habt Ihr Euch denn ausgesprochen?« fragte Ise. »Ich meine nicht über das Landleben, sondern ...«

Lotte unterbrach die Schwester. »Er erzählte mir einmal sehr ausführlich von zu Hause, das heißt eigentlich nur von seinem Vater, nicht von seiner Mutter. Mit ihr muß irgend etwas nicht in Ordnung sein, ein dunkler Punkt oder so ...«

»Ein dunkler Punkt auch noch!« seufzte Ise.

»Ich weiß darüber nichts Näheres, jedenfalls ist sein Vater ein Tyrann und hat seine besonderen Absichten mit seinen drei Söhnen.«

»Da ist er wohl der Aelteste und soll das Geschäft übernehmen?« fragte Ise.

»Wie Du das sagst: das Geschäft ... Nein, er ist nicht der Aelteste, sondern der zweite.«

»Also nicht einmal der Aelteste!« klagte Ise.

»Der Aelteste, der Anton heißt ...

»Schon wieder ein Anton? Das ist ja fürchterlich, da kennt sich ja kein Mensch mehr aus!«

»Der Aelteste heißt immer Anton. Der Jüngste heißt,« Lotte zögerte einen Augenblick, dann sagte sie: »er heißt Adam.«

Ise fuhr auf. »Wirklich Adam? Adam Dungs? Ich finde, das hört sich beinahe unpassend an.«

»Paradiesisch meinst Du?«

»Einfach unpassend. Stelle Dir vor: mein Schwager Adam Dungs ... ich bitte Dich, Lotte! Und warum fängt bei all den Leuten der Vorname immer mit A an? Kannst Du mir das erklären?«

Lotte machte ein spitzbübisches Gesicht. »Vielleicht ist es wegen der Wäsche.«

»Wie meinst Du?«

»Ich meine, es ist doch am einfachsten für alle Familienmitglieder, alles mit A. D. zu zeichnen. Billiger ist es sicher auch.«

Ise schüttelte den Kopf. »Bei Momms heißen sie wahrscheinlich alle Hugo, Hermann, Herbert und so.«

»Und wie heißt die alte Frau Dungs mit Vornamen?«

»Das weiß ich nicht, Ise, das spielt hier keine Rolle, sie heißt einfach Frau Anton Dungs senior.«

»Was diese Leute für Sitten haben!« Ise seufzte immer tiefer.

Nun kam Lotte wieder auf ihr ursprüngliches Thema zurück. Wie sie den Eindruck gewonnen habe, Herr Anton Dungs junior müsse ein böser Tyrann sein, der nur seinen Willen gelten lasse und niemand anders neben sich anerkenne. Darüber habe Alfred Dungs ganz ausführlich mit ihr gesprochen, und gewiß nicht ohne Absicht.

»Welches war denn seine Absicht?« fragte Ise.

»Bist Du Dir darüber nicht im klaren?«

Frau von Beetzow verneinte.

»Ich bin mir durchaus im klaren darüber.«

»Kind, Du setzt Dir da allerhand in den Kopf,« meinte die ältere Schwester nun ernstlich besorgt.

»Ich liebe ihn,« sagte die jüngere Schwester ruhig und einfach.

Ise wollte etwas einwenden, aber sie unterließ es, als sie nun ihre Schwester ansah, die sich erhob und langsam wieder zum Balkon schritt. Sie trat aber nicht hinaus, sondern blieb im Zimmer an der Türe stehn, das Gesicht von ihrer Schwester abgewandt.

Eigensinnig war die Kleine, wie sie in der Familie hieß, obwohl sie die Längste war, immer gewesen; und verwöhnt wurde sie natürlich auch. Erst von den beiden älteren Schwestern, und als diese aus dem Hause waren, von Vater und Bruder. Da war es ihr wohl auch nie schwergefallen, ihren Willen durchzusetzen, wenn ihr daran lag. Aber jetzt? Wie konnte das Kind nur auf einen solchen Gedanken kommen! Dabei schienen sich die beiden nicht einmal richtig ausgesprochen zu haben. Und nun reiste sie dem Menschen gar noch hierher nach! Wenigstens mußte er das doch wohl so auffassen. Er wußte ja sicherlich gar nicht, daß der neue Regimentskommandeur Lottes Schwager war, und daß es sich ganz natürlich machte, wenn es auch auf den ersten Blick nicht so aussah, daß Lotte mitkam, der älteren Schwester beim Umzug behilflich zu sein. Wenn doch Thea irgendeine Andeutung gemacht hätte. Ganz gewiß hätte sie Lotte dann nicht mit hierher genommen.

»Hat denn Thea gar nichts gemerkt?« fragte Ise aus ihrem Gedankengang heraus.

»Die Gräfin Dengern? Die hat Wichtigeres zu tun.«

Andererseits ist es vielleicht sehr gut, daß sie sich noch nicht richtig ausgesprochen haben, dachte Ise. Man kann die Angelegenheit dann noch ohne Aufsehen wieder in Ordnung bringen. Das Kind wird diese unmögliche Episode bald vergessen und darüber lachen.

Frau von Beetzow erhob sich, ihr war um vieles leichter zumute, und sie meinte: »Wir wollen Georg entgegen gehen, wenn es Dir recht ist?«

Lotte nickte, und die beiden Damen machten sich zum Ausgang fertig.

»Weshalb lächelst Du eigentlich, Ise?«

»Ich finde, Ihr seid recht aus der Art geschlagen, Du und Thea. Sie hat sich mit einem baltischen Grafen verheiratet, Du offenbarst eine noch merkwürdigere Schwäche. Ich bin die einzige, die den normalen Weg einer Pommernfrau geht.«

»Dabei siehst Du viel weniger Pommersch aus als wir beiden anderen.«

Sie traten aus dem Haustor. In demselben Augenblick aber griff Lotte hastig nach dem Arm ihrer Schwester und zog sie mit sich in das Haustor zurück.

»Was hast Du denn?« fragte Ise ärgerlich.

»Dort geht er!« sagte Lotte mit großen Augen und blickte wie gebannt einem untersetzten Herrn nach, der mit kurzen geschäftigen Schritten vorwärts eilte.

»Wer denn eigentlich?«

»Herr Anton Dungs junior,« erwiderte Lotte voll Schrecken.

Frau von Beetzow blickte dem Herrn nun auch interessiert nach und meinte dann, fast ein wenig enttäuscht: »Nach dem, was Du sagtest, hätte ich ihn mir fürchterlicher vorgestellt.«

»Es steht niemand auf dem Rücken geschrieben, wie er ist,« sagte Lotte und wollte nach rechts abbiegen.

Aber Ise hielt sie zurück: »Sag’ mal, wohnt denn alles, was Dungs heißt, in dem kleinen Häuschen? Das muß ja schrecklich sein!«

»Nein, da wohnt nur die Mutter. Aber sie ist krank, wie Euer Bursche mir sagte, und ich nehme an, da wollen sie sich nach ihrem Befinden erkundigen.«

»Frau Anton Dungs senior ist nicht ganz wohl, so so!« sagte Ise ein wenig spöttisch.

»Nach dem, was Euer Bursche sagte, muß ich folgern, das ist hier ein ähnliches Ereignis, als wenn wo anders eine Fürstin sich nicht wohl fühlt.«

»Kind, glaube mir, Du siehst die Dinge mit etwas gar zu … gar zu verliebten Augen. Nächstens machst Du mir weis, daß Bulletins ausgegeben werden, wenn Frau Anton Dungs senior krank ist.«

Lotte wollte sich wieder nach rechts wenden, denn so gelangte man am schnellsten zur Kaserne. Aber Ise hielt sie wieder zurück und fragte: »Woher weißt Du denn, daß es Anton Dungs junior war?«

»Ich fühlte es gleich!«

»Geh’, ein Pommernmädel, das an Ahnungen leidet!«

Lotte erwiderte lächelnd: »Auch kenne ich eine Photographie von ihm. Er sieht ihr lächerlich ähnlich.«

»Also hat er wenigstens einen guten Photographen,« meinte Frau von Beetzow, nahm den Arm ihrer Schwester und wandte sich nach links.

»Aber das ist doch gar nicht der Weg nach der Kaserne, Ise!«

»Ich möchte erst noch einmal an dem Stammhaus der Dungs vorbei, Kind. Das interessiert mich jetzt wirklich.«

Langsam schritten sie vorüber, sahen sich an und lächelten beide. Es war ein ganz einfaches einstöckiges Gebäude, das im ersten Stock sieben Fenster zählte, während das Parterre nur vier Fenster hatte. Den Raum der fehlenden drei nahm das Portal ein, zu dem eine kleine Freitreppe mit wenigen Stufen führte. Rechts und links an der Treppe standen zwei Löwen in Lebensgröße und fletschten die Zähne. Ihre gewaltigen Gestalten vor dem bescheidenen bürgerlichen Hause wirkten wirklich recht komisch. Noch seltsamer aber wirkte es, daß offenbar vor nicht allzu langer Zeit an das kleine, bescheidene Haus ein Wintergarten angebaut war, dessen Dimensionen das Haus erdrückten. Die Front des Wintergartens zierten dorische Säulen; und zwischen je zwei Säulen thronte auf einem Sockel eine antike Statue. Da waren Apollo und Diana, Minerva und Mars, Venus und der Zeus von Otrikoli, sowie der Faunkopf des Sokrates und die heroische Maske des Sophokles.

»Sie muß wirklich eine originelle Frau sein,« flüsterte Ise, als sie mit Lotte kehrtmachte, um nun zur Kaserne zu gehen.

»Eine hochoriginelle Frau,« erwiderte Lotte und erzählte von Frau Anton Dungs senior, wie sie hier inmitten all der Kohlen und des Rußes ein begeistertes Herz für alles Schöne habe und vor allem im stillen für Maler, Schauspieler und Dichter außerordentlich viel Gutes tue.

»Weißt Du das auch von unserem Burschen?« fragte Ise scherzend.

»Alfred Dungs hat es mir erzählt,« erwiderte Lotte mit ruhiger Selbstverständlichkeit.

Und wieder stieg eine große Angst und Sorge in Frau von Beetzow auf. Wie schade wäre es um sie, wie sehr schade, dachte sie und musterte die Schwester verstohlen, die so frank und frei und stolz ihr zur Seite schritt. Sie allein ist eigentlich wirklich schön von uns dreien, dachte Ise im Weiterschreiten. Thea ist zu mondain geworden, zu sehr Modedame, und ich?«

»Sag’ mal, Lotte, wie findest Du mich heute eigentlich?«

Die jüngere Schwester prüfte die ältere ganz ernsthaft, dann glitt ein leichtes Lächeln über ihr Gesicht, sie beugte sich zu dem Ohr der Schwester, küßte es und flüsterte: »Reizend!«

Das kam so enthusiastisch heraus, daß Ise fast rot geworden wäre, aber jedenfalls sehr zufrieden war.

»Siehst Du, hier wohnt Hugo Momm,« sagte Lotte. »Fast genau so wie Anton Dungs. Nur der Wintergarten und die Büsten fehlen. Und siehst Du, über dem Portal stehen in Gold die Initialen H. M. Genau so, wie bei dem andern Haus die Initialen A. D.«

Ise nickte.

»Dort das, das ist das Geschäftshaus der Reedereigesellschaft. Nun kommen wir zum Wohn- und Sterbehaus von Matthias Terjung, der hier auch einmal ein großer Mann war. Er starb aber kinderlos.«

»Woher weißt Du denn das alles?« fragte Ise entsetzt.

»Ich habe mir einen Führer gekauft und das Gelände studiert, Frau Oberst.«

Georg von Beetzow winkte schon von weitem mit der Reitgerte, als er die Damen kommen sah. Er schritt ihnen eilig entgegen und schien sehr guter Dinge zu sein. Frau Ise stieg eine leise, leichte Röte in das Gesicht vor Freude darüber, so daß sie wie ein junges Mädchen aussah, so rosig und ein ganz klein wenig verlegen.

»Wirklich famose Leute hier, ausgezeichnetes Material!« sagte der Oberst voller Befriedigung. »Fast ein bißchen zu fix. Aber es sitzt doch, was man ihnen sagt, ohne daß man es ihnen erst einbleuen muß.«

Ise schob leise den Arm in den ihres Mannes, und die drei schlenderten nun gemächlich der Wohnung zu, die Beetzows gemietet hatten.

»Uebrigens habe ich gestern abend im Bürgerkasino eine Menge interessanter Leute kennen gelernt, von denen man ja schon manchmal in der Zeitung las. Ich stellte mir diese Krösusse offengestanden weniger sympathisch vor. Ich dachte mir, es werden heraufgekommene Großtuer sein, die sich entsprechend benehmen. Dabei sind es ganz einfache, traitable Leute, denen man gar nichts Besonderes ansieht.«

»Wer war denn alles da?« fragte Lotte leise.

»Eine ganze Masse Menschen, die ganze Hautevolee: zwei Momms, zwei Dungs, ein Zehres, ein Fabrikant Müschenborn, und wie die Leute alle heißen.«

»Zu komische Namen,« meinte Ise.

»Wenn man aus Potsdam kommt, klingt das allerdings zunächst recht merkwürdig. Aber wir leben jetzt nun einmal hier, und da ist es am zweckmäßigsten, sich schleunigst an diese neuen Menschen zu gewöhnen. Zuerst war mir die Unterhaltung, in die ich hineinhorchte, ganz unverständlich. Es war nur von Kuxen, Aktien, Reedereien und Schiffen die Rede. Aber bald kam ich dann zu einem ganz menschlichen Gespräch. Der eine will mich sogar schon heute besuchen. Ich habe ihn ins Hotel gebeten, denn mit der Wohnung ist es ja noch nichts Rechtes.«

»Wer ist denn das?« fragte Ise.

»Anton Dungs junior, ich glaube, der größte von ihnen allen,« antwortete der Oberst.

»Will er etwas Besonderes?« fragte Ise hastig und konnte nur mühsam ihren Schreck verbergen.

»Daß ich nicht wüßte. Aber irgend etwas wird er ja wohl damit bezwecken. Vielleicht ist es auch nur eine Höflichkeit. Aber das ist mir dann doch wieder nicht recht wahrscheinlich.«

Sie waren an dem kleinen Haus angekommen, das Beetzows gemietet hatten, und schritten durch den freundlichen Vorgarten zur Haustür.

»Na, Lotte, Du bist ja ganz verstummt?« fragte Beetzow verwundert, denn das paßte gar nicht zu der sonstigen Art seiner Schwägerin.

»Sie hat Kopfschmerzen,« sagte Ise und zog die Schwester schnell über die Schwelle ins Haus; und da einer der Möbelwagen an diesem Morgen angekommen war und schon seit einer Weile entladen wurde, gab es für die beiden Schwestern so mancherlei anzuordnen, daß das Gespräch nicht wieder auf Anton Dungs oder auf Lottes Kopfschmerzen kam.

Das war namentlich Ise angenehm, denn sie konnte sich gar nicht vor ihrem Mann verstellen und wollte es doch unter allen Umständen vermeiden, daß ihr Mann an ihrer Unsicherheit irgend etwas merke und dann mit Fragen in sie dringe. Sie würde ihm dann schließlich ja doch alles sagen; und wenn man darüber ausführlich sprechen mußte, dann wurde die Sache doch erst wirklich peinlich, die bisher hoffentlich nichts weiter war als eine eigensinnige Narrheit der Kleinen, über die man am besten schweigend hinwegging.

Aber während Ise Befehle erteilte, wie die großen Möbel verteilt werden sollten, kehrten ihre Gedanken doch immer wieder zu Lottes Narrheit zurück, wie sie es jetzt vor sich selber nannte. Wenn nun Anton Dungs junior Lottes wegen den Besuch bei Georg machte? Aber nein, sie vergaß immer wieder, daß der Kaufmann ja gar nicht wissen konnte, Lotte sei Georgs Schwägerin. Aber hatte Alfred Dungs sie nicht beide vorhin auf dem Balkon gesehen? Und vielleicht hatte ihm Lotte einmal von den Schwestern erzählt? Am einfachsten wäre es, sie schickte Lotte noch heute wieder nach Berlin oder am besten gleich nach Hause zu Papa. Aber das ging auch nicht gut, wo sie doch mitten im Umzug war, um dessentwillen die Schwester mit hierher gereist war. Eigentlich gar nicht hübsch von Lotte, daß sie so getan hatte, als läge ihr nur daran, der Schwester behilflich zu sein, und dann stellte es sich heraus, daß sie ein ganz anderer Grund hierher zog.

Frau Ise fuhr auf, denn Georg fragte sie schon zum zweitenmal, wie der Flügel denn eigentlich gestellt werden solle.

»Ach so, ja, ich denke, gerade hierhin, siehst Du: so. Da fällt das Licht sehr gut und hell von links.«

»Hast Du auch Kopfschmerzen, Ise?« fragte Georg.

»Ich? Nein, nicht im mindesten.«

»Du bist so zerstreut. Oder ist es Dir so unbehaglich in der neuen Umgebung?«

Ise verneinte und nahm sich fortan mit aller Gewalt zusammen; und da Lotte im unteren Stockwerk hantierte, während sie im ersten Stock tätig war, wurde sie an die »Narrheit« erst wieder erinnert, als es zwölf Uhr schlug und die Arbeiter Mittag machten.

Der Oberst geleitete seine Damen zum Hotel und wollte dann noch einen Sprung in die Kaserne tun. Vor halb eins würde Herr Dungs doch wohl schwerlich erscheinen, also hatte der Oberst gerade noch Zeit. Und wenn er doch früher kam, so konnten ihn ja einstweilen die Damen in Empfang nehmen.

Der Wirt näherte sich den dreien und teilte dem Oberst mit, Herr Dungs habe telephonieren lassen, er werde um eins vorsprechen können, und wenn der Herr Oberst um eins zu Tisch ginge, wie Herr Dungs annähme, so würde Herr Dungs auch gleich einen Bissen essen, wenn der Herr Oberst nichts dagegen hätten.

»Also schön,« sagte der Oberst mit einem leisen Lächeln, und der Wirt entfernte sich wieder.

»Die Wichtigkeit!« meinte Ise und rümpfte die Nase.

»Er hält mich, wie es scheint, für einen Junggesellen, oder er glaubt, ich sei noch allein hier. Aber wenn es Euch nicht unangenehm ist, kann er ja mit uns essen?« Der Oberst sah auf seine Damen, die schwiegen. »Oder ist es Euch unangenehm?« fragte er verwundert.

»Nein, Georg, unangenehm ist es mir nicht, wenn es Dir nur nicht unangenehm ist.«

Der Oberst lachte. »Mir ist es, sozusagen, schnuppe!«

»Also schön, dann werden wir noch ein bißchen Toilette machen für Herrn Dungs junior, den wandelnden Juliusturm,« sagte Ise spöttisch, und der Oberst empfahl sich.

Punkt eins begaben sich die drei in den Speisesaal, da Herr Dungs noch auf sich warten ließ. Die Damen waren bisher noch nicht in diesem Saal gewesen, da man auf dem Zimmer gespeist hatte. Das ging heute, wo Herr Dungs erscheinen wollte, natürlich nicht.

»Nein, wie komisch!« sagte Ise, als sie in den Saal traten, und hatte Mühe, nicht laut zu lachen. Mitten durch den Saal, der ganzen Länge nach, lies die Tafel, an deren einem Ende ein Häuflein Menschen saß, die schon eifrig mit dem Löffel hantierten. Dann zeigte die Tafel eine ziemlich weite leere Strecke, wo niemand saß, und dann traf man auf einen großen Trupp Herren, rechts und links, die sich eifrig unterhielten.

Während der Oberst seine Damen zu einem kleinen Tisch am Fenster geleitete, wo für sie gedeckt war, und den Gruß zweier Hauptleute erwiderte, die an der großen Tafel saßen, erklärte er seinen Damen die für sie so merkwürdige Situation. »Der kleine Trupp gleich bei der Tür, das sind Reisende, die in Geschäften hier sind, meist in den Nachbarstädten übernachten, aber hier gerne zu Mittag essen, weil das Essen des Hotels berühmt ist. Der leere Raum zwischen ihnen und den anderen markiert die gesellschaftliche Distanz, die zwischen den Reisenden und den anderen Herrschaften besteht, die hier regelmäßig ihr Mittagbrot einnehmen: höhere Beamte, die Junggesellen sind, einige Offiziere und dergleichen. Zuoberst sitzt der Oberbürgermeister, dann kommt der Hauptmann Goebel und so weiter. Genau der Rangordnung nach.«

Ise lachte in sich hinein. Sie fand das Bild zu drollig und machte ihre Bemerkungen darüber. Lotte aber verhielt sich stumm. Sie war zu sehr mit mancherlei Gedanken über Anton Dungs junior beschäftigt. War es wirklich nur ein Zufall, daß er hierher kam, oder hatte sein Sohn etwas über sie laut werden lassen, was dem Vater Veranlassung gab, den Oberst heute aufzusuchen?

»Nun könnte er aber wirklich kommen,« meinte Ise geärgert, »sonst wird uns noch die Suppe kalt, und anstandshalber müssen wir doch auf ihn warten.«

In demselben Augenblick sahen die drei nach der Tür, und zwar einfach deshalb, weil es alle anderen auch taten und es für einen Augenblick ganz still wurde in dem Saal.

Der untersetzte Herr dort an der Tür, das war Anton Dungs junior. Ise kannte ihn ja schon. Er sah sich hastig um, schritt dann mit eiligen Schritten durch den halben Saal, hier und da einen Gruß erwidernd, erblickte den Obersten und stutzte. Für einen Augenblick sah sein Gesicht wie hilflos drein, und es schien fast, als wolle er wieder umkehren. Aber der Oberst hatte sich schon erhoben und ging Herrn Dungs entgegen. Eine leichte Röte trat in Herrn Dungs Gesicht, und Ise merkte, wie es ihrem Mann einige Ueberredung kostete, bis Herr Dungs sich mit ihm dem kleinen Tisch näherte.

Der Oberst stellte vor, und Herr Dungs nahm Platz. Er hatte in der Tat nicht gewußt, daß der Oberst verheiratet war, und es berührte ihn augenscheinlich peinlich, daß er da sozusagen in eine Familienmahlzeit hineingefallen war. Er entschuldigte sich deshalb wiederholt und tat das so eifrig, indem er zugleich auf seinen Sekretär schalt, der ihn nicht ausreichend informiert habe, daß es nun direkt wie eine Unhöflichkeit gegen die Damen wirkte. Plötzlich schien er das selbst zu empfinden, und wieder bekam sein Gesicht für einen Augenblick einen hilflosen, fast kindlichen Ausdruck.

Ise atmete auf, indem sie dachte: jedenfalls weiß er von Lotte nichts.

Auch Lotte wurde es leichter, indem sie dachte: einen gar so gefährlichen Eindruck macht er wirklich nicht.

Für die Herren an der langen Tafel war es augenscheinlich eine Sensation, daß Anton Dungs junior heute hier aß, denn man sah immer wieder nach dem kleinen Tisch, die Reisenden am oberen Ende der Tafel tuschelten, und einige reckten gewaltig die Hälse, um sich Herrn Dungs ja recht genau zu betrachten.

Der Kellner servierte die Suppe an dem kleinen Tisch, an dem man sich nun bemühte, Konversation zu machen. Aber das war leichter gesagt als getan, standen sich doch zwei fremde Welten gegenüber, die eigentlich gar keine Berührungspunkte hatten. Wovon sollten sich der Oberst und der Kaufmann unterhalten, ohne mehr als allgemeine Redensarten zu machen? Wie sollten sich Ise und Lotte an der Unterhaltung mit Herrn Dungs beteiligen? Es waren ja weder gemeinsame Bekannte noch gemeinsame Interessen da.

Also begann Frau Ise vom Wetter zu sprechen und fragte, ob es hier das ganze Jahr über so arg nach Kohlen rieche.

Herr Dungs lächelte und meinte, das sei jetzt noch gar nichts, das käme noch ganz anders, wenn erst der Sommer da sei und die Sonne über der Stadt brüte. Ihm persönlich sei dann offengestanden am wohlsten, er wünsche sich gar keine bessere Luft. Mit den Damen sei es freilich etwas anderes. Sie klagten immer sehr, daß es hier mit den hellen Kleidern kein gutes Durchkommen habe. Nun, dann müßten die Damen eben noch häufiger die Kleider wechseln, und das sei ihnen zumeist wohl gar nicht unangenehm.

Nette Aussichten, dachte Ise und blickte vorwurfsvoll auf ihren Mann, daß er hierher gegangen. Der Oberst kannte diesen Gesichtsausdruck, wußte, was er zu bedeuten hatte, und so griff er jetzt in das Gespräch ein. Er erkundigte sich nach Art und Charakter der einheimischen Bevölkerung, worüber Herr Dungs doch gewiß Bescheid wußte.

Da bekam Herr Dungs mit eins auch schon ein ganz anderes Gesicht und erzählte. Sogar die beiden Damen folgten seinem Gespräch sehr bald mit großem Interesse. Was er sagte, hatte Hand und Fuß. Es floß alles aus einer so urgesunden und klaren Beobachtungsgabe, die sich nichts weismachen ließ und sich selbst mit größter Selbstverständlichkeit zum Ausgangspunkt aller Wahrnehmungen machte. Und da er sich über die eigene Person nichts vorlog, hatte er auch ein sehr klares Urteil über seine Umgebung. Dabei redete er nie abstrakt, sondern immer sehr anschaulich und mit Hilfe von Beispielen, und zwar sprach er in einem trockenen, ein wenig satirisch gefärbten Ton.

Die Schwestern sahen sich an, und beide dachten: das ist offenbar in der Tat ein grundgescheiter Mensch. Und während Herr Dungs weiter erzählte, musterte Lotte ihn ein wenig genauer. Eine untersetzte, kräftige und sehr bewegliche Gestalt. Schlichtes, blondes Haar, das an den Schläfen fast weiß war. Ein kräftiger, kurzgeschnittener Schnurrbart, dazu ein spärlicher, ebenfalls ganz kurz gehaltener blonder Vollbart. Eine massige Stirn, in die von der scharf abgesetzten und sehr energischen Nase eine tiefe Furche hoch hinauf stieg. Die großen graublauen Augen traten stark heraus. Lotte dachte, gar kein hübsches Gesicht, nicht eine Spur von Aehnlichkeit mit Alfred Dungs, und nun wandte sie sich plötzlich ab und fühlte, wie ihr die Röte in die Wangen stieg, so unvermittelt und scharf und schnell hatten sich die beiden graublauen Augen in ihr Gesicht gebohrt, um im nächsten Augenblick schon wieder mit einem liebenswürdig-jovialen Ausdruck sich dem Oberst zuzuwenden. Lotte klopfte das Herz, denn in diesem Augenblick war es ihr, als könne man sich wirklich vor diesem Manne fürchten. So hatte er sie angesehen.

Dem Oberst war bei der klaren und gescheiten Auseinandersetzung ganz warm geworden, und er sprach nun von dem Eindruck, den er von seinen Leuten in der Kaserne gewonnen habe in diesen Tagen. Er war sichtlich bemüht, seine Anschauungen möglichst denen des Herrn Dungs anzupassen.

Ise langweilte sich, denn nun hatte das Gespräch für sie mit einem Male kein Interesse mehr.

Lotte beobachtete wieder Herrn Dungs, dessen an sich schon bewegliche Glieder unruhiger wurden. Merkwürdig, er saß eigentlich ganz still am Tisch wie andere Leute auch, und doch wurde man den Eindruck nicht los, als ob nur die Kleider, die er trug, so ruhig wären, während der Mensch selbst in allen Gelenken federte. Die Hände waren unausgesetzt in Bewegung, ohne daß Herr Dungs gestikulierte, die Füße hielten keinen Augenblick Ruhe und die Augen auch nicht. Jetzt hatten sie ein ganz listiges und verschlagenes Aussehen. Aber im nächsten Augenblick war dieser Ausdruck schon wieder verschwunden. Nun kehrte er wieder, und gleichzeitig wurden die Hände noch beweglicher, die Finger griffen hin und her, und das Handgelenk vibrierte. Was hat er nur, was will er? dachte Lotte und fühlte sich beunruhigt, ohne zu wissen, weshalb.

Der Oberst kam zufällig auf den Exerzierplatz zu sprechen, und in demselben Augenblick saß Herr Dungs plötzlich ganz unbeweglich da, und die graublauen Augen traten noch ein wenig mehr und starr hervor.

Der Oberst kam auf etwas anderes zu sprechen, und nun wurde Herr Dungs wieder unruhig und nervös. Lotte ließ kein Auge von ihm. Er warf ihr zwei-, dreimal einen flüchtigen Blick zu, als störe sie ihn. Er schien sich dessen aber kaum bewußt zu sein, so sehr war er augenscheinlich in einen ganz bestimmten Gedanken vertieft.

Der Oberst sprach wieder vom Exerzierplatz, und wieder ward alles an Herrn Dungs ruhig und unbeweglich. Fast sieht er jetzt wie ein Raubtier aus, das springen will, schoß es Lotte durch den Kopf.

Der Oberst kam auf ein anderes Thema, sprach eine ganze Weile, und nun fing Anton Dungs von dem Exerzierplatz an.

Ise wurde ungeduldig und wandte sich mit der Frage an Herrn Dungs, ob die Umgebung der Stadt denn auch so rußig sei.

Anton Dungs schwieg einen Augenblick, wie um sich zu sammeln, und dann fragte er mit dem liebenswürdigsten Gesicht von der Welt und voller Verwunderung, ob die Frau Oberst denn die Umgebung noch gar nicht kenne, die doch weithin berühmt sei. Ise verneinte, und Herr Dungs behauptete, dann sei es höchste Zeit für die Frau Oberst, diese berühmte Umgegend kennen zu lernen. Vielleicht versöhne sie das in etwas mit dem Kohlenstaub in der Stadt. Herr Dungs stellte für den Nachmittag gleich ein Automobil zur Verfügung. Er selbst könne den Damen die Umgegend nicht zeigen, da er geschäftlich verhindert sei, aber seinem Sohn Alfred, dem Berliner, wie er ihn nannte, würde es ein Vergnügen sein. Ehe der Oberst und seine Damen noch etwas einwenden konnten, hatte Herr Dungs schon einen Kellner zum Telephon geschickt und den Wagen bestellt.

Ise machte Einwendungen. So sei ihre Frage natürlich nicht gemeint gewesen, denn ihr gefiel es gar nicht, wie dieser fremde Mensch plötzlich einfach über sie und ihren Nachmittag verfügte. Aber Herr Dungs sagte, es sei doch ganz selbstverständlich, daß sie sich so bald wie möglich, zumal es gerade einmal nicht regne, die Umgegend ansähen, und im Auto ginge es am schnellsten und bequemsten. Wollte man nicht direkt unhöflich sein, konnte man sein Anerbieten nicht gut ablehnen. Eigentlich lag ja auch kein triftiger Grund zu einer solchen Ablehnung vor, aber Ise war nun einmal ärgerlich über Herrn Dungs und seine Art und brauchte einige Zeit, bis sie sich damit abgefunden hatte.

Beim Nachtisch kam Herr Dungs wieder auf den Exerzierplatz zu sprechen und meinte so beiläufig, es interessiere ihn ein wenig, daß also wirklich ein neuer Exerzierplatz gekauft werden solle, der alte liege wirklich ein bißchen sehr nahe der Stadt und beginne deren Entwicklung im Wege zu stehen.

Lotte horchte auf. Hatte Alfred Dungs nicht zufällig einmal bemerkt, daß das Stammwerk seines Vaters beim Exerzierplatz läge und in seiner weiteren Entwicklung dadurch gehemmt würde? O, sie hatte ein gutes Gedächtnis für alles, was sie mit Alfred Dungs gesprochen hatte. Nun glaubte sie, ganz genau zu wissen, weshalb sich Anton Dungs junior heute zu Tisch hier eingefunden hatte. Er wollte einfach erfahren, wann ein neuer Exerzierplatz angelegt würde, um als erster bei einem eventuellen Verkauf des alten bei der Hand zu sein. Das war alles. Und da er nun darüber informiert zu sein schien, interessierte ihn die ganze Gesellschaft augenscheinlich nicht mehr. Wenigstens bekam sein Gesicht jetzt etwas Ungeduldiges und Unaufmerksames, und die Hand fuhr einige Male nach der Weste, als wolle sie die Uhr herausziehen.

Ise erzählte von Potsdam und Berlin. Vielleicht ärgerte das Herrn Dungs, den sie jetzt gar nicht mochte. Als sie im Gespräch den Namen Dengern fallen ließ, horchte Anton Dungs einen Augenblick auf, und Ise setzte gleich hinzu, daß die Gräfin Dengern eine Schwester sei, die älteste von ihnen. Anton Dungs sagte, sein Berliner habe ebenfalls bei einer Familie dieses Namens verkehrt, es sei am Ende dieselbe. Das bejahte Ise.

»Dann kennen Sie meinen Berliner wohl schon?« fragte Herr Dungs.

Lotte erklärte, ihn bei Dengerns einige Male gesehen zu haben, und wieder traf sie ein schneller, scharfer Blick aus den graublauen Augen für einen kurzen Augenblick. Diesmal kam es Lotte so vor, als sei er auch voller Mißtrauen.

Ise sprach weiter, aber es stellte sich ganz unvermittelt eine unbehagliche, drückende Stimmung ein, die sich auch der Sprecherin mitteilte, so daß sie bald abbrach.

Man rührte mit dem Löffel in der Mokkatasse, und auch den Obersten überkam ein ungemütliches Gefühl, das er sich gar nicht erklären konnte. Er versuchte es mit einem neuen Gespräch, das aber bald wieder langsam versickerte.

Herr Dungs sprang plötzlich hastig auf, entschuldigte sich, die Herrschaften so lange in Anspruch genommen zu haben. Er stockte einen Augenblick, und wieder bekam sein Gesicht einen hilflosen, fast kindlichen Ausdruck. Er machte eine etwas ungelenke Verbeugung und verschwand.

»Tyrann!« murmelte Ise.

Der Oberst lachte. »Natürlich, Du bist nicht gut auf ihn zu sprechen, Dir gefallen seine Manieren nicht. Besonders galant ist er ja in der Tat nicht.«

»Wie kann er gleich auf uns beide Beschlag legen für den Nachmittag!« sagte Ise empört.

»Aber ich bitte Dich, das war doch keinesfalls böse gemeint,« beschwichtigte der Oberst. »Und weshalb sollt Ihr heute nachmittag nicht eine hübsche Spazierfahrt machen? Das wird Euch nach der Arbeit heute morgen doch gewiß eine ganz angenehme Erholung sein.«

»Ich mag aber nicht diesem Herrn Dungs eine Erholung verdanken,« erklärte Ise eigensinnig, wozu Lotte lächelte, denn Ise war es gewiß nur unangenehm, mit Herrn Alfred Dungs zusammen zu treffen, das war der wahre Grund ihrer Mißstimmung. Man erhob sich, der Oberst sichtlich verstimmt über die Art seiner Frau. An der Tür stieß man auf Alfred Dungs, der mit dem Auto schon zur Stelle war. Da der Oberst ihn von gestern abend her schon kannte und auch Lotte ihm sofort als einem guten Freund die Hand reichte, mußte Ise sich darein finden, gleich zum Auto geführt zu werden.

»Vermutlich hätten die Damen lieber erst eine kleine Siesta gehalten,« meinte Alfred Dungs. »Daran hat mein Vater natürlich nicht gedacht.«

Um keinen Preis hätte Ise das jetzt zugegeben, und so stieg sie gleich in das Auto. Die beiden Damen nahmen im Fond Platz, und der Oberst verabschiedete sich, da er nun wieder zur Kaserne müsse. Anton Dungs ließ sich auf dem Rücksitz nieder, und man fuhr ab.

»Jetzt fahren wir also zunächst zum Stadtwald, dem besonderen Stolz unserer Stadt,« erklärte Alfred Dungs.

»Ist der Wald denn hier eine Rarität?« fragte Ise, immer noch ein wenig unzufrieden.

Alfred Dungs erklärte, weshalb ein solcher Wald heutzutage für diese Gegend in der Tat etwas Wertvolles sei, und das Auto sauste einen Hügel hinauf. Dann ging es wieder bergab, ein neuer Hügel wurde genommen, und man befand sich am Stadtwald.

»Könnten wir nicht ein bißchen zu Fuß gehen? Es ist so hübsch hier,« meinte Lotte, und da Ise einverstanden war, stieg man aus und schritt auf einen schmalen Pfad zu, den gewaltige Buchen im ersten Frühlingsgrün umstanden. Der Chauffeur fuhr, ohne daß ihm eine Weisung gegeben wurde, auf der Chaussee weiter.

»Sie haben ja dem Chauffeur kein Wort gesagt. Woher weiß er denn, wann und wo wir ihn wieder brauchen?« fragte Ise verwundert.

Alfred lächelte dünn. »Das ist deshalb nicht nötig, gnädige Frau, weil wir jedem Besuch, an dem uns liegt, ungefähr dasselbe zeigen. Das weiß der Chauffeur schon auswendig. Es ist seit vielen Jahren die Tour für unsere Gäste, die nur je nach der Jahreszeit einige kleine Variationen hat. Wären wir zum Beispiel jetzt, wo es Frühling ist, nicht hier ausgestiegen, ich glaube, der Chauffeur hätte alle Fassung verloren.«

Man kam tiefer in den schönen Frühlingswald.

Alfred Dungs ließ sich dadurch nicht stören, sondern fuhr mit leichtem Spott fort: »Wenn Sie wollen, ist auch diese Fahrt in die Umgegend eine Geschäftstour, die mein Vater jedem auferlegt, mit dem er zu tun hat. Vormittags wird im Kontor verhandelt, und ist das Geschäft gut und perfekt, folgt diese Nachmittagstour. Für gewöhnlich liegt einem von uns Brüdern die Begleitung ob. Es muß schon etwas ganz Besonderes sein, wenn mein Vater mitfährt, zumal ihm das moderne Auto in der Seele zuwider ist.«

»Wohin man hört, Geschäft. Selbst hier unter den schönen Buchen,« meinte Ise.

»Man gewöhnt sich auch daran, gnädige Frau.«

»Sehen Sie nur, dieser prachtvolle Reitweg,« rief Lotte enthusiastisch.

»Ihn hat die Stadt eigens für den Geheimrat Hofmann anlegen lassen,« erklärte Alfred. Und da die beiden Damen ihn fragend anblickten, fuhr er fort: »Geheimrat Hofmann wohnte nämlich früher in Mülheim. Bei dem letzten großen Bergarbeiterstreik ging nicht alles so, wie er es wollte, und da zog er wütend von Mülheim fort hierher.«

»Und da baut die Stadt ihm gleich einen eigenen Reitweg?« fragte Lotte.

»Er ist ein leidenschaftlicher Reiter, Baronesse, und dieser Reitweg ist gleichsam das Band, durch das man ihn an unsere Stadt fesselt.«

»Ist denn das so wichtig?« fragte Ise.

Wieder lächelte Alfred ironisch. »Und ob das wichtig ist, gnädige Frau. Jetzt versteuert er doch hier sein Privatvermögen und nicht mehr in Mülheim. Das ist für die Stadt keine Bagatelle.«

»Geschäft!« meinte Lotte nicht ohne leise Bitterkeit.

Man gelangte zu einer kleinen Wiese, an deren Rand ein Komplex kleiner Häuser lag.

»Hier wohnt die Dienerschaft von Geheimrat Hofmann,« erklärte Alfred. »Seine Villa, Villa Eris hat er sie zur Erinnerung an den Streik und alle Streitigkeiten getauft, liegt noch eine Viertelstunde tiefer im Wald.«

Sie wanderten weiter und näherten sich der »Villa Eris«, die ganz versteckt in einem verwilderten Garten lag, der von einer hohen Mauer umgeben war.

»Den Lärm und die Menschen scheint der Mann nicht sonderlich zu lieben,« sagte Lotte.

»Lärm und die Menschen hat er ja den ganzen Tag über bei der Arbeit. Will er sich wirklich erholen, darf er von beiden nichts merken.«

»Entweder arbeitet er also zu viel, oder er ist ein Menschenfeind,« sagte Ise.

»Er arbeitet zu viel, gnädige Frau. Das tun überhaupt alle hier.«

»Und wozu?« warf Lotte ein.

»Um möglichst viel Geld zu verdienen, Baronesse.«

»Man kann es doch nicht essen!« rief Ise.

»Aber man erwirbt Macht damit, das ist es!« sagte Alfred. »Sie leiden hier alle am Machthunger und wissen deshalb nichts von Genuß.«

»Ihnen ist es vielleicht der Genuß aller Genüsse?« fragte Lotte.

»Es muß wohl so sein, denn sonst wäre das alles gar zu närrisch,« erwiderte Alfred.

Sie umschritten die »Villa Eris« und gelangten bald wieder zur Chaussee, wo der Chauffeur schon wartete. Tiefer ging es in den Wald hinein, bis sich in einer Lichtung ein schöner, schloßähnlicher Bau erhob, vor dem der Chauffeur hielt.

»Wollen wir einen Augenblick hineingehen?« fragte Alfred.

»Geht denn das?« meinte Ise.

»Es geht schon,« erwiderte Alfred lächelnd, »das habe ich mir nämlich bauen lassen, und im Herbst werde ich wohl einziehen.«

Still und ein wenig bedrückt folgten die Damen ihrem Führer in das Innere des schloßartigen Hauses. Sie müssen hier schon unmenschlich viel Geld haben, dachte Lotte und wurde immer stiller.

Alfred zeigte ihnen die Räume, die er zu bewohnen gedachte. Alles außerordentlich geschmackvoll und modern. Als sie in den zweiten Stock gelangten, rief Ise: »Das sieht hier ja fast wie ein Hotel aus!«

»Soll es sozusagen auch sein, gnädige Frau. Sehen Sie, immer ein Wohn- und ein Schlafzimmer mit Bad daran. Es ist für die Gäste. Ich habe meinem Vater schon längst in den Ohren gelegen, daß wir besser für sie sorgen müssen. Unser altes Hotel in der Stadt ist ja, was Verpflegung angeht, gewiß gut, aber mit dem Komfort ist es schlecht bestellt. Nun hat mein Vater zwar einen großen Kasten gekauft, in dem er wohnt und zu Repräsentationszwecken auch Leute empfängt. Aber er verträgt keine fremden Menschen über Nacht unter seinem Dach. Eine Marotte von ihm. Deshalb habe ich das hier so eingerichtet.«

Man setzte sich wieder in das Auto, es ging bergab, das Auto raste, bis Alfred Dungs dem Chauffeur etwas zurief. Der Chauffeur bremste mit aller Gewalt und bog in einer scharfen Kurve nach Süden ein, und nun befanden sie sich plötzlich am Ausgange eines langen Wiesentals, das rechts und links von hübschen Bergen umstanden war, durch dessen Mitte sich ein lieblicher Fluß behaglich schlängelte.

»Das ist wirklich reizend,« sagte Ise und erhob sich. Auch Lotte stand auf.

»Das gehört nicht zur Geschäftstour,« sagte Alfred Dungs, »aber ich dachte mir, es würde Ihnen gefallen. Am liebsten hätte ich mich hier angebaut. Aber es geht leider nicht, da unser so harmlos aussehendes Flüßchen bei Hochwasser ganz gefährlich werden kann und das ganze Tal überflutet.«

Langsam fuhren sie ein Stück flußaufwärts durch das idyllische Tal, das märchenhaft still und menschenleer dalag. Nur hie und da am Abhang eines Berges lag einsam ein Bauernhof, aus dessen Schornstein bläulicher Rauch kräuselte. Vor fünfzig Jahren hatte es in der ganzen Gegend nicht viel anders ausgesehen, erklärte Alfred Dungs. Dann hatte sich die schwere Industrie hier niedergelassen, und unter ihren eisernen, rußigen Füßen war alles, was idyllisch, friedlich und bäuerlich war, verschwunden.

»Wie schade,« sagte Lotte unwillkürlich. Auch Alfred Dungs seufzte ein wenig. Dann lud er die Damen zu einer Tasse Kaffee im »Kurhaus« ein. »Das haben wir nämlich auch hier, wenn die Stadt auch gar nicht danach aussieht.«

Nun, das Kurhaus war ein hübscher freundlicher Bau, ganz in hellen Farben gehalten mit einer geräumigen Liegehalle, einem großen Wandelgang, den Münchener Künstler ausgemalt hatten, und einem großen Badehaus.

»Wem gehört denn das? Der Stadt?« fragte Ise verwundert.

»Wir haben es der Stadt geschenkt,« lautete die Antwort. »Und sehen Sie, dort drüben befindet sich noch ein ähnliches Etablissement. Das haben die Momms der Stadt geschenkt. Auch im Wohltun sind wir scharfe Konkurrenten.«

Auf dem Rückweg fuhren die Damen plötzlich mit einem Schrei in die Höhe, denn der Chauffeur hätte bei einer Biegung fast einen Menschen überfahren, der gerade noch im letzten Augenblick beiseite sprang. Es war Herr Anton Dungs junior, dem beinahe sein eigenes Auto das Leben gekostet hätte. Der Chauffeur wollte halten, aber Herr Anton Dungs winkte ab, grüßte verbindlich und verschwand hinter den nächsten Bäumen.

Die Damen waren noch ganz blaß und außerstande, ein Wort zu sagen.

Auch Alfred Dungs war im ersten Augenblick heftig erschrocken, hatte sich aber schon wieder in der Gewalt und meinte: »Das wäre wirklich der Gipfel der Ironie gewesen. Ich habe es ihm schon so oft gesagt, er solle vorsichtiger sein, aber er hört ja nicht. Immer spaziert er mitten auf der Straße, als lebten wir noch wie vor fünfzig Jahren. Seinen äußeren Gewohnheiten nach lebt er ganz in jenen Zeiten und ist nicht davon abzubringen. Sehen Sie, dort oben, der gewaltige Kasten, ein altes Schloß, dort haust er mit seinem Diener und einer Köchin. Und wenn er zur Arbeit muß, geht er am liebsten zu Fuß. Wenn es hoch kommt, benutzt er seinen alten Einspänner, und wenn er es sehr eilig hat, springt er auf die Elektrische. Dafür fahren wir Jungens, die Direktoren und das höhere Personal um so eifriger mit seinen Autos. Wie oft muß er vor ihnen in den Graben springen oder hinter einen Baum flüchten, um nicht von oben bis unten mit Schmutz besudelt zu werden. Aber von seinen eingefleischten Gewohnheiten läßt er nun einmal nicht.«

Als man wieder am Hotel angekommen war und die Damen ihren Dank ausgesprochen hatten, zögerte Alfred Dungs noch für einen Augenblick, als warte er auf etwas. Als aber das, was er offenbar erwartet hatte, nicht erfolgte, verbeugte er sich nochmals, macht kurz kehrt und verschwand.

»Du hättest ihn auch noch für einen Augenblick hereinbitten können,« meinte Lotte. »Oder ihn wenigstens um seinen Besuch bitten.«

Ise antwortete darauf nicht, sondern nahm ihrer Schwester Arm und ging mit ihr auf das Zimmer. Der Kanarienvogel schmetterte sein Lied in die Luft, als solle ihm die Kehle bersten. Stumm setzten sich die Schwestern auf das Sofa.

»Bist Du noch nicht kuriert, Lotte?« fragte Ise leise.

Lotte starrte vor sich hin.

Da sprach Ise eifrig auf die Schwester ein. Nun müsse sie doch einsehen, daß das wirklich nicht ginge, das sei doch ganz unmöglich, diese gesellschaftlichen Unterschiede und mehr noch die äußeren Verhältnisse. Diese Menschen seien ja zu gräßlich reich. Das würde der Papa nie zugeben, denn das sähe ja genau so aus, als ginge es um eine Geldangelegenheit. Und dann dieser Alfred Dungs. Er sei ja gewiß ein hübscher und angenehmer Mensch von guten, großstädtischen Manieren. Aber der alte Dungs habe sicher eine entsprechende Partie für ihn. Hier sei ja doch alles Geschäft. Und wenn Alfred Dungs auch gewiß kein Hofmacher sei, etwas weniger trocken und spöttisch sei doch wohl jeder Mensch, wenn er eine ernstere Neigung habe. Davon sei doch den ganzen langen Nachmittag über nichts zu spüren gewesen, aber auch gar nichts.

Immer mehr redete sich Ise in Eifer und hoffte schon, ihr Ziel erreicht zu haben, weil Lotte gar keine Einwendungen machte, bis sich Lotte plötzlich vornüber beugte und leise, aber unaufhaltsam in ihre Hände weinte.

Ise schwieg. Es ist am besten, wenn sie sich gründlich ausweint, dachte sie. Dann geht es am schnellsten vorüber.

Es klopfte laut und kräftig an die Tür, die sich auch sofort öffnete. In ihrem Rahmen stand der Bursche des Obersten und trug in der Rechten einen großmächtigen Blumenstrauß. »Ist soeben für die Baronesse abgegeben worden mit einem Gruß von Frau Anton Dungs senior.«

2. Kapitel

Die Aerzte hatten zwar auf das energischste abgeraten und, da sie Frau Anton Dungs senior lächeln sahen und dies Lächeln kannten, jede Verantwortung abgelehnt, wenn Frau Dungs trotzdem auf ihrem Willen bestände, aber Frau Dungs hatte auf ihrem Willen bestanden, war aufgestanden, trotzdem sie sich kaum aufrecht halten konnte, und ließ sich nun in ihren geliebten Wintergarten fahren. Die Orchideen und Rhododendren standen in voller Blüte.

Frau Anton Dungs schickte den Diener fort, sie wollte allein sein, und nur, wenn ihr Sohn käme, solle man ihn hierher führen.

Nun saß sie zwischen ihren Blumen und Palmen. Sie ließ, da sie sich allein wußte, den Kopf hintenüber sinken und atmete schwer. Der Körper, der ihr bisher immer gehorcht hatte, parierte nicht mehr, und das war ihr das sicherste Zeichen dafür, daß es nun wirklich zu Ende ging.

Frau Anton Dungs lächelte mit geschlossenen Augen. Ihr war es recht, sie hatte ihr Teil auf Erden getan, so gut es nur irgend ging, und es war wahrhaftig nicht immer leicht gewesen, denn ihr Mann war kein geringerer Dickkopf gewesen, als es ihr einziger Sohn war. Machten die sich und anderen ganz unnütz das Leben schwer! Wenn wenigstens in ihrem Sohn ein Tropfen Blut von ihrer Art wäre. Aber nein, er war ganz der Vater, in jeder Beziehung. Immer nur arbeiten, arbeiten; und da man in der Arbeit seinen Mann stand und es zu etwas brachte, betrachtete man das ganze Leben nur unter dem Gesichtspunkt der Leistung und Gegenleistung, als sei es ein Kontobuch, in dem sich aus Plus und Minus ohne weitere Schwierigkeiten und rein mit dem Kopf die Bilanz ziehen läßt. Aber das Leben ist nun einmal komplizierter und stellt auch noch andere Anforderungen als rechnerische und kann nicht nur mit dem Kopf beherrscht und gelöst werden.

Frau Anton Dungs atmete leichter, aber sie hielt die Augen immer noch geschlossen. Der Körper war müde und matt, so frisch und lebendig sich auch der Geist noch fühlte.

Anton Dungs senior war mit seiner Art immerhin noch besser gefahren als der Sohn. Früher waren ja nicht nur die Geschäfte, sondern auch das Leben einfacher gewesen. Sie wußte das am besten. Als sie immer weniger von ihrem Manne hatte, weil die Geschäfte ihn immer ausschließlicher in Anspruch nahmen, hatte sie sich rechtzeitig damit abgefunden und ihre Liebhabereien gepflegt. Da waren vor allem die Blumen, die sie, über alles liebte.

Frau Anton Dungs senior richtete sich in ihrem Fahrstuhl ein wenig auf und blickte guter Dinge um sich. Die Orchideen, die Rhododendren, die Palmen, ja sie gediehen unter ihrer Pflege und erwiesen sich stets dankbar dafür. Mit den Blumen hatte man keinen Aerger, nur Freude. Und auch mit der Kunst war es ähnlich, wenn man sie von den Künstlern zu trennen wußte. Das aber hatte sie mit der Zeit gelernt. Sie dachte an ihr Hausquartett. Wie viel schöne Stunden reinen Genusses verdankte sie der Musik. Sie blickte voll dankbarer Andacht auf die Büsten Mozarts und Beethovens, die sie hier in ihrem Wintergarten hatte aufstellen lassen, denn von allen Künsten paßte die Musik noch am besten zu ihren Blumen. Frau Anton Dungs senior saß jetzt gerade in ihrem Fahrstuhl und spürte in diesem Augenblicke fast gar nichts mehr von der Mattigkeit und Schwäche ihrer Glieder, und nun lachte sie leise und herzlich. Wirklich, das Theater war ihr zu einer wahren Leidenschaft geworden. Fast wie bei der alten Frau Goethe. Aber das Theater konnte sie nicht von seinen Künstlern, den Schauspielern trennen, und deshalb lachte sie so herzlich. Mit was für gewaltigen Worten schütteten diese Künstler ihre kleinen Sorgen, die ihnen so ungeheuer vorkamen, aus in das Herz der alten Frau Dungs. Wie leicht war diesen Sorgen meist abzuhelfen, und mit wie gewaltigen Worten zeigten sie dann der alten Frau Dungs ihren Dank. Unwillkürlich stellte sich Frau Dungs jetzt die geliebten Komödianten bei ihrem Begräbnis vor. O, gewiß würde keiner fehlen, und Tränen würden rollen, die sonoren Stimmen würden sehr schön tremolieren, und die ausdrucksvollen Gesichter all dieser lieben großen Kinder würden in tragischen Falten liegen, als sei ihnen mindestens ein Shakespeare gestorben.

Frau Anton Dungs senior legte schnell die Hand vor den Mund, denn sonst hätte die Heiterkeit sie von neuem überwältigt, und was sollten ihre Leute wohl denken, wenn sie schon wieder ihr Lachen hörten? Ach Gott, eine würdige Greisin, wie man sich das vorstellt, war sie wirklich nicht.

Ihr Gesicht wurde ernster, denn sie dachte nun wieder an ihren Sohn. Wenn sie nicht mehr da war, würde wohl niemand mehr Einfluß auf ihn haben, und immer einseitiger, eigensinniger und tyrannischer würde er werden. Dabei litt er immer noch unter dem Verlust seiner Frau, die ihm eines Tages einfach davongegangen war, weil sie sich gar zu sehr vernachlässigt fühlte. Ach ja, die schöne Adele konnte sich nicht wie Frau Anton Dungs senior mit Blumen und Kunst begnügen. Ihre Liebhaberei war es nun einmal, sich bewundern zu lassen. Dazu brauchte sie Geselligkeit, dazu gehörten Männer. Als sie das in ihrem Hause nicht mehr fand, verließ sie es und suchte sich die Gesellschaft, die ihrer Liebhaberei entsprach. Die schöne Adele! Die Greisin schüttelte wehmütig den Kopf, wo sie nun ihrer gedachte. Außer dem A in ihrem Vornamen paßte wirklich nichts in ihrer Art zu den Dungs. Sie hatte es ja kommen sehen, es mußte ja so kommen. Sie kannte doch ihren Sohn. Aber er war nun einmal auf die Adele versessen, er hatte es sich in den Kopf gesetzt, sie zu heiraten und nicht eher geruht, als bis es ihm gelungen war. Und dann? Die Greisin lächelte wieder wehmütig. Ihr Sohn und die Frauen! Sein Vater hatte schon nichts von ihnen verstanden, und nun erst dieser Sohn, der seinem Vater in allem und jedem glich, nur daß er in einer Zeit lebte, die weniger einfach und so viel freier und rücksichtsloser war, in einer Zeit, wo sogar die Frauen Forderungen stellten und in der Oeffentlichkeit mittaten. Ja, ja, die schöne Adele! Lange hatte die Greisin nichts mehr von ihr gehört. Ob sie nun wohl zufrieden war, so zufrieden wie Frau Anton Dungs senior inmitten ihrer Blumen? Ob sie ihre Kinder gar nicht vermißte und entbehrte? Mein Gott, sie war ja nun schon so lange daran gewöhnt, nichts mehr von den Kindern zu haben. Sie hatte sie wohl gar längst vergessen. Die Greisin traute es ihr wohl zu, verachtete sie um deswillen aber keineswegs. Für die schöne Adele war es doch nur ein Glück, wenn sie vergessen konnte, daß sie Mutter war. Anton hätte es ja nie zugegeben, daß sie sich um die Kinder kümmerte. Und nun seufzte Frau Dungs senior, denn sie gedachte ihrer Enkel. Der älteste, der Anton, war nichts weiter als der getreue Gehilfe seines Vaters. Daß er so gar keine eigenen Wünsche besaß! Nur einen selbständigen Wunsch hatte er einmal laut werden lassen: nicht heiraten! Der Junge war wirklich gar zu verständig und nüchtern. Der Adam, der jüngste, war insofern aus der Art geschlagen, als er sich für Bücher und Wissenschaften interessierte, ein ganz neuer, völlig fremder Zug im Bilde der Familie Dungs. Aber immerhin würde sich seine Liebhaberei für das Geschäft nutzbar machen lassen. Er studierte Chemie und Physik, womit der Vater glücklicherweise einverstanden war, da diese Wissenschaften für die Praxis, für Kohle und Stahl, von großem Wert sein konnten.

Und nun gedachte Frau Anton Dungs senior des zweiten Enkels, des Alfred, mit dem sein Vater so gar nichts anzufangen wußte. Er hatte etwas von der schönen Adele, seiner Mutter, und er hatte auch viel von seiner Großmutter. Und nun wollte er heiraten. Aber nicht, wie es sich für einen Dungs gehörte, ein reiches, junges Mädchen von hier, etwa die Helene Momm, auf die es Anton, wie sie ihren Sohn kannte, sicher ganz besonders abgesehen hatte, sondern eine Norddeutsche und eine Adlige noch dazu. Würde Anton Dungs junior Augen machen! Harte Kämpfe würde das geben! Denn, was den Dickkopf anlangte, da war auch Alfred ein echter Dungs.

Die Greisin horchte auf. Dieser eilige, geschäftige Schritt, das war Anton, kein Zweifel, und schon trat Anton Dungs junior auch ein. »Aber Mutter!« sagte er vorwurfsvoll.

Frau Anton Dungs senior lächelte. »Ich weiß, Anton, ich soll im Bett bleiben. Aber ich wollte noch einmal zu meinen Blumen.«

»Ganz erhitzt siehst Du aus. Soll ich Dich nicht lieber in Dein Schlafzimmer fahren?«

»Gönne mir noch für eine Stunde die Blumen hier, Anton. Es dauert sowieso nicht mehr lange. Aber nicht wahr, dann sorgst Du dafür, daß die Blumen anständig gehalten werden, so lange sie noch leben. Ich habe sie verwöhnt, und ich möchte, daß sie es nicht zu sehr zu spüren bekommen, wenn ich fort bin.«

»Aber Mutter!« Er setzte sich neben sie, und man sah ihm an, wie ihn die Art der Mutter erregte und angriff.

»Wir müssen ja doch einmal davon reden, Anton, und mir wird dann leichter sein, denn Du weißt, darin war ich immer eine rechte Kaufmannsfrau, ich habe kein Geschäft auf die lange Bank geschoben, auch ein unangenehmes nicht, wenn es doch abgeschlossen werden mußte.«

»Du darfst nicht so reden, Mutter!«

»Im Liegen denke ich so viel schlechter, Anton, ist das nicht merkwürdig? Hier im Fahrstuhl, zwischen meinen Blumen, geht es viel besser als im Bett.«

»Soll ich nach dem Arzt schicken?« Anton Dungs junior war schon aufgesprungen. Aber seine Mutter bat ihn, sich wieder zu setzen und die Aerzte in Frieden zu lassen, die ihr ja doch nicht helfen könnten.

Er nahm ihre Rechte zwischen seine beiden Hände, und aus seinem Munde kam es leise und stockend: »Du darfst mich nicht allein lassen, Mutter!«

»Auf meinen Willen kommt es dabei ja nicht an, Anton.«

»Vielleicht doch, Mutter. Vielleicht mehr, als Du glaubst. Du kämpfst nicht mehr dagegen an, Mutter, Du willst nicht mehr.« Er sprach auch jetzt leise und stockend.

»Ganz unrecht hast Du wohl nicht, Anton. Aber ich glaube, ich kann nicht mehr dagegen ankämpfen, Anton, und da ich das eingesehen habe, will ich nicht mehr, wenn man das noch Willen nennen darf. Ich bin müde, Anton, sehr müde. Und wenn man müde ist, sehnt man sich nach Schlaf, und der beste Schlaf für eine alte Frau wie ich...«

Hastig unterbrach er sie. »Wollen wir nach dem Süden, Mutter? Vielleicht helfen neue Eindrücke? Du hast zu lange hier gesessen.«

»Ich möchte schon, Anton, gerade jetzt, wo ich alt bin, möchte ich gerne Italien wiedersehen, ich würde es heute mit ganz anderen Augen sehen als damals und viel mehr davon haben, aber es geht nicht, Anton, ich kann nicht mehr, und da bleibe ich doch lieber hier. In das Unabänderliche muß man sich fügen, und es ist am besten, man sträubt sich erst gar nicht.«

Die Greisin sah voll Mitleid auf ihren Sohn, in dessen Zügen es rang und kämpfte. O, sie verstand sehr wohl, was in ihm vorging, sie war wohl die einzige, die es verstand. Ein Unabänderliches hatte es noch nie für ihn gegeben, und jetzt sah er ihm zum erstenmal ins Gesicht. Als der Vater starb, war der Sohn kaum fünfzehn Jahre alt. Heute war es ganz etwas anderes.

»Du wirst Dich darein finden müssen, Anton.« Sie strich mit der Linken leise über seine Hand, die immer noch auf ihrer Rechten lag. »Ich weiß, wie schwer Dir das fällt, schon weil Du es gar nicht gewohnt bist. Aber hier ist eine Macht, gegen die kann keiner von uns, auch Du nicht.«

»Ich bin sehr allein, Mutter,« kam es gepreßt und fast widerwillig zwischen seinen festgeschlossenen Lippen hervor, die blaß waren.

»Aber, Junge, Du übertreibst, Du wirst sentimental, Anton. Das kenne ich gar nicht an Dir. Was sollen da andere Leute sagen, die keine Kinder haben!«

»Bleibe hier, Mutter! Tue mir das nicht an!«

»Du bist ja wie ein Kind, Anton, siehst Du das denn nicht? Es liegt doch nicht an mir, willst Du denn das gar nicht einsehen?«

»Du freust Dich ja fast, Mutter!«

»Nein, Anton, im Augenblick tue ich das wirklich nicht. Ich bin ja Deine Mutter und sehe, wie es Dir nicht in den Kopf will, und ich würde es Dir gerne noch für eine Weile ersparen, Du bist doch mein einziger, Anton. Verstehst Du mich?«

Anton Dungs junior nickte.

»Und da Du ein kluger Mann bist, Anton, so wüßte ich Dir einen Rat, wie Du Dir das Schwere vielleicht bei Zeiten erleichtern kannst. Außerdem wäre es mir eine große Freude...«

Anton Dungs junior sah gespannt auf.

»Sorge Dir für eine hübsche junge Schwiegertochter, Anton.«

Das Gesicht des Sohnes wurde hart und abweisend.

Die Greisin ließ sich aber nicht abschrecken und lächelte leicht. »Ich weiß, Du hast sehr viel gegen die Frauen, und daß Deine Mutter schließlich auch nichts anderes ist, daran denkst Du nicht, weil Du nicht willst. Was Du mit Adele durchgemacht hast, war gewiß nicht leicht...«

Er fuhr auf. »Ich bitte Dich, davon kein Wort!«

Aber die Mutter ließ sich nicht stören. »Aber es war doch nicht nur ihre Schuld, sondern auch Deine, ja vor allem Deine; und wenn das Deine Mutter sagt, kannst Du es schon glauben. Ein Dungs heiratet keine Spanierin, bloß weil er in sie bis über die Ohren verliebt ist. Wenn er es aber doch tut, dann zieht er auch die Konsequenzen. Eine Spanierin ist nicht so ruhig und gehorsam, wie wir Frauen es hier gegen unsere Männer sind. Du hast Dich zu wenig um sie gekümmert, Du hast sie vernachlässigt, und da sie nicht von hier war, hat sie sich keinen Wintergarten angelegt und damit getröstet, sondern ...Du weißt ja ...Ich muß Dir das wirklich einmal sagen, Anton, denn ich sehe ja, wie Du Dich immer mehr gegen sie und die Frauen überhaupt verbitterst und nicht einsehen willst, daß Du selbst schuld hast.«

Anton Dungs junior blieb ganz still, so schwer es ihm auch fiel. Und dann sagte er plötzlich wie erleichtert: »Du fühlst Dich doch recht wohl, Mutter, daß Du mir damit kommst.«

Die Greisin lachte wieder leise und herzlich. »Du meinst, weil ich den Mut habe, Dir das so geradeaus zu sagen? Ja, Anton, das bekomme ich immer noch fertig, und wenn Du ein noch so böses Gesicht machst und durchaus nichts davon hören willst. Das hilft Dir alles nichts, dafür bin ich Deine Mutter. Und deshalb sage ich auch noch einmal: hole Dir eine hübsche, nette Schwiegertochter, damit wieder eine junge Frau in die Familie kommt. Ihr verbauert und versauert mir sonst alle miteinander, und Du nicht zum wenigsten.«

Er meinte: »Anton will aber nicht heiraten.«

»Dumm genug von ihm,« erwiderte die Mutter. »Wo er es doch wirklich nötig hätte, daß ihn eine junge Frau einmal aus der Ruhe brächte ...Aber wer nicht will ..., Du weißt schon ... Und wie ist es mit Alfred?«

»Der Berliner!« antwortete Anton Dungs junior geringschätzig, weiter nichts.

»Du solltest nicht so von ihm sprechen, bloß weil er seiner Mutter ähnlich sieht, das ist grausam und ungerecht,« sagte Frau Dungs vorwurfsvoll.

»Es ist nicht deshalb, darauf kannst Du Dich verlassen. Aber er *ist* ihr ähnlich, seinem Wesen nach, und das *ist* schlimm.«

»Kann ich nicht finden,« meinte die Mutter.

»Er hängt an Aeußerlichkeiten, er liebt den Genuß, er redet viel und leicht, und noch vieles andere, was er nicht von uns hat.«

»Die Dungs sind auch keine Engel!« sagte Frau Dungs senior ärgerlich.

»Aber ihre Art hat das Geschäft hochgebracht, und nur ihre Art wird es auf der Höhe halten,« entgegnete der Sohn nicht ohne Schärfe.

»Ich halte es für möglich, daß eine andere Art auch von Nutzen sein kann. Doch darüber wollen wir nicht streiten. Jedenfalls ist seine Art kein Hindernis, wenn es sich um eine Heirat handelt.«

»Ich nehme an, er hat mit Dir darüber gesprochen?« fragte der Sohn.

»Sonst würde ich nicht davon reden,« erwiderte die Mutter.

»Nun, wenn er durchaus heiraten will, dann könnte er ja zum Beispiel die Helene Momm nehmen, wenn sie ihn mag. Es soll ein ordentliches und tüchtiges Mädchen sein, und es wäre vielleicht gar nicht dumm, wenn wir so ...« Er brach unwillkürlich ab, denn Frau Anton Dungs senior sah ihn vorwurfsvoll und bekümmert an.

»Die Ehe ist doch kein Geschäft, Anton!«

»Aber er könnte endlich auch einmal etwas fürs Geschäft tun, und vielleicht ist dies die einzige Art, die ihm liegt,« erwiderte der Sohn bitter.

»Als Du heiratetest, hast Du nach dem Geschäft nicht gefragt,« meinte die Mutter leise.

»Das hatte ich auch nicht nötig, denn ich habe sonst genug fürs Geschäft getan. Oder willst Du das bestreiten, Mutter?«

»Das bestreite ich gewiß nicht, Anton. Aber was Dir recht war, ist Deinem Sohne billig, sollte ich meinen.«

»Gegen Helene Momm ist doch wirklich nichts einzuwenden. Sie kennt die hiesigen Verhältnisse, sie weiß, wie wir sind, sie kann sich darein schicken, und ich leugne auch gar nicht, daß ich eine solche Verbindung für vorteilhaft halte. Das ist doch kein Unrecht? Die Momms legen sich immer mehr auf Reederei, Eisenbahnen, Elektrisches und dergleichen. Wir bleiben bei Kohle und Eisen. Beide zusammen...«

Die Mutter unterbrach ihn. »Gewiß ist das kein Unrecht, aber es reicht nicht, Anton, wenn man heiraten will.«

Der Sohn erhob sich erregt. »Du willst doch wohl nicht von Liebe reden und so?«

»Doch, das will ich, Anton, gerade das!«

»Dafür habe ich kein Verständnis!« klang es erbittert.

»Es handelt sich auch nicht darum, daß Du heiraten sollst!« antwortete die Mutter möglichst sanft. »Er hat eine Neigung für ein Mädchen aus gutem Hause...«

»Das ist selbstverständlich!«

»Und wenn dies Mädchen auch eine Norddeutsche ist...«

»Wenn sie wenigstens mit den Donnersmarck oder solchen Leuten verwandt wäre, dann wollte ich es noch gelten lassen, wenn es schon keine von hier sein soll. Das gäbe neue Beziehungen, damit ließe sich am Ende etwas machen. Aber so...«

»Du scheinst zu wissen?«

Anton Dungs junior lachte bitter. »Meinst Du, ich lasse den Berliner ohne Aufsicht?«

»Pfui! So viel Mißtrauen gegen Dein eigen Fleisch und Blut!«

»Er ist kein Dungs! Er ist nicht mein Fleisch und Blut!«

»Um so mehr solltest Du ihn auf seine Art glücklich werden lassen und ihm nicht die Deine aufdrängen wollen.«

»Gib Dir keine Mühe, Mutter. Solange ich noch etwas zu sagen habe, sage ich: daraus wird nichts, nie und nimmer wird daraus etwas! An *einer* Dummheit in der Familie ist es genug, mehr als genug. Das Geschäft hat hinreichend darunter zu leiden gehabt.«

»Du meinst Adele?«

Er nickte. »Die Dungs sollen im Lande und in ihrer alten Art bleiben, und wenn sie heiraten, sollen sie sich hier die passende Frau suchen...«

»Aber Du sagtest doch eben selbst, er sei gar kein rechter Dungs?«

Der Sohn überhörte den Einwand und fuhr fort: »Wäre wenigstens etwas für die Fabrik dabei herausgekommen, dann hätte ich es leichter verschmerzt mit der Adele. Aber so? Wenn er keine von hier will, dann muß es wenigstens eine sein, die für unsere Fabrik von Wert ist. Hat er dann Pech mit ihr, geht die Sache nicht, wie er es sich einbildet, solange er verliebt ist, dann braucht er sich wenigstens nicht vorzuwerfen, unser Werk geschädigt zu haben. Das soll ihm erspart bleiben, soweit es in meiner Macht steht. Glaube mir, Mutter, das ist das allerschlimmste.«

»Aber, Anton, so nimm doch Vernunft an! Er ist doch ganz anders wie Du, er würde sich vielleicht gar nicht solche Vorwürfe machen. Daß Du auch immer nur alles nach Dir beurteilst!«

»Bin ich dabei schlecht gefahren, Mutter?«

»Aber wir reden doch eben nicht vom Geschäft, Junge!« Sie hob ganz verzweifelt die Hände. »Und wer sagt Dir denn, daß es wirklich ein Vorteil ist, wenn der Alfred die Helene Momm heiratet? Das kann erst recht ein Unglück werden, auch wenn sie von hier ist. Du bist nicht gescheiter als die alten Römer, mein Junge. Der Julius Cäsar und der Marc Anton und der Pompejus, die haben auch alles untereinander verheiratet, weil sie dachten, es ist für ihr Geschäft vom Vorteil. Aber es ging doch alles drunter und drüber und hat ihnen gar nichts genützt.«

»Von solchen Büchersachen weiß ich nichts und will ich nichts wissen,« sagte Anton Dungs junior verkniffen. »Ich will nicht, daß mein Sohn meine Dummheit nachmacht. Das dulde ich nicht!«

»Aber, Anton, Du bist doch alt genug, um zu wissen, daß kein Sohn aus den Dummheiten seines Vaters etwas lernt, jeder lernt doch nur aus seinen eigenen Dummheiten, das müßtest Du doch auch wissen!«

Er fuhr sich energisch über die Stirn, als könne er so alle Unbehaglichkeiten dieses Gesprächs fortwischen, und schwieg. Auch die Mutter schwieg. Es hatte ja keinen Zweck, ihren Sohn noch mehr aufzuregen. Sie kannte ihn zu genau, um nicht zu wissen, daß im Augenblick nichts zu machen war. Auch fühlte sich die Greisin plötzlich wieder so matt und schwach, daß sie sich kaum noch aufrecht halten konnte, was sie doch wollte, schon damit sich ihr Sohn nicht auch noch darüber aufregen müsse.

»Fahre mich ins Schlafzimmer, Anton,« bat sie leise.

Der Sohn fuhr aus düstern Gedanken auf und erschrak heftig. Wie hinfällig die Mutter aussah. »Du fühlst Dich sehr elend?«

Die Greisin versuchte zu lächeln. »Es geht schon wieder vorüber, Anton, Du brauchst Dich nicht aufzuregen. Ich möchte mich nur ein wenig hinlegen.«

Vorsichtig schob der Sohn den Fahrstuhl aus dem Wintergarten über den Gang in das Schlafzimmer seiner Mutter und schellte dann nach der Schwester.

»Ich bitte dich, bleibe bei mir. Du mußt es mir versprechen. Nicht wahr, Du versprichst es mir?« sagte er hastig. »Dann wollen wir auch noch über das andere reden. Aber erst, wenn Du Dich wieder kräftiger fühlst, nicht wahr?«

Die Greisin lächelte leise. »Es ist schon gut, Anton, ich will jetzt ein wenig schlafen.«

Als die Schwester eintrat, entfernte sich Anton Dungs junior eilig, und Frau Anton Dungs senior wurde zu Bett gebracht.

Sie schlief fast in demselben Augenblick ein, so erschöpft war sie. Die Schwester ließ sich im Hintergrund des Zimmers nieder und nahm eine geräuschlose Handarbeit vor. Sie stammte aus dem Westfälischen und war nun schon lange in dieser Gegend tätig. Ihr Vater hatte eine große Stecknadelfabrik besessen, die bei dem großen Krach in den siebziger Jahren fallierte. Schwester Emma war durchaus mit ihrem Schicksal zufrieden und wurde auch in den Häusern, wo sie pflegte, als völlig gleichstehend betrachtet und behandelt. Man wußte ja, weshalb sie Schwester geworden war und nicht geheiratet hatte, und es brauchte ja nur wieder einmal ein großer Krach zu kommen, um gar manche Haustochter vor eine ähnliche Situation zu stellen wie Schwester Emma.

Zuletzt hatte sie Helene Momms Mutter gepflegt, die dann gestorben war. Frau Hugo Momm junior war eine stille, bescheidene Frau gewesen, die ganz in ihren Kindern aufging und es sehr gerne gesehen hätte, wenn ein Dungs ihre Aelteste geheiratet hätte. Auch mit Schwester Emma hatte die alte Dame wiederholt über diesen ihren Wunsch gesprochen, wenn Hugo Momm junior das auch nicht haben wollte und sich darüber ärgerte, denn die Momms hätten es durchaus nicht nötig, den Dungs nachzulaufen oder irgendwelche Avancen zu machen.

Nun pflegte also Schwester Emma die alte Frau Dungs. Sie war zwar erst acht Tage im Hause, und es ging wohl nicht an, sich schon ein Urteil zu bilden oder gar ein vertrauliches Wort zu reden. Aber sie wußte, daß Helene Momm in Alfred Dungs verliebt war, und daß sie ihn gerne geheiratet hätte, wenn er nur wollte. Vielleicht wäre es doch gut, recht bald einmal darüber ein Wörtlein an Frau Anton Dungs senior zu verlieren.

Schwester Emma wurde ganz erregt, wie sie daran dachte. Mit Anton Dungs junior war ja nicht mehr zu reden, seitdem er das Unglück mit seiner Frau gehabt hatte. Mit Hugo Momm junior war ebenfalls kein rechtes Auskommen mehr, seitdem die Frau tot war. Also mußte Schwester Emma sich ein wenig um die Sache kümmern, und was die Familie Dungs anlangte, so mußte eben Frau Anton Dungs senior die Sache in die Hand nehmen. Nur so ließ sich wieder Ordnung in die beiden Familien bringen.

Schwester Emma erhob sich und trat an das Bett, denn Frau Dungs hatte die Augen aufgeschlagen.

»Kennen Sie den Egmont, Schwester Emma?« fragte Frau Dungs.

Die Gefragte errötete, denn Bildung war ja ihre schwache Seite.

»Der Goethe läßt ihn einmal etwas sehr Schönes über Schlaf und Tod sagen. Wenn die beiden einander wirklich verwandt sind, braucht man sich nicht vor dem Tod zu fürchten. Was meinen Sie, Schwester Emma?«

Die Schwester gab die Auskunft, die sie in solchen Fällen zu geben pflegte, und die dem entsprach, was ein kirchengläubiger Pfarrer ebenfalls gesagt haben würde.

Die Greisin hörte aufmerksam zu, trotzdem sie das alles ja auch von Jugend auf kannte, meinte dann aber doch, was der Egmont gesagt habe, gefiele ihr eigentlich besser. Darauf konnte die Schwester nicht entgegnen, weil sie nicht wußte, was Egmont gesagt hatte.

Die Hausglocke läutete, und Frau Dungs richtete sich energisch auf. »Das hätte ich wirklich fast vergessen,« murmelte sie, »das wird sie vermutlich sein, sie wird sich doch für die Blumen bedanken.« Frau Dungs bat die Schwester, sich zu erkundigen, ob Besuch gekommen sei.

Schwester Emma kehrte sofort mit dem Bescheid zurück, ein Fräulein von Karst sei da und ließe fragen, ob Frau Dungs sie empfangen wolle.

»Rufen Sie mir bitte den August, Schwester.«

»August, der alte Diener von Frau Dungs, erschien, und Frau Dungs beschied ihn, er solle die junge Dame in den Wintergarten führen und ihr sagen, sie käme gleich.

»Und dann telephonierst Du in die Fabrik, ich ließe sagen, der Alfred möge auf einen Sprung zu mir kommen, ich habe ihm etwas Eiliges zu sagen. Und wenn er dann kommt, führst Du ihn ins Wohnzimmer. Da soll er warten, bis ich ihn rufe.«

Der Diener verschwand, und Schwester Emma fragte besorgt: »Wollen Sie wirklich wieder aufstehen, Frau Dungs? Was wird der Doktor sagen?«

»Es geht nicht anders, Schwester, ich muß aus den Federn, denn ich mag das junge Fräulein nicht hier empfangen.«

»Ich kann ihr ja vielleicht etwas ausrichten, Frau Dungs? Sie sind doch krank, und da kann es Ihnen doch niemand übelnehmen…«

»Es geht nicht anders, Schwester Emma, das muß ich schon selbst besorgen. Also helfen Sie mir. Im Fahrstuhl sehe ich doch nicht ganz so armselig aus wie im Bett.«

Lotte stand derweil im Wintergarten, und es war ihr recht beklommen zumute. Sie hatte eigentlich nicht erwartet, angenommen zu werden. Frau Dungs war ja krank. Und weil sie das nicht erwartet hatte, deshalb war sie gekommen. Man gab seine Visitenkarte ab und hatte seiner Pflicht genügt. Alfred Dungs hatte zwar von der alten Dame stets mit besonderem Respekt gesprochen, so daß sie wirklich anders sein mußte als die anderen Dungs, aber Lotte war eben doch so deprimiert von allem, was sie gestern gesehen hatte, und die Einwendungen der Schwester hatten, wenn sie es auch nicht Wort haben wollte, dennoch so großen Eindruck auf sie gemacht, daß sie im Augenblick jedenfalls am liebsten gar nichts von der Familie Dungs gesehen hätte. Unter allen Einwendungen Ises hatte natürlich am meisten Eindruck auf Lotte gemacht, Alfred Dungs benehme sich nicht im geringsten wie ein Mann, den eine ernsthafte Neigung in ihrem Bann halte. Er war auf der ganzen Fahrt ruhig, freundlich, aufmerksam gewesen, wie ein wohlerzogener Mensch es ist. Aber Ise hatte so unrecht nicht, wärmer, inniger als ein wohlerzogener Mensch hatte er sich nicht benommen. Möglicherweise hatte ihn Ises Gegenwart daran gehindert. Möglicherweise entsprach es seiner Natur nicht, sich vor dritten Personen weich und innig zu zeigen. Aber auch, wenn sie einander bei Dengerns in Berlin getroffen und für einige Augenblicke allein gewesen, hatte er sich immer in den Grenzen einer wohltemperierten Herzlichkeit gehalten. Damals hatte ihr gerade das besonders gefallen, aber jetzt machte es sie, namentlich unter der Einwirkung ihrer Schwester, mißtrauisch gegen ihre eigenen Gefühle. Am Ende hatte sie wirklich hinter der Art Alfred Dungs ganz etwas anderes gesucht, als dahintersteckte? Vielleicht empfand er wirklich nicht mehr als eine angenehme, freundschaftliche Gesinnung ihr gegenüber?

Lotte fühlte, wie ihr die Schamröte ins Gesicht trat. Was mußte er dann von ihr denken, daß sie hierher gereist war? Warum hatte ihr aber dann die alte Frau Dungs Blumen geschickt? Das war doch wie eine Aufforderung: komme zu mir, ich möchte dich kennen lernen. Das setzte doch voraus, daß Alfred Dungs zu seiner Großmutter von ihr geredet hatte.

Lotte von Karst ging unruhig hin und her. Ja, ich bin ihm nachgelaufen, denn ich bin doch nur seinetwegen mit Ise gereist. Meine ganze gute Erziehung habe ich darüber vergessen. Es ist einfach eine Schande, und wenn die Menschen davon wissen, bin ich unmöglich unter ihnen. Ein Mädchen, das einem jungen Mann nachläuft, werden sie sagen, trotzdem der junge Mann ihr gar keinen Grund zu solchem Schritt gegeben hat. Schändlich, daß ein junges Mädchen aus gutem Hause sich so weit vergißt, weil es sich um einen Millionär handelt, denn das allein würde den Menschen ihr Verhalten begreiflich und zugleich verächtlich machen, ganz besonders verächtlich.

Lotte hielt mitten in ihrer Wanderung inne, denn eine Tür wurde geöffnet und ein Fahrstuhl hereingefahren, in dem eine alte Dame saß, ein weißes Spitzenhäubchen auf dem weißen Haar. Die alte Dame nickte freundlich und schickte den Diener fort. Dann streckte sie Lotte die Hand hin, die diese an die Lippen führte, so verehrungswürdig erschien ihr die alte Dame.

»Nun setzen Sie sich hübsch hierhin, und dann wollen wir plaudern.«

Lotte wurde ganz verlegen und entschuldigte sich, aber sie habe nicht gewußt, daß die gnädige Frau ernsthaft krank sei, und es täte ihr so leid, sollte sie die gnädige Frau gestört haben.

Die Greisin lächelte freundlich. »Wissen Sie was, so wollen wir nicht miteinander sprechen. Lassen Sie die gnädige Frau und nennen Sie mich Frau Dungs, wie ich es gewöhnt bin. Sie werden sich dann auch leichter an diesen Namen gewöhnen, mein Kind.«

Lotte wurde sehr rot und verlegen.

»Und nun erzählen Sie mir einmal von zu Hause, denn wir wollen uns doch kennen lernen, nicht wahr?« sagte aufmunternd Frau Dungs.

Wie das so schnell kam, wußte Lotte selber nicht, aber sie erzählte in der Tat ganz offen und rückhaltlos von zu Hause. Sie fühlte sich so wohl und geborgen neben der alten freundlichen Dame und faßte sofort ein großes Vertrauen zu ihr.

Sie erzählte vom frühen Tod ihrer Mutter, von der frühen Heirat ihrer beiden Schwestern, und wie sie allein mit ihrem Papa und einem Bruder gehaust habe, ohne daß die Gouvernanten viel dagegen hätten machen können. So sei sie groß geworden, und ehe sich Lotte dessen versah, war aus der Erzählung eine Entschuldigung geworden, weshalb sie so selbständig und wenig weiblich gehandelt habe und hierher gekommen sei.

Die Greisin lächelte verständnisvoll, und als Lotte nun einhielt und wohl auf eine Antwort wartete, da nickte Frau Dungs nur voller Behagen und reichte Lotte aufs neue die Hand, die diese wiederum ehrfurchtsvoll küßte.

Jetzt begann Frau Dungs zu erzählen, und zwar ganz ausführlich und offen von den Dungs und ihrer besonderen Art, und wie man sie nehmen müsse. Es sei keine Kleinigkeit, mit ihnen auszukommen, und man müsse sehr jung sein und noch sehr viel Selbstvertrauen haben, um überhaupt durchzukommen. Oder man müsse schon so alt sein wie die alte Frau Dungs, um mit ihnen fertig zu werden. Und dann sprach sie insbesondere von ihrem Sohn Anton, wie er schon in ganz jungen Jahren, als sein Vater starb, die Fabrik, die damals noch nicht sehr groß war, habe selbständig leiten müssen, und wie dank seiner Kraft und Klugheit daraus das große Werk geworden sei, als welches es jetzt in der Welt dastehe. Nur einmal habe er ganz ohne Klugheit gehandelt. Das sei bei seiner Heirat gewesen, und nun könne er sich das, nachdem die Einsicht gekommen, überhaupt nicht verzeihen und der Frau erst recht nicht. Und dann sprach sie von Alfred Dungs, der so viel von seiner Großmutter und auch einiges von seiner Mutter habe, zum Beispiel, daß er so ein hübscher Mensch sei, brünett und groß und schlank, gar nicht wie die Dungs sonst.

Ganz ausführlich und genau erzählte Frau Dungs. Nicht nur deshalb, weil alte Leute überhaupt eine solche Art lieben, sondern noch mehr deshalb, damit sich Lotte von Karst, die aus ganz anderen Verhältnissen kam, leichter zurecht fände und vor allem nicht als Unfreundlichkeit gegen sich auslege, was doch nichts weiter war als einfach Dungssche Art, mit der man eben rechnen mußte. Und schließlich sprach Frau Dungs über Lotte. Was für ein resolutes Mädchen sie sei, und wie sie gerade das an ihr liebe, denn es gäbe ihr die Hoffnung, daß sie mit den Dungs fertig werden könne. Auch solle sie sich nur nicht schämen, daß sie so schnurstracks einfach hierher gereist sei und den Zufall sofort an beiden Händen ergriffen habe, als er sich bot. Das zeuge von einem klaren und geraden Instinkt, und dieser sei für das Leben wichtiger als alle die vielen anerzogenen Sachen, die den Schwachen und Unklaren eine Stütze sein möchten, aber den geraden und selbständigen Menschen nur wenig zu sagen hätten.

Lotte horchte auf, denn was Ise ihr zum Vorwurf machte, erkannte Frau Dungs sozusagen als einen Vorzug an. Und Frau Dungs redete immer eifriger auf Lotte ein, sich doch ja nicht an ihrer Art irremachen zu lassen und kein allzu großes Gewicht darauf zu legen, was die anderen sagten und dächten und urteilten, denn jeder stecke nur in seiner eigenen Haut und wisse im Grunde nur, was dieser zuträglich sei. Es sei eine Anmaßung, von dem eigenen Wohlsein auf das anderer zu schließen und von einem andern dasselbe zu fordern, was nur für einen selbst richtig sei.

Frau Dungs drückte sich mit Absicht so allgemein aus, denn so brachte sie Lotte nicht in Verlegenheit und war doch für die Zuhörerin deutlich genug, ohne allzu persönlich zu werden, was in diesem Augenblick der ersten Bekanntschaft taktlos gewesen wäre.

Der alten Dame lag eine feine Röte im Gesicht, so sehr hatte sie sich in Eifer geredet, und Lotte hatte erst recht einen roten Kopf, so erregt und glücklich zugleich war sie. Es war also doch so unrecht nicht, was sie getan hatte. Ein neuer Mut und eine ganz neue Kraft kam über sie. Von Ise würde sie sich fortan nicht mehr irremachen lassen und auch sonst würde sie den Kopf oben behalten, mochten auch noch manche Schwierigkeiten zu überwinden sein. O, wenn ihr doch nur Frau Dungs noch recht lange zur Seite stände!

Frau Anton Dungs lachte leise, als sie sah, wie Lotte von Karst sie anblickte. Sie sagte: »In einem Punkt haben Sie jetzt eine Aehnlichkeit mit meinem Sohn Anton, Kind. Er möchte nämlich auch, daß ich noch recht lange hierbliebe. Habe ich es nicht gut? Meist ist man froh, wenn man keine Last mehr hat mit alten Frauen. Ist es nicht so? Nein, sagen Sie nichts, Kind, ich weiß ja doch, wie Sie's meinen. Und mein Sohn meint es gewiß genau so gut. Aber man soll sich nicht zu sehr an eine alte Frau hängen, und vor allem soll man nicht mit ihrer Gesundheit rechnen. Doch das brauchen Sie auch gar nicht, Kind. Drücken Sie bitte einmal dort auf den Knopf, ja?«

August erschien und gleich hinter ihm Schwester Emma.

»Sie können gleich hierbleiben, Schwester,« sagte Frau Dungs und stellte Lotte von Karst vor. Den Diener aber fragte sie, ob der junge Herr im Wohnzimmer sei. Als August bejahte, zog die Greisin Lotte von Karst näher und küßte sie innig auf die Stirn. »Jetzt wird August Sie zum Wohnzimmer führen, Kind, denn Sie müssen sich doch endlich einmal aussprechen, nicht wahr?«

Lotte traten Tränen in die Augen.

»Man soll nichts aufschieben, Kind, merken Sie sich das. Also, August, führen Sie das junge Fräulein hinüber. Und Sie, Schwester, fahren Sie mich bitte zurück in mein Schlafzimmer.«

Schwester Emma tat, wie ihr geheißen, aber sie war sehr unzufrieden und voller Groll gegen die junge Dame, die August hinausgeleitet hatte. Die alte Frau Dungs war wohl nicht mehr recht bei Verstand, daß sie so etwas zuließ und gar noch unterstützte? Sie würde doch einmal mit Herrn Anton Dungs junior reden müssen.

3. Kapitel

Schwester Emma bat Frau Dungs für den Nachmittag um eine Stunde Urlaub, denn sie müsse Helene Momm einen Besuch machen. Das Kind sei immer noch so unglücklich über den Tod ihrer Mutter und jetzt ganz allein, da ihr Vater nach Genua gereist sei.

»Nach Genua?« fragte Frau Dungs verwundert.

»In Geschäften,« bemerkte Schwester Emma.

»Dann verstehe ich es,« meinte Frau Dungs und fragte nicht weiter.

Schwester Emma erzählte, Herr Hugo Momm habe überhaupt viel Neues vor. Er sei immer noch ganz verstört durch den Tod seiner Frau und helfe sich durch doppelte Arbeit darüber hinweg.

Frau Dungs meinte: »Ist es nicht merkwürdig, Schwester, wie hier bei uns alles und jedes mit Arbeit kuriert wird? Hat jemand einen großen Kummer, doppelte Arbeit muß helfen. Hat jemand einen Aerger, Arbeit muß ihn vergessen machen. Ist einem eine Freude widerfahren, schmeckt die Arbeit noch einmal so gut. Nichts wie Arbeit, wohin man sieht und hört, ein Allheilmittel für alles. Andere Leute ruhen sich einmal aus und lesen etwas. Wenn hier einer für einen Augenblick ruhig dasitzt, ist es gewiß nur, weil er sich gerade ausdenkt, wie er seine Fabrik vergrößern, seine Arbeit vermehren kann. Eigentlich schrecklich!«

Schwester Emma konnte das nicht finden, sondern meinte, es sei ganz in der Ordnung, denn so kämen die Männer nicht auf unnütze Gedanken.

»Praktisch ist es gewiß,« sagte die Greisin, »aber wo keine unnützen Gedanken sind, gibt es auch keine Schönheit, und das ist sehr schade.«

Schwester Emma konnte das nicht finden, denn wofür könne die Schönheit gut sein? Und Kunst und dergleichen sei doch nur etwas für Leute, die sonst nichts zu tun hätten.

Frau Anton Dungs senior schwieg, denn ihr lag nicht viel daran, Schwester Emma für eine andere Anschauung zu gewinnen.

Schwester Emma meinte, das junge Fräulein von heute morgen sei gewiß recht hübsch zum Ansehn und so. Aber zu mehr sei die Schönheit doch wirklich nicht gut und das sei nicht gerade sehr viel. Was Solides und Tüchtiges, worauf man bauen und zum Beispiel einen Hausstand gründen könne oder dergleichen, sei es nicht. Die Greisin lächelte dünn und schwieg, während Schwester Emma eine ganze Weile darauf wartete, nun doch Näheres über das junge Mädchen und Alfred Dungs zu hören.

Schwester Emma klopfte noch etwas lauter auf den Busch, indem sie sagte, Herr Alfred Dungs zum Beispiel sei doch gewiß, wie man so sage, ein schöner Mann, aber davon rede doch kein Mensch viel, sondern man rede von seiner Tüchtigkeit, und so gehöre es sich doch auch!

Frau Dungs schwieg.

»Oder sind Sie anderer Meinung, Frau Dungs? Das kann ich mir gar nicht denken.«

Aber Frau Dungs lächelte nur und sagte nichts.

Schwester Emma wurde so ärgerlich, daß sie beinahe angefangen hätte, von Frau Anton Dungs junior, der Frau Adele, zu sprechen, denn das war doch der beste Beweis für ihre Anschauung, und diesem Beweis konnte sich auch Frau Dungs senior nicht verschließen, wo sie das Unglück doch in der eigenen Familie erlebt hatte. Aber Schwester Emma besann sich noch rechtzeitig, daß Frau Dungs eine solche Bemerkung vielleicht übel aufnahm, und sie wollte es jetzt nicht mit ihr verderben.

Schwester Emma erhob sich, bedankte sich noch einmal für den Urlaub, versprach, so bald wie möglich wieder hier zu sein, und wenn Frau Dungs sie früher nötig habe, so möge sie doch bitte telephonieren lassen, denn sie gehe nur zu Helene Momm, und entfernte sich.

Als sie auf der Straße stand, schüttelte sie bedenklich den Kopf. Kein Zweifel, Frau Dungs war nicht mehr recht bei Verstand. Anders ließ es sich wohl nicht gut erklären, daß sie so laxe Anschauungen hatte. Auch hatte sie sich ja leider schon immer so viel mit Musikanten und Schauspielern abgegeben. Das war nun die Folge davon. Wie das schon aussah, die zwei Löwen hier vor der Tür. Als ginge es in eine Menagerie. Und all diese Büsten in dem Wintergarten.

So etwas gehörte doch nicht auf die Straße, sondern in ein Museum. Nein, mit der alten Frau Dungs war es nicht mehr ganz richtig, und Herr Anton Dungs junior hatte wirklich keinen leichten Stand in seiner Familie. Und dort auf dem Hotelbalkon stand natürlich das junge Fräulein von heute morgen und sah in die Luft. Hätte sie wenigstens gesessen und eine Handarbeit im Schoß gehabt, aber so. Es war noch nicht vier Uhr nachmittags. Da hat man doch keine Zeit, einfach auf dem Balkon zu stehen und in die Luft zu gucken.

Schwester Emma huschte schnell unter dem Balkon her, um nicht grüßen zu müssen. Es wäre dem jungen Fräulein vielleicht doch unangenehm, wenn man sie dabei antraf, wie es einfach in die Luft guckte und nichts tat.

Schwester Emma machte, daß sie zu Helene Momm kam, das war doch etwas anderes. Schon von weitem sah man sie am Fenster sitzen und stricken. Sie strickte Pulswärmer für ihren Vater. Als sie die Schwester sah, grüßte sie lebhaft und kam ihr schon an der Tür entgegen, wie es sich gehörte.

Sie ließen sich nun zu zweit in dem Erker nieder, in dem Helene Momm schon gesessen hatte. Man übersah von hier aus am besten die Straße. Außerdem war vor dem Fenster noch ein »Spion« angebracht, so daß den Blicken wirklich nicht das geringste von dem, was vielleicht draußen vorging, entgehen konnte. Helene griff wieder zu den Pulswärmern und strickte weiter. Schwester Emma zog ein Sofadeckchen aus ihrer geräumigen Rocktasche und begann zu häkeln. So war es behaglich und anständig.

Helene erzählte zunächst von ihrem Vater, der ihr wieder aus Genua geschrieben habe, daß alles gut voranginge, und daß in Italien noch etwas zu machen sei, wenn man nicht gleich die Geduld verliere. Wie schön Genua war, davon wußten die beiden nichts und erwarteten auch gar nicht, darüber etwas zu erfahren.

Helene sprach mit großem Eifer, denn sie wollte diese Sache möglichst schnell erledigen und es sich doch nicht allzu sehr merken lassen, wie eilig sie es hatte, von Schwester Emma etwas über Dungs zu hören. Das wäre unpassend gewesen. Während das junge Mädchen so eifrig erzählte und Schwester Emma nickte, den Kopf schüttelte und »das soll wohl sein« oder »ho nee!« dazwischen warf, je nachdem es paßte, musterte sie gleichzeitig Helene Momm immer wieder. Sie sollte wirklich etwas dafür tun, daß sie in der Brust ein bißchen dicker würde, dachte Schwester Emma. Das würde ihr viel besser stehn, als wo sie nun so mager ist und ein wenig derbknochig. Große Leute dürfen nicht so mager sein, dachte Schwester Emma, das steht ihnen gar nicht gut. Auch auf die Arme sollte sie ein bißchen mehr Fett bekommen. Aber sonst war sie wirklich ein ansehnliches und tüchtiges Mädchen.

Helene Momm brach ab, machte eine kleine Pause, in der sie ein wenig seufzte, weil sie so am besten ausgefüllt wurde, und auch Schwester Emma seufzte ein wenig. Das machte sich immer gut und war immer richtig.

Helene sah auf und erkundigte sich, wie es denn nun eigentlich der alten Frau Dungs gehe, und es wäre doch sehr schlimm für die Familie, wo doch die junge Frau Dungs nicht da sei, wenn es eine ernstliche Krankheit wäre. Und als sie das gesagt hatte, fiel ihr die eigene Mutter wieder ein, und Tränen traten in ihre Augen, denn sie litt sehr unter diesem Verlust.

Schwester Emma sah beiseite, denn sonst wären ihr auch die Tränen gekommen, so leid tat ihr Helene, und erzählte, daß es mit der alten Frau Dungs gar nicht gut stehe, gar nicht gut, und daß sie auch ein wenig komisch im Kopfe sei. So jung den Mann verloren und dann das Unglück mit Frau Anton Dungs junior und so. Das lasse sich nicht mit dem Besen wegkehren, das bleibe haften. Und dann die viele Musik, die es da immer gegeben habe, das greife auch an. Und dann die Schauspieler aus Düsseldorf und Köln, das gäbe auch immer neue Aufregungen. Man spräche ja davon, daß sie viel Geld dafür ausgegeben habe, und das sei doch immer ärgerlich, wenn man es hinterher sich recht überlege. Und die vielen Bücher, das sei auch nicht gerade gesund. Nun ja, und da sei sie eben ein bißchen komisch im Kopf geworden und ganz hinfällig an allen Gliedern, und wenn sie nun sterbe, dann sei überhaupt keine Frau mehr in der Familie, und das ginge doch nicht, wohin das denn führen solle?

Schwester Emma seufzte und Helene Momm seufzte, und dann sahen sie beide unter sich, denn nun war es ja wohl an der Zeit, von Alfred Dungs zu reden.

Helene Momm fuhr ein wenig zusammen, denn Schwester Emma sprach nicht, wie sie erwartet hatte, von Alfred Dungs, sondern von seinem Bruder Anton, dem Aeltesten, und was für ein tüchtiger und solider Mensch er sei. Vielleicht ein bißchen zu still, aber das könne sich wohl noch geben, wenn er erst eine angenehme Häuslichkeit habe. Was sie anlange, so gefiele ihr jetzt, wenn sie es sich recht überlege, Anton Dungs eigentlich am besten, und daß man nicht viel Wesens um ihn mache, sei ebenfalls ein gutes Zeichen. Auch ginge er seinem Vater am besten und willigsten zur Hand, und man wisse doch, wie Herr Anton Dungs junior sei, und was er für einen eigenen Kopf habe, wenn es darauf ankäme. Das habe man ja schon erfahren, als seine Frau aus dem Hause ging. Wenn ihm jemand nicht zu Willen sei, dann werde er ja ganz fürchterlich, wie man doch überall hören konnte. Und nun sei Anton außerdem auch der Aelteste und damit sicherlich der wahre Erbe des ganzen großen Unternehmens, von dem er doch sehr viel verstehen müsse, da ihm sein Vater jetzt schon so viel anvertraue. Der junge Anton Dungs sei eben so recht ein Kaufmann, wie es sich gehöre, ein zuverlässiger, solider Mensch, auf den man sich verlassen könne und bei dem man gut aufgehoben sei. Das sei auch etwas wert. Sogar mehr als Schönheit und Mundfixigkeit, und was dergleichen neumodische Manieren mehr sind. Außerdem mache er doch wirklich eine gute Figur unter den Dungs mit seinem breiten und gesetzten Wesen.

Helene Momm war unter diesen Ausführungen ganz blaß geworden. Ganz erschrocken blickte sie auf Schwester Emma. Was war denn mit Alfred Dungs geschehen, daß sie auf einmal nur von Anton sprach und ihn so in den Himmel hob?

Schwester Emma sah wohl, was in Helene Momm vorging, und erzählte nun von Alfred Dungs, der doch wirklich ein bißchen gar zu großstädtisch daher komme, wie man es hier nicht gewöhnt sei und auch gar nicht gerne sähe. In Berlin falle das wohl nicht weiter auf, denn da sollten die meisten so sein, aber hier mache es gar keinen besonders guten und soliden Eindruck. Gewiß, er sei ein auffallend hübscher Mann, wenigstens für den Geschmack der meisten, den sie in diesem Falle aber nicht recht teilen könne. Aber die Hübschheit vergehe, und wenn dann nichts anderes da sei, was sei es dann mit der Hübschheit gewesen? Eine Enttäuschung und nichts weiter.

Als Helene dazu aber schwieg, fuhr Schwester Emma fort, anders verhalte es sich natürlich, wenn jemand, der nicht von hier sei, die Wahl hätte, denn der würde mehr auf Aeußerlichkeiten sehen und schon deshalb sein Auge wohl zuerst auf Alfred, den Berliner, werfen, wie ihn sein Vater nenne, was auch nicht gerade eine Schmeichelei sei.

Helene Momm wurde immer blässer und erregter.

Da sei zum Beispiel heute morgen bei Frau Dungs ein junges Mädchen gewesen, ein Mädchen von auswärts, aus Berlin oder so. Wenn diese zu wählen hätte, würde sie wahrscheinlich nicht den ältesten Sohn wählen, sondern sicher den zweiten, der ja auch viel besser zu einer Berlinerin passe.

Nun konnte sich Helene Momm doch nicht enthalten zu fragen, wer denn dies junge Mädchen sei, und was sie bei Frau Anton Dungs senior gewollt habe?

Schwester Emma berichtete, es sei die Schwägerin von dem neuen Regimentskommandeur, der immer noch umziehe, trotzdem solche Leute sich eigentlich gar nicht so viele Sachen anschaffen sollten, weil sie nie wüßten, wo sie übers Jahr wären. Auch sei es doch recht merkwürdig, daß er gleich die Schwägerin mitgebracht habe, als ob sie gar nicht schnell genug hierher kommen könne. Anstatt beim Auspacken zu helfen, stehe sie auf dem Balkon und gucke in die Luft. Wie dies junge Mädchen zu Frau Anton Dungs gekommen sei, das wisse sie leider nicht. Aber das müsse sie sagen, sie fände es ein wenig zudringlich, wenn man noch fremd hier sei, gleich zu Frau Dungs zu laufen, als sei es die erste beste. Und wenn Frau Dungs nicht ein bißchen komisch im Kopf wäre, würde sie das gewiß auch sagen.

Helene Momm traten Tränen in die Augen, so sehr sie sich dessen auch schämte, aber ihr Unglück war gar zu groß.

»Es wird schon ganz dämmerig, und ich muß nun wieder gehen,« sagte Schwester Emma dann, putzte sich umständlich die Nase und erhob sich. Auch Helene Momm erhob sich und benutzte das Taschentuch. Dann umarmte sie Schwester Emma und dankte ihr für alles Gute, und Schwester Emma war noch ganz gerührt, als sie schon auf der Straße stand, hielt das Taschentuch für alle Fälle in der Hand und steckte es nicht wieder ein. Die arme Helene Momm. Es war gar zu traurig, wenn man keine Mutter mehr hat, und dann die Enttäuschung mit Alfred Dungs. Das arme gute Kind. Schwester Emma wurde es ganz mütterlich und weich ums Herz.

Da ratterte auf dem schlechten Pflaster ein offenes Auto vorbei und riß sie aus aller mütterlichen Weichheit. In dem Auto saß natürlich Herr Alfred Dungs, denn etwas anderes hatte er ja doch nicht zu tun, und neben ihm saß etwas mit einem Hut, wie es sie hier nicht gab. Sie hatte dies Etwas bei der schnellen Fahrt zwar nicht genau erkannt, aber es konnte doch nur das junge Mädchen aus dem Hotel sein, dem Hut nach zu schließen. Nun fuhren sie also schon allein miteinander spazieren und kümmerten sich, wie es schien, gar nicht darum, was wohl die Leute dazu sagen möchten. Und es wurde doch schon dämmerig. Nein, so etwas!

Schwester Emma stand still und steckte mit einer energischen Bewegung das Taschentuch ein. Das gehörte sich doch wirklich nicht. Was wohl Herr Anton Dungs junior sagen würde, wenn er davon hörte?

Schwester Emma fand, es sei ihre Pflicht, Herrn Anton Dungs junior davon Mitteilung zu machen. Er erfuhr es ja doch, wenn die beiden so frech durch die Stadt fuhren, und da war es schon am besten, er erfuhr es durch sie, die den Dungs doch gewiß nichts Böses nachsagen wollte.

Am einfachsten war es wohl, sie gratulierte Herrn Anton Dungs junior, und wenn er nicht gleich Bescheid wußte, dann gratulierte sie ihm eben zu der Schwiegertochter. Dabei war doch nichts Böses, und zugleich erfuhr sie, wie Herr Dungs darüber dachte. Ja, so würde sie es machen, und Schwester Emma schritt energisch der Fabrik zu, wo sie Herrn Anton Dungs sicher antreffen würde. Auch würde er sie gewiß sofort vorlassen, wo sie doch seine Mutter pflegte, die er so liebte.

*

Es hatte Alfred Dungs einige Mühe gekostet, bis er Lotte dahin brachte, daß sie zu ihm in das Auto stieg. Sie fand, es gehöre sich nicht. Am wenigsten, wo sie sich nun heimlich verlobt hatten. Er fand, gerade deshalb sei doch nichts Besonderes dabei. Wenn er schon so oft mit fremden jungen Damen gefahren sei, die ihn gar nichts angingen, sei es doch erst recht begreiflich, wenn er mit seiner Braut fahren wolle.

Alfred Dungs war vor dem Hotel vorgefahren, um den Schwestern einen Besuch zu machen. In Wirklichkeit aber wollte er vor allem Lotte wiedersehen, denn seitdem sie sich in dem Wohnzimmer von Frau Anton Dungs senior ausgesprochen hatten, wäre er am liebsten immer um sie gewesen.

Er traf Lotte allein, denn ihre Schwester befand sich noch in der neuen Wohnung. Uebermorgen war Ises Geburtstag. Bis dahin sollte die Wohnung fertig sein, und an Ises Geburtstag wollten sie zum erstenmal in der neuen Wohnung zu Mittag essen.

Als Alfred Dungs Lotte allein traf, machte er sofort den Vorschlag, sie möge auf ein Stündchen mit ihm fahren. Er werde sie schon rechtzeitig wieder im Hotel abliefern. Auch werde Lotte doch inzwischen ihrer Schwester das Nötige mitgeteilt haben, so daß es sie nicht weiter wundernähme, wenn Lotte ein wenig mit ihrem Verlobten ausführe. Aber Lotte erklärte, sie habe ihrer Schwester noch nichts davon gesagt, denn sie wolle, sowie der Geburtstag vorbei sei, zu ihrem Vater fahren und vor allem mit ihm sprechen, er müsse zuerst davon hören. Daß sie Ise gegenüber auch deshalb geschwiegen, weil sie wußte, die Schwester würde sich sehr darüber erregen und der ganze Geburtstag würde dadurch verdorben werden, das mochte Lotte ihrem Verlobten nicht sagen. Es war doch nicht nötig, ihn dadurch zu ärgern oder zu kränken.

Als Alfred dann immer mehr in sie drang, mitzukommen, meinte Lotte, sie müsse doch wenigstens ihrer Schwester gegenüber einen plausiblen Grund haben.

»Dann fahren wir eben zu unserem Hüttenwerk,« schlug Alfred vor, »und ich zeige es Dir. Das interessiert alle, die hierher kommen. Warum soll es Dich nicht interessieren?«

Lotte erwiderte, das interessiere sie wirklich, denn sie sähe dabei doch auch, wie er eigentlich lebe, und was er treibe, wovon sie sich keine rechte Vorstellung machen könne. Und so fuhr Lotte denn mit.

Alfred Dungs hatte mit Absicht gerade das Hüttenwerk genannt, weil es sehr weit fort von der Stadt lag. So hatte er Lotte fast eine halbe Stunde für sich allein, und das war ihm jetzt die Hauptsache.

»Du willst mich wohl gleich entführen?« fragte Lotte, als sie aus der Stadt herausfuhren.

»Das einfachste und praktischste wäre es entschieden,« erwiderte Alfred und schien allen Ernstes zu überlegen, wie es am besten anzustellen sei.

Sie nahm seine Hand und sagte lachend: »Du bist wohl nicht recht gescheit, Fred. Wir sind doch viel zu vernünftig, um Dummheiten zu machen.«

»Ich fühle mich im Augenblick zu jeder Dummheit aufgelegt,« erwiderte er und zog sie näher an sich.

Sie gab ihm einen Kuß und sagte: »Nun ist es aber genug.«

»Durchaus nicht!«

»Dann kehre ich sofort um.«

»Da wäre ich wirklich neugierig, ob der Chauffeur Dir mehr pariert als mir.«

»Soll ich es darauf ankommen lassen?« Sie wollte sich erheben. Er aber hielt sie zurück und sagte: »Laß nur, ich bin schon wieder vernünftig, wenn Du es absolut nicht anders tust.«

»Dunkel wird es auch schon,« meinte Lotte nach einer Weile. »Was sollen die Leute denken, wenn sie uns sehen. Ich hätte wirklich nicht nachgeben sollen und zu Hause bleiben.«

»Dann hätten wir uns also vor Deiner Abreise überhaupt nicht mehr allein gesehen? Wäre Dir das wirklich lieb, wo wir doch noch so viel zu bereden haben?«

»Dann wollen wir aber auch jetzt davon reden, Fred.«

Alfred Dungs entwickelte ihr seinen Plan. Er habe gestern schon seinen Vater um eine Unterredung gebeten, sie aber nicht erreichen können, weil der Alte im Augenblick mit Arbeiten überbürdet sei. Morgen oder übermorgen würde er ihn aber sicher stellen. Drängen wolle er auch nicht, denn der Alte sei sehr von Stimmungen abhängig.

»Ich bin Euch gegenüber arm wie eine Kirchenmaus, Fred.«

Alfred Dungs sagte ganz erregt, Geld spiele in solchem Falle keine Rolle, nicht die geringste, auch bei seinem Vater nicht.

»Aber weshalb macht er dann überhaupt Schwierigkeiten?«

Alfred Dungs gab sich Mühe, ihr das klarzumachen, ohne sie zu verletzen. Einmal könne es der Alte überhaupt schlecht vertragen, wenn einer in der Familie selbständig einen Schritt tue. »Und ich habe da schon manches auf dem Kerbholz,« sagte Alfred spöttisch. Dann habe er sich auf Grund seiner eigenen Erfahrungen eingeredet, ein Dungs sei darauf angewiesen, wenn er heirate, ein Mädchen von hier zu heiraten, eine Kaufmannstochter, die an Kaufleute gewöhnt sei. Daher habe er eine besondere Aversion gegen Adelige. Nicht an sich, sondern nur soweit sie für die Familie in Betracht kommen. Jeder solle in seiner Sphäre bleiben.

»Das predigt mein Papa auch,« sagte Lotte ein wenig bedrückt.

»Dann haben die beiden Alten einander wenigstens nichts vorzuwerfen,« sagte Alfred lachend.

»Wenn Du das alles nur nicht zu leicht nimmst,« sagte Lotte bedenklich.

»Ist es Dir angenehmer, wenn ich es schwer nehme? Sieh mal, ich kann mir denken, daß Dein Papa nicht weniger Schwierigkeiten macht als der meine...«

»Er wird sagen, Du seist zu reich für mich,« warf Lotte ein.

»Sagen kann man viel, wenn man es darauf anlegt, und, je mehr man sagt, seine wahren Gründe um so besser verstecken. Aber laß sie doch sagen, was sie wollen, wenn wir nur einig sind, und das sind wir doch?«

Lotte nickte.

»Na also! Was gehen uns viel die andern an. Wir sind ja glücklicherweise beide majorenn und schlimmstenfalls...«

Sie hielt ihm den Mund zu. »Du sollst so nicht reden, Du sollst an so etwas überhaupt nicht denken!«

Er riß sie an sich und sagte: »Mich wirst Du nicht wieder los, darauf kannst Du Dich verlassen!«

Sie erschrak über seine Leidenschaftlichkeit, wenn sie sich andererseits natürlich auch darüber freute.

»Entschuldige, wenn ich Dich erschreckt habe, Lotte! Siehst Du, die Mädchen hier sind ja alle so tüchtig, fabelhaft tüchtig, aber so ledern! Du bist gerade die Richtige nicht wahr?«

»Aber,« begann sie, doch er unterbrach sie.

»Wollen wir uns wirklich diese halbe Stunde durch Wenn und Aber verderben? Versprich mir nur, daß Du zu mir hältst, unter allen Umständen! Dann gibt es kein Wenn und kein Aber. Alles andere ist Nebensache und wird sich finden. Und nun gib mir noch einen Kuß, Lotte, denn wir sind gleich an Ort und Stelle.«

Sie tat es. Sie fühlte sich seltsam beunruhigt, aber sie schwieg, und erst als das Auto langsamer fuhr, meinte sie fast ängstlich: »Ueberschätzt Du mich auch wirklich nicht, Fred? Wenn es sich nun gar nicht lohnt für Dich, Unannehmlichkeiten zu haben? Ich weiß nicht, ich habe Angst, Fred. Wie ist das?«

»Und was hat die Großmutter gesagt?« flüsterte er erregt.

»Du hast recht,« antwortete sie und drückte seine Hand. Der Wagen hielt.

Alfred half ihr aus dem Wagen und führte sie zu dem Portal, an dem ein alter Mann als Pförtner stand. Er zog die Kappe und schmunzelte, als er den jungen Herrn erkannte. Und als er sah, daß der junge Herr mit einer jungen Dame kam, schmunzelte er noch einmal so wohlgefällig.

Alfred drückte dem Alten die Hand und flüsterte ihm ins Ohr, indem er Lotte näher zog: »Sehen Sie, Loh, das ist Lotte von Karst. Nun?«

Der Alte rückte seine Kappe unruhig hin und her und sein Schmunzeln wurde etwas verlegen.

»Hören Sie, Loh, Sie können ja den Mund halten, also dürfen Sie mir gratulieren. Das ist nämlich meine Braut. Aber niemand weitersagen, verstanden?«

Nun schüttelte der Alte Lotte die Hand und strahlte über das ganze Gesicht und murmelte mancherlei, was wohl Glückwünsche sein sollten, deren Worte Lotte aber nicht verstehen konnte.

»Reinen Mund halten, Loh!« Der Alte nickte, und die beiden gingen weiter.

»Wie nett der alte Mann ist.«

»Er hat noch den Großvater gekannt, Lotte, und wenn Du ihm nicht gefallen hättest, hätte er Dir nicht so kräftig die Hand geschüttelt, darauf kannst Du Dich verlassen. Kriechen tun sie Gott sei Dank hier nicht!«

Lotte griff jetzt unwillkürlich nach Alfreds Arm, so überraschte sie der Anblick, der sich in diesem Augenblick bot. Aus einem Dutzend Schornsteinen loderte dunkelrotes Feuer hoch in den Himmel hinein. Dort drüben sprühte in weitem Bogen eine riesige Feuerfontäne in die Dunkelheit. Dort drüben schwebten weißglühende Riesenblöcke gespenstisch vorüber, von denen die Funken spritzten wie Blut. Aus mächtigen Hallen strahlte grelles elektrisches Licht in den Raum. Hier blitzte es fauchend auf, dort quoll ein dicker, breiter Strom von Feuer drängend, stürmisch hervor. Ringsum ein Riesenmeer von Licht und Feuer, das brodelte, zischte, spritzte, sprang, strömte und wand sich wie fliehende Schlangen.

»Wir haben es gut getroffen,« sagte Alfred leise, »es ist gerade abgestochen worden. Ein hübsches Feuerwerk Dir zu Ehren, Lotte.«

»Mein Gott, was bedeutet das, ist hier die Hölle los?«

Alfred Dungs erklärte Lotte, daß gerade zwei Hochöfen »abgestochen« seien. Daher die Fontäne glühender Schlacke, die so weithin spritzte. Der dicke, drängende Strom darunter oder mitten aus der Fontäne heraus, das sei das dünnflüssige Eisen, das in den großen leuchtenden Töpfen zu den Gießereien geführt werde. »Und die glühenden Blöcke dort schweben zu den Walzwerken, wo sie zu Platten und zu Stangen, eckigen, runden, dicken, dünnen, gewalzt werden.«

»Und der Höllenlärm!« sagte Lotte.

Alfred lachte. »Das macht mehr Spektakel, als wenn Korn ausgedroschen wird, was? Du darfst nicht vergessen, daß wir es hier mit lauter Eisen zu tun haben und nicht mit Hülsenfrüchten, und dies Eisen wird nicht nur gedroschen, sondern noch viel mehr gepreßt, daß es bis ins Innerste ächzt und stöhnt, in die Länge gezogen, gebogen, links herum, rechts herum, durch Löcher gejagt, über Winden getrieben, auf den Kopf geschlagen, gezwickt, geduscht, wieder angehitzt, hörst Du, wie es schreit? Verstehst Du, weshalb es schreit?«

Lotte nickte.

»Dazu hat noch jede Maschine ihre eigene Stimme. Wenn Du lange hier bist, kannst Du sie ganz genau auseinander kennen. Nicht nur ihrem Aussehen, sondern auch ihrer Stimme nach.«

»Furchtbar ist es!« flüsterte Lotte.

»Und schön, Lotte, wunderschön. Oder findest Du nicht?«

Lotte nickte und starrte mit weit aufgerissenen Augen in all das unruhige Licht, das nicht nur leuchtete, sondern zugleich auch zischte, fauchte, ächzte, stöhnte.

Er faßte sie am Arm und zog sie mit sich weiter. Es ging über Bahngeleise, die unter ihren Füßen leise bebten von der Eisenlast, die auf ihnen befördert wurde. Ueber ihren Häupten fuhren surrend gewaltige Kräne hin und her. Lokomotiven stampften, Signale gellten. Es ging durch geräumige Tunnels unter der Erde her, so daß sie es nur noch über ihren Köpfen dröhnen hörten.

Lotte hatte ihren Verlobten am Rockärmel gefaßt, denn sie fühlte sich ganz verwirrt von all dem lärmenden, glühenden, eilenden Durcheinander, das wie ein Chaos aussah, und aus dem doch jeder Kran, jeder Eimer, jedes Geleise seinen sicheren unabänderlichen Weg hatte.

Sie traten in eine gewaltige Halle, die nur aus Eisen und Glas bestand. Taghell lag sie da in einem grellweißen Licht, das aus riesigen Glocken flutete, die wie außerirdische Monde unter der Wölbung standen, gespenstisch und übermenschlich zugleich. In das grellweiße Licht mischten sich gelbliche und graue Dämpfe, die den Gußöfen entstiegen. Und Plötzlich sprang in das grellweiße Licht unter die gelben und grauen Dämpfe ein hellroter Schein. Eine Ofentür war geöffnet worden, und dunkle Gestalten mit Drahtgeflechten vor dem Gesicht rührten mit gewaltigen Eisenstangen in der hellroten Flut im Innern des Ofens. Immer neue Türen öffneten sich, und plötzlich standen wohl vor jeder dieser Türen ein Dutzend Menschen, die an langen Stangen kleine Eimer hielten. In diese Eimer ergoß sich die hellrote Flut, so daß die Eimer mit eins von innen heraus glühten wie riesige Glühwürmer. Und nun strömten all diese Glühwürmer in der ganzen weiten Halle aus allen Entfernungen her einem Mittelpunkt zu. Wie Irrlichter, dicht zusammengedrängt, schaukelten sich die Eimer. Und dann ergoß sich aus ihnen die hellrote Flut langsam in die Tiefe, in den Schoß der Erde, in die Form. Die Männer hielten die Stangen mit den Eimern so weit fort, als es irgend ging, bogen den Körper zurück und wandten den Kopf der glühenden Hitze wegen schräg nach oben, daß auf den hageren Gesichtern das Licht der grellweißen Monde mit dem Licht der hellroten Flut kämpfte, während graue und gelbliche Dämpfe leise darüber hinzogen.

»Wer das malen könnte!« sagte Alfred.

Lotte nickte nur und brachte kein Wort über die Lippen. Der grandiose Anblick der Riesenhalle mit ihren Lichtern und Dämpfen nahm sie gefangen.

Alfred trat zu einem älteren Mann und fragte ihn etwas, und nun nahm er Lotte an der Hand und zog sie weiter.

»Wie ein Dom ist das,« sagte Lotte und atmete hoch auf.

»Aber ein sehr moderner Dom,« meinte Alfred, den Vergleich aufgreifend. »Die alten Dome schließen die Menschen ab von der Außenwelt. Deshalb setzte man so dicke Steinmassen zwischen sich und die Welt. Nichts sollte an die Welt da draußen erinnern, so lange man sich in dem Dom aufhielt, allein mit seinem Gott. Am deutlichsten empfindest Du das in einem romanischen Dom. Wie in einem Grabgewölbe, wenn auch oft in einem herrlich schönen, stehst Du da. Kein Laut dringt von außen zu Dir, kein Sonnenstrahl, kein Lufthauch. Im gotischen Dom wurde es dann schon ein wenig anders. Wir reden von gotischen Fenstern, aber in Wahrheit sind auch das noch keine Fenster, sondern sozusagen Mauern aus Glas. Sollten es Fenster in unserem Sinne sein, hätte man sie nicht bemalt, damit nur ja kein Tageslicht hereindränge. Und nun nimm die Halle, aus der wir kommen. Dieser moderne Dom ist sozusagen nur Fenster. Wer sich in diesem Dom befindet, der fühlt sich nicht getrennt von der Welt ringsum, deren Licht voll zu ihm eindringt. Er steht mitten in der Welt, ihrer Sonne und ihrer Dunkelheit, ihrem Wechsel von Licht und Schatten. Es ist fast wie ein kosmisches Bewußtsein...« Er brach plötzlich ab und meinte: »Ein Glück, daß mich mein Vater nicht gehört hat. Ich glaube, er würde mir nicht einmal mehr einen Portiersposten in seiner Fabrik anvertrauen.«

Lotte aber drückte ihm dankbar die Hand. »Wie gut Du das gesagt hast, wie recht Du hast!«

Sie kamen an einem kleinen Bau vorbei, aus dem Blechmusik erschallte. »Unsere freiwillige Feuerwehr, die übt,« sagte Alfred lächelnd. Sie gelangten zu einem langgestreckten, barackenartigen Haus, dessen Tür Alfred öffnete. Zur Hälfte enthielt der Bau nichts wie Badezellen, zur anderen Hälfte einen Eßraum. »Die Kantine für die italienischen Arbeiter.«

»Sind die Arbeiter denn hier nach Nationen getrennt?« fragte Lotte verwundert.

»Gewiß,« antwortete Alfred. »Aber ich glaube nicht, daß ein besonderer Haß dahinter steckt, ich glaube vielmehr, jede Nation will nur ihren besonderen Liebhabereien ungestört von den anderen frönen. Wenn die Italiener hier sitzen, wollen sie singen und Gitarre klimpern. Die Deutschen, die derweil Sechsundsechzig oder Skat spielen wollen, würden durch das Spiel und den Gesang gestört. Dann kommt es zu Reibereien, einer zieht den andern auf, und dann erst gibt's Geraufe und Messerstechen. Früher verging fast kein Tag ohne so ein Ereignis. Ich kam dann zufällig hinter den wahren Grund, weil die Leute zum Teil ein besonderes Zutrauen zu mir haben, und habe es, wenn auch nach Schwierigkeiten, durchgesetzt, daß getrennte Kantinen eingerichtet wurden. Jetzt tut kaum noch einer dem andern etwas Böses. Ich glaube, wenn man genauer zusieht, beruht der sogenannte Rassenhaß recht häufig auf ähnlichen Gründen.«

»Die Leute hören also gerne auf Dich?« fragte Lotte, die das besonders freute.

Alfred lächelte. »O ja. Wenigstens sind sie offener zu mir als zu Anton und zu meinem Vater. Ich komme ihnen wohl nicht so streng vor. Ich glaube, sie nehmen mich als Herrn überhaupt nicht so recht für voll. Ich bin nicht scharf genug und nicht so kurz angebunden, wie sie es gewöhnt sind. Deshalb traut man sich bei mir leichter einmal mit einem Wort hervor.«

»Du brauchst Dich doch nicht schlechter zu machen, als Du bist, Fred.«

»Will ich auch gar nicht, Lotte.«

»Schön muß es sein, hier zu arbeiten, hier Führer zu sein!« Lotte reckte sich.

»O ja. Aber im Grunde sind wir alle nur Geführte, außer meinem Vater. Und wenn man genauer zusieht, als er es liebt, wird er auch geführt.«

»Von wem denn?« fragte Lotte erstaunt.

»Von der Konjunktur, von der allgemeinen geschäftlichen Lage. Wirklich unabhängig, wie er es sich gerne einbildet, ist auch er nicht.«

»Wie ein Fürst muß er sich fühlen!«

»Mag sein. Aber auch Fürsten sind abhängiger, als sie oft wahr haben wollen.«

»Du bist so skeptisch, Fred?« meinte Lotte nicht ohne Unbehagen.

»Das finden die andern auch, und sie mögen mich wohl deshalb nicht besonders.«

»Warum bist Du es denn, Fred?«

Nun sprach Alfred Dungs, während sie weiterschritten, etwas ausführlicher von sich. »Damit Du nicht demnächst auch zu den anderen gehörst, die mich nicht mögen,« meinte er lächelnd.

Sie drückte ihm heimlich die Hand.

Alfred Dungs hatte eigentlich Soldat werden wollen.

Lotte sah verwundert zu ihm auf.

Alfred lächelte wieder. »Nicht der schönen bunten Uniform wegen, Lotte, sondern um in die Kolonien zu gehen. Aber nicht als Kaufmann. Und da man mich nie und nimmer als Forscher hinausgelassen hätte, denn das wäre in den Augen meines Vaters hinausgeworfenes Geld gewesen, so wollte ich eben Soldat werden. Aber auch das setzte ich nicht durch. Meinem Vater kam es wie eine Spielerei vor. Ich dachte darüber natürlich anders. Aber darin hatte er recht, mein eigentlicher Herzenswunsch war es nicht, sondern sozusagen nur ein Umweg zu ihm, ein Umweg, von dem ich damals annahm, ihn meinem Vater plausibel machen zu können. Aber es gelang mir nicht, und da wollte ich Jurist werden, zur Verwaltung oder zur Diplomatie gehen, um so wenigstens reisen zu können und fremde Länder zu sehen und zu studieren.«

»Das war also Dein Herzenswunsch?«

Er nickte. »Aber da mein Vater auch das nicht wollte, gab ich schließlich nach und blieb hier. Da mein Herz nicht ganz bei der Sache ist, hilft es sich eben mit Skepsis über seinen Kummer hinweg. Mein Vater fühlt das wohl selbst, und deshalb ärgert ihn meine Art. Sie erinnert ihn immer daran, daß er mir meinen Herzenswunsch ausgeschlagen hat, und er sieht, daß ich ihn trotzdem nicht vergessen habe. Bei jedem anderen gefiele ihm das, denn er mag es, wenn man konsequent ist. Aber bei mir ist es ihm unbequem...«

»Wie schade, daß Ihr Euch nicht gut versteht!«

Alfred zuckte die Achseln und erzählte weiter von seinem Leben, das ihn wohl durch ganz Europa führte; denn am liebsten unternahm er noch die Reisen für das Geschäft, aber eben nicht in unkultivierte Länder, was ihn viel mehr interessiert hätte.

»Ich hätte ja einfach ausreißen können,« meinte er nachdenklich. »Aber als ich noch ganz jung war, kam mir dieser Gedanke einfach nicht. Ein Dungs und ausreißen. Eine ungeheuerliche Vorstellung. Ich stand damals doch wohl viel mehr unter dem Bann meines Vaters, als ich dachte. Und jetzt?« Er warf einen prüfenden Blick auf Lotte. »Nun, wir werden ja sehen.«

»Was willst Du damit sagen, Fred?« fragte sie beunruhigt.

»Eigentlich gar nichts Bestimmtes, aber ich habe das Gefühl, als käme jetzt wohl der Wendepunkt in meinem Leben.«

»Meinetwegen?« fragte sie leise.

Er blickte sie gerade und offen an. »Würde Dich das beunruhigen und quälen?«

Sie schwieg.

»Aber, Lotte! Nein, das will ich nicht glauben!« Er wurde erregt. »Sieh mal, ich habe mich eigentlich, wenn ich es mir recht überlege, viel zu sehr von den Verhältnissen schieben lassen. Es war ja auch bequemer so. Und weshalb besondere Anstrengungen machen, wenn man nicht recht weiß, wozu? Es lohnte sich offengestanden nicht recht. Das ist jetzt doch anders, und das verstehst Du auch ganz gut, wie ich Dich kenne. Weshalb soll ich hier mein Leben lang bestenfalls der Zweite sein, wenn ich das Zeug in mir fühle, vielleicht an anderem Ort ein Erster zu werden? Eigentlich müßte Dir das doch eher gefallen?«

Aber Lotte schwieg immer noch.

»Also schön, lassen wir das, und warten wir alles Weitere ab,« meinte er langsam und wieder völlig ruhig. »Ich sage das mit solcher Gelassenheit, weil ich annehme, ich werde nicht mehr lange zu warten brauchen ... Und nun wollen wir hier im Kasino für einen Augenblick eintreten, denn den Clou habe ich Dir bis zuletzt aufgespart.«

»Das Kasino?« fragte sie verwundert.

Alfred lachte. »Nein, gewiß nicht, aber ich möchte von hier aus telefonieren, damit alles bereit ist, wenn wir kommen.«

Er führte sie in das Beamtenkasino, einen schönen, geräumigen Bau, der auf ganz moderne Art und Weise ausgestattet war.

»So, hier sind wir sozusagen im Allerheiligsten,« sagte Alfred und öffnete die Tür zu einem Raum, der besonders einfach aussah. In der Mitte stand ein großer Tisch, von bequemen Ledersesseln umgeben. An den Wänden hingen einige Stiche, die Dungssche Fabrikanlagen darstellten, und eine Anzahl Diplome von Ausstellungen. »Das Beratungszimmer,« sagte Alfred. »Hier sitzen wir mit unseren Generaldirektoren, wenn etwas Besonderes los ist. Dort auf dem

Holzstuhl mein Vater. Er kann sich an die Bequemlichkeit der Klubsessel nicht gewöhnen ... Und nun entschuldige mich für einen Augenblick.«

Lotte nickte, und Alfred entfernte sich.

Lotte ging unruhig hin und her. Und plötzlich setzte sie sich auf den Holzstuhl und weinte leise. Wie quälend das war, daß sie nun wirklich Unfrieden in diese Familie bringen würde, denn sonst hätte Fred nicht so zu ihr gesprochen. Nein, daß es so schlimm werden könnte, das hatte sie wirklich nicht gedacht. Mein Gott, es war doch keine Schande, sie zu heiraten! Aber es sah jetzt fast so aus, wo nicht einmal Fred es zu wagen schien, einfach mit seinem Vater zu reden. Und was würde ihr Vater sagen, wenn er davon erführe? Wie häßlich das alles war, gar nicht auszudenken! Darf man denn wirklich nicht mehr einfach seinem Herzen folgen? Oder dürfen das heutzutage nur noch Knechte und Mägde?

Lotte erhob sich, trocknete die Augen und sagte halblaut: »Morgen reise ich ab. Das ertrage ich nicht länger!«

Nun wurde sie ein wenig ruhiger und trat zum Fenster. Es war ganz dunkel, und wie ein schweres, schwarzes Ungetüm lag die riesige Fabrik vor ihr ausgebreitet. Es atmete schwer, es spie Feuer, wie ein Drache im Märchen.

»So,« sagte Alfred eifrig, als er wieder eintrat, »nun wollen wir auch gleich aufbrechen zu Schacht I. Ich habe telefoniert. Sowie wir da sind, können wir einfahren.«

Sie blickte ihn fragend an.

»Fehlt Dir etwas? Fürchtest Du Dich?« fragte er besorgt.

Sie lächelte. »O nein, gewiß nicht, gehen wir.«

Sie war froh, als sie mit Alfred wieder im Freien, im Dunkeln war.

»Ist es Dir auch wirklich nicht unangenehm, mit mir in den Schacht zu fahren, den Kohlenschacht? Ich habe gar nicht daran gedacht, daß es Dir unangenehm sein könnte. Es interessiert nämlich alle Besucher immer am meisten, trotzdem wir natürlich nur wenig einfahren lassen. Und besonders schmutzig ist es auch nicht, denn wir ziehen uns entsprechend um, und wenn wir da unten sind, brauchen wir ja nicht gleich bis in die entferntesten Löcher zu kriechen.«

»Aber Fred, ich fürchte mich wirklich nicht, und es interessiert mich sehr.«

»Ich meine nur, wenn Du doch schon einmal hier bei uns bist, solltest Du Dir das nicht entgehen lassen. Auch macht es mir Freude, wenn ich denke, daß Du das alles dann ein bißchen kennst.«

»Lieber Fred!« Sie streichelte seine Rechte.

Er führte sie durch einen langen Tunnel. Je näher sie seinem Ende kamen, um so lauter wurde es. Es war gerade, als ginge ein schweres Gewitter nieder, so donnerte und krachte es. Als sie das Ende des Tunnels erreicht hatten, hielt sich Lotte unwillkürlich die Ohren zu. Aber nach wenigen Augenblicken schon gab sie die Ohren wieder frei, als wenn sie sonst das Bild ringsum nicht völlig in sich aufnehmen könnte. Vor ihnen ragte ein riesiger Turm aus Eisen hoch in die Nacht. Er war in mehrere Etagen eingeteilt, jede höher gelegene um ein beträchtliches kleiner als die nächste darunter. Man sah es ganz deutlich, denn auf allen Etagen huschten viele Lichter hin und her, unruhig, geschäftig, und ringsum hingen wieder wie in den großen Hallen, die großen, bleichen, gespenstigen Monde hoch in der Luft. Romantischer konnte auch die wildeste Gebirgsschlucht bei Mondenschein nicht aussehen als dies Terrain hier mit dem gewaltigen Förderturm, den vielen Laufbahnen, Hütten und Hallen, zwischen denen sich enge, kohlschwarze Gäßchen schlängelten.

Alfred nahm Lotte an der Hand und führte sie auf schmalen Eisentreppen den Turm in die Höhe, der in allen Gliedern bebte und zitterte wie ein Zugtier, das in schwerer Arbeit steht. Mit Donnergepolter fuhren die Kohlenwagen am Förderseil zu den verschiedenen Etagen des Turms, wo sie ausgekarrt, entladen und wieder eingekarrt wurden. Das krachte, donnerte, dröhnte, bebte, als stände man auf einem Vulkan vor einer Eruption.

Ein Mann in besserer Kleidung zog die Mütze und trat auf Alfred zu. Sie sprachen miteinander, aber Lotte konnte kein Wort verstehen. Der Lärm ringsum war zu gewaltig. Aber nach Alfreds Gesten zu urteilen, hatte ihm der Mann keine angenehmen Mitteilungen zu machen.

Alfred zuckte heftig zusammen, wurde heftig, erblaßte, auch der andere wurde erregt, dann verlegen und zuckte schließlich hilflos die Achseln, als Alfred sich so weit vergaß und mit dem Fuß auf den Boden stampfte.

»Was gibt es denn?« fragte Lotte ängstlich, die Alfred noch nie so erregt gesehen hatte. Aber wie sollte er ihre Frage verstehen, da sie ihre Worte nicht mehr verstand, als sie ihre Lippen verließen?

Anton Dungs junior hatte von seinem Kontor aus telephonisch den Befehl erteilt, daß niemand einfahren dürfe. Alfred nahm als selbstverständlich an, daß sich dieser Befehl nicht auf ihn beziehe. Aber der Meister mußte ihm mitteilen, daß Herr Dungs diesen Befehl noch ganz ausdrücklich auch auf seine Söhne ausgedehnt habe. Nun wußte Alfred Bescheid. Es war dem Vater irgendwie hinterbracht worden, daß er sich hier mit einer jungen Dame befand. Er wußte, wer die junge Dame war, Klatsch verbreitet sich ja schnell, und nun zeigte er ihm auf so brutale Weise, wer hier der Herr war, und daß der Sohn gar nichts zu sagen hatte, wenn Anton Dungs junior nicht wollte. Er wollte ihn beleidigen und auch die Dame, die mit ihm war. Unerhört. Nur mühsam gelang es Alfred, wieder ruhiger zu werden. Aber Lotte durfte ja nichts merken, unter keinen Umständen durfte sie erfahren, worum es sich handelte. Er gab dem Meister kurz die Hand und führte Lotte auf einer schmalen eisernen Bahn, die mit Schienen belegt war, vom Turm fort in eine große Halle.

Nun konnte man sich wieder verstehen, aber der Anblick, der sich Lotte hier bot, war so seltsam, daß sie zunächst danach fragte. In der Halle hingen nämlich, etwa drei Meter über dem Boden, Tausende von Kleidungsstücken. Als seien sie zum Trocknen aufgehängt. Aber es waren nicht nur Wäschestücke, es waren auch Jacken und Beinkleider, die hier zu Tausenden dicht nebeneinander hingen.

Alfred war froh, daß Lotte von dem Vorfall, der sich eben auf dem Turm zugetragen hatte, durch diesen Anblick abgelenkt wurde und erklärte ihn eifrig. Was hier hing, das waren die Kleidungsstücke der dreitausend Bergleute, die jetzt unter ihren Füßen im Schoß der Erde arbeiteten. Sie erhielten für diese Arbeit vom Werk ihre besondere Tracht. Was hier hing, waren die Privatkleider. Jeder hing sein Bündel, nachdem er sich umgezogen hatte, an einen Haken. Der Haken wurde an einer Kette in die Höhe gezogen. Jede Kette besaß ihren eigenen Verschluß. Jeder Arbeiter hatte den Schlüssel zu dem seinen, so daß nun kein Fremder an seine Kleider konnte.

Grotesk sah es aus, eigentlich zum Lachen. Aber wenn man nun wußte, daß die Leute im Schacht sich mühten, während ihre Hüllen hier teilnahmslos und leer hingen, bekam der Anblick etwas Unheimliches. Wie entseelt hingen diese Hüllen da. Als ob das, was ihnen erst Leben gab, sie für immer verlassen hätte. Wenn die Arbeiter aus dem Schoß der Erde nun nicht mehr zurückkämen, was dann?

»Komm!« sagte Lotte und zog Alfred mit sich fort. Ihr war, als ginge ein großes Klagen und Seufzen durch all die Kleiderbündel; die wie die Gehenkten unter der Decke hingen.

Sie traten auf eine breite Estrade, auf der die Kohlen sortiert wurden und von hier aus gleich in die Waggons liefen.

»Ich dachte, wir wollten einfahren?« fragte Lotte nach einer Weile, während Alfred ihr alles eifrig erklärte, froh, daß ihr die Szene vorhin nicht weiter aufgefallen zu sein schien.

»Wir müssen noch ein wenig warten, es ist gerade kein günstiger Augenblick,« erwiderte er und erklärte weiter.

Nach einer Weile führte er sie in eine kleine Halle, in der ein gewaltiges Schwungrad eilig sich um seine Achse drehte. Vor dem Schwungrad stand ein einzelner Mann, die Hand an einer Weiche.

Alfred erklärte, wie von hier aus und von diesem einen Mann der ganze Förderbetrieb in Schacht I geregelt wurde. Rechts von ihm an der Wand hing eine große Skala, die bis auf eine halbe Sekunde genau angab, mit welcher Schnelligkeit das Förderseil draußen im Förderturm auf und niederstieg. Einmal lag natürlich sehr viel daran, möglichst schnell zu fördern. Andererseits durfte aber eine bestimmte Schnelligkeit im Interesse der Sicherheit nicht überschritten werden. Das alles konnte der Mann an der Weiche bequem von der großen Skala ablesen und danach die Zahl der Umdrehungen des großen Rades vor ihm regeln. Zugleich aber sprangen unausgesetzt an einer kleineren schwarzen Tafel römische Zahlen auf und klappten nach einer bestimmten Zeit wieder zu. Das zeigte an, von welcher Sohle im Bergwerk gerade der Förderkasten beladen war, der jetzt aufstieg.

Plötzlich öffnete sich eine Klappe mit einer roten Zahl.

»Siehst Du, jetzt steigt von Sohle III ein Mann auf, und dann muß etwas langsamer gefördert werden,« erklärte Alfred.

Der Mann an der Weiche verlangsamte die Drehungen seines Rades um ein weniges.

»Fehlt dem Mann nun etwas, der jetzt aufsteigt?« fragte Lotte, den Blick immer auf der roten Zahl.

»Vielleicht ist er nicht ganz wohl, oder er hat eine dringende Bestellung für seine Belegschaft auszurichten und dergleichen.«

»Wenn nun irgendein Unglück da unten passiert, kann man das hier auch sehen?« fragte Lotte leise.

»So weit sind wir leider noch nicht. Immerhin ist jedenfalls etwas Ungewöhnliches los, wenn kurz hintereinander mehrere Male die roten Ziffern sichtbar werden.«

»Da öffnet sich ja schon wieder die Klappe mit der roten Zahl!« sagte Lotte.

»Wenn das noch einige Male passiert, was wir nicht hoffen wollen, dann muß man allerdings annehmen, daß da unten etwas nicht in Ordnung ist, denn die Leute verlassen ja nicht gerne und freiwillig während der Schicht ihre Arbeit,« setzte Alfred auseinander.

»Mein Gott!« sagte Lotte und deutete auf die Klappe, wo schon wieder die rote Zahl erschien.

Der Mann an der Weiche blickte aus Alfred Dungs und dieser auf ihn. Beide waren blaß geworden.

Sechs Augen hingen jetzt gespannt an der Klappe, und die Sekunden kamen ihnen wie Minuten vor.

Wieder öffnete sich die Klappe, und wieder sprang die rote Zahl III heraus.

Der Mann an der Weiche, der bisher den Rücken leicht angelehnt hatte, stand nun kerzengerade an seiner Weiche, blaß bis in die Lippen und verlangsamte die Umdrehungen seines Rades.

Wieder sprang dieselbe Klappe auf.

Der Mann an der Weiche drückte mit bebenden Fingern links auf einen Alarmknopf, der direkt zum Kontor und zu den Aerzten führte. Alfred bat Lotte, ruhig hierzubleiben, er wolle nur schnell einmal zusehen, ob wirklich etwas passiert sei.

Langsamer drehte sich das Rad. Immer wieder öffnete sich die Klappe mit ihrer roten Zahl. Wie aus Stein gehauen stand der Mann an seiner Weiche.

»Was ist denn geschehen?« fragte Lotte entsetzt.

Der Mann an der Weiche schien sie gar nicht zu hören, er starrte nur immer auf die Klappe mit der roten Zahl.

»Haben Sie jemand da unten?« fragte Lotte.

Der Mann nickte nur und starrte. Zwölfmal war die rote Zahl nun aufgetaucht und wieder verschwunden.

»Schlagende Wetter!« preßte der Mann an der Weiche zwischen den bebenden Lippen hervor, ohne die Hand von der Weiche und den Blick von der Klappe zu lassen.

Lotte wußte davon nicht viel, aber sie wußte doch, daß es etwas Fürchterliches war, und nun fiel es ihr auf einmal auf, wie es draußen ruhiger wurde und nicht mehr so laut donnerte und krachte. Es wurden ja auch zurzeit keine Kohlen gefördert, sondern Menschen, vielleicht tote Menschen.

Wieder zeigte die Klappe die rote Zahl, und der Mann an der Weiche drückte zum zweitenmal auf den Alarmknopf. Es war so wenig laut mehr da draußen, daß man das Gellen der Alarmglocke, wenn auch wie aus weiter Ferne, vernahm.

»Müssen Sie denn hierbleiben?« fragte Lotte.

Der Mann nickte.

Die Klappe öffnete sich und zeigte wieder eine schwarze Zahl. In den Mann an der Weiche kam neues Leben, und das Rad lief wieder schneller.

»Soll ich einmal fragen, was geschehen ist?« fragte Lotte.

Der Mann nickte dankbar.

Als Lotte ins Freie trat, war es ganz still, so still wie auf einem Kirchhof, und sie sah viele Tragbahren, die gerade hochgehoben wurden, auf denen unkenntliche Gestalten lagen, die von Kohlenstaub überzogen waren.

Alfred kam sofort zu Lotte und berichtete, was eigentlich vorgefallen, sei noch nicht recht klar. Jedenfalls ein schlagendes Wetter, das unglücklicherweise zwölf Bergleute überrascht habe, wie sie gerade ihr Abendessen einnehmen wollten. Einer sei tot, die anderen seien augenscheinlich nur bewußtlos und würden hoffentlich gerettet werden.

Da fiel Alfred plötzlich etwas ein, er öffnete die Tür zu der kleinen Halle und rief dem Mann an der Weiche zu, worum es sich handle, und der Sohn von ihm sei nicht dabei.

In den Augen des Mannes leuchtete es für einen Augenblick dankbar auf, dann sah er wieder unentwegt nach der Skala, die Hand an der Weiche, und schon donnerte und krachte es wieder auf allen Etagen des Förderturmes. Es wurden wieder Kohlen gefördert, nicht Menschen.

Als Alfred wieder neben Lotte stand, trat Anton Dungs junior hinzu, begrüßte die junge Dame sehr förmlich und sagte zu seinem Sohn, er möge sofort in die Stadt fahren, der Großmutter ginge es sehr schlecht, wie eben telephoniert worden sei. Er könne erst in einer Stunde nachkommen. Er grüßte förmlich und verschwand mit den Tragbahren.

Als Lotte und Alfred im Auto saßen, meinte Lotte plötzlich: »Wenn wir nun eingefahren wären, Fred?«

»Dann wären wir eben vielleicht auch in ärztlicher Behandlung, Lotte. Denn ich wollte gerade zu Sohle III, sie galt bisher als absolut ungefährlich.«

Lotte schwieg erschüttert, Alfred aber dachte, wie merkwürdig es doch sei, daß ihnen beiden am Ende sein Vater, wenn auch ohne es zu wollen, das Leben gerettet hatte.

4. Kapitel

Die elf bewußtlosen Bergleute waren zwar noch am späten Abend wieder zu sich gekommen, aber am andern Vormittag, als man schon daran dachte, sie wieder zu ihren Angehörigen zu entlassen, war es plötzlich mit ihnen viel schlechter geworden, ohne daß die Aerzte einen rechten Grund dafür erkennen konnten, und ehe sich die Aerzte dessen versahen, starben ihnen die armen Menschen bei großen Schmerzen unter den Händen. Die giftigen Gase mußten sie innerlich verbrannt haben. Anders ließ es sich nicht erklären.

Anton Dungs junior, der sich über das Befinden seiner Leute auf dem laufenden erhalten ließ und auch wiederholt bei ihnen gewesen war, fühlte sich tief niedergeschlagen. Sie gehörten ja mit zu der großen Schar, die an seinem Werke arbeitete und dafür so gearbeitet hatte, daß es jetzt groß da stand. Schon aus diesem Grunde nahm Anton Dungs ein persönliches Interesse an seinen Leuten, wenn er es auch nur selten zeigte. Auch waren Jahr und Tag vergangen, seit ein solches Unglück vorgekommen, und Anton Dungs hatte insgeheim gehofft, ähnliche Unglücksfälle seien nach allem, was geschah, um sie zu verhindern, so gut wie ausgeschlossen.

Aber ein Unglück kommt selten allein, und so war zu allem auch noch Frau Anton Dungs senior gestorben, ein besonders schwerer Verlust für den Sohn, der sich an niemand so sehr angeschlossen hatte wie an seine Mutter.

Gestern morgen schien es ihr wieder besser zu gehen. Sie hatte sich in ihren Wintergarten fahren lassen und noch darüber gefreut, daß der Frau Oberst im Hotel von der Regimentskapelle gerade ein Ständchen gebracht wurde, denn heute war der Frau Oberst Geburtstag.

Als die Blechmusik gar kein Ende nahm und Anton schon ungeduldig wurde und hinüberschicken wollte mit der Bitte, man möge Rücksicht auf die Kranke nehmen und aufhören, da wehrte sie ab und neigte den Kopf lächelnd hintenüber. Niemand achtete darauf, wie sich das Lächeln plötzlich verlor, und als man wieder nach der Kranken sah, weil sie gar so ruhig war, da war sie schon tot. Und die Blechmusik spielte immer noch. Schwester Emma wollte empört hinauseilen und um Ruhe bitten, aber nun hatte es ja doch keinen Zweck mehr, nun mochte die Musik ruhig weiterspielen.

Anton Dungs stöhnte. Es war wirklich ein abscheulicher Kontrast gewesen … Ach, es war überhaupt alles abscheulich und widerwärtig!

Anton Dungs schritt mit einem ganz verzerrten Gesicht durch das kleine Arbeitszimmer in seinem Schloß. Er war ja allein, niemand sah ihn, da konnte er sich wohl einmal ein wenig gehen lassen.

Heute nachmittag würde man also die Mutter begraben und morgen vormittag die Bergleute, denn diese Beerdigung war hinausgeschoben worden, weil der Regierungspräsident erscheinen und einige Worte des Trostes reden wollte. So dachte man in der Stadt aus Aufregung darüber nicht ganz so viel an den Tod der Frau Dungs und an ihn, wie es sonst wohl der Fall gewesen wäre. Das war wenigstens noch ein Glück bei allem Unglück, denn nichts war ihm unerträglicher, als wenn sich andere um seine persönlichen Angelegenheiten und Gefühle kümmerten.

Anton Dungs ließ sich in einen Stuhl fallen und stützte den Kopf in die Hände. Nun war der einzige Mensch von ihm gegangen, der ihn wirklich kannte und seine und seines Werkes ganze Entwicklung miterlebt hatte.

Wie leer und tot kam sich Anton Dungs in diesem Augenblick vor. Ein unerträgliches Gefühl. Er zwang sich, an alle die vielen, vielen Jahre zurückzudenken, die seine Mutter neben ihm und mit ihm gegangen war, ratend, helfend, warnend, aber nie ohne Verständnis für ihn. Das war wohl das größte gewesen, was er an ihr besessen, und was nun für immer verloren war. Alt und müde und einsam fühlte sich der Mann jetzt. Hart und streng war er geworden, weil es anders nicht ging. Schon in jungen Jahren mußte er es sein, um seine Autorität zu wahren all den viel älteren Leuten gegenüber, mit denen er zu tun hatte. Hart und streng war er auch gegen sich selbst geworden. Nur einmal nicht. Ein einziges Mal nicht. Damals, als er heiratete.

Wie bitter hatte sich das gerächt. Als er es eingesehen, verschloß er sich erst recht gegen alle Einflüsse von außen und wurde auch immer strenger gegen sich selbst. Man fürchtete ihn, man respektierte ihn, aber man liebte ihn nicht.

Das war kein Wunder. Er hatte es ja selbst nicht anders gewollt. Aber gut tat es doch, einen Menschen in der Nähe zu haben, von dem man wußte, daß er ein warmes, immer gütiges Herz für einen hatte. Nun schlug auch dieses Herz nicht mehr.

Anton Dungs erhob sich wieder, und unwillkürlich fiel sein Blick auf alle die Karten an den Wänden, die er selbst angefertigt hatte, denn sie stellten ihm immer vor Augen, wie sich sein Werk entwickelt hatte, was er zurzeit sein eigen nannte, und was für die Zukunft noch zu erwerben war.

Er trat zu der einen Karte, auf der genau verzeichnet stand, was alles ihm in der Umgegend »unter der Erde« an Grubenfeldern gehörte. Er hatte diesen Besitz mit eigener Hand schraffiert. Es war über die Hälfte des ganzen Landes, soweit es für die Kohle in Betracht kam, dessen unterirdische Schätze ihm gehörten.

Er trat zu einer anderen Karte, die seinen Grundbesitz »über der Erde« darstellte, und der sich bis weit nach Holland hinein erstreckte. Es war immer sein besonderer Stolz gewesen, daß er nie auf Großbanken angewiesen war, daß er immer noch durch Hypotheken auf seinen Grundbesitz die Summen erlangen konnte, die er für die Ausdehnung seiner Hütten und Bergwerke und die Vervollkommnung all dieser Betriebe nötig hatte. So war er unabhängig von den Banken geblieben und auch in der Beziehung ein freier Mann.

Ferner hing hier eine Karte von Spanien, wo seine Erzgruben lagen. Auch sie hatte er beträchtlich ausdehnen können. Alles in allem ein majestätischer Besitz, umfangreicher als mancher Fürstenbesitz und jedenfalls viel rentabler. Alles aber, was ihm seine Arbeit abwarf, hatte er wieder in sein Werk gesteckt. Nur so konnte er mit an der Spitze bleiben. Nur so wahrte er sich die Unabhängigkeit, die sein besonderer Stolz war, und fast die einzige Freude, die er sich noch gönnte.

Als seine Frau seinerzeit von ihm ging und ihr bedeutendes Vermögen zurückhaben wollte, hatte er es nach langen Kämpfen erreicht, daß ihr Vermögen im Werke blieb und sie sich damit zufrieden gab, die reichlichen Zinsen zu erhalten. Adele gab nach, als er selbst zugunsten der Kinder ebenfalls auf ein eigenes Vermögen verzichtete. Das ganze Vermögen wurde auf die Kinder überschrieben, und er war nur für Lebenszeit zum Verwalter bestellt.

Das war wohl mit der klügste Plan, den er je ausgesonnen, denn Adele hatte von den Konsequenzen, die das eventuell haben konnte, nichts geahnt. Damit war nämlich seine frühere Frau, solange er lebte, vermögenslos geworden, wenn er ihr selbstverständlich die reichlichen Zinsen auch regelmäßig zugehen ließ. Aber auch seine drei Söhne besaßen nun kein eigenes Vermögen, über das sie unabhängig von ihm hätten verfügen können, denn solange er, der Verwalter dieses Vermögens, lebte, hatte er das alleinige Verfügungsrecht, wenn auch nicht über das Kapital, so doch über das, was damit erarbeitet wurde.

Anton Dungs hielt diesen Ausweg deshalb für besonders klug, weil ihm nun gar niemand dreinreden konnte, solange seine Art der Verwaltung des Vermögens nicht beanstandet wurde. Dazu aber würde nie auch nur der kleinste Grund vorliegen.

Aus einem ähnlichen Grund hatte er sich nie entschließen können, so verlockend es zuweilen gewesen, aus seinem Werk eine Aktiengesellschaft zu machen. Aktionäre hemmen die Bewegungsfreiheit. Es dauert eventuell so lange, sie unter einen Hut zu bringen, daß es für die Aktion, zu der man sie zusammenrief, längst zu spät ist. Wie es jetzt war, hielt er allein tatsächlich alle Macht in den Händen. Das hatte sich schon oft, wenn es galt, sich schnell zu entscheiden und zu handeln, als ein großer Vorteil herausgestellt, dem er außerordentlich viel verdankte, wenn sein Gegner mit Aktionären und dergleichen zu rechnen hatte. Wie Zieten aus dem Busch kam er, wo ein großes Geschäft auftauchte; und ehe die anderen noch recht merkten, was vor sich ging, hatte er das Geschäft schon gemacht. Dabei mußte jedermann zugeben, daß er, der ja nur Vermögensverwalter war, nur im Interesse seiner Söhne handelte. Deshalb konnte man ihm auch eine scharfe Maßnahme, ein rücksichtsloses Draufgehen nicht so leicht verübeln wie einem anderen. Er handelte ja nur für seine Kinder.

Die Sache besaß aber noch einen anderen Vorzug, an den er damals nicht im entferntesten gedacht hatte, weil ihm eine solche Möglichkeit nie in den Sinn gekommen wäre. Ihm schien aber seit einer Weile, als werde er eventuell mit solcher Möglichkeit rechnen müssen. Wenn nämlich einer seiner Söhne anders wollte als der Vater oder sich gar mit ihm überwarf, was dann? Unter normalen Umständen hätte er ihm dann wohl ein anständiges Pflichtteil geben müssen. Jetzt aber? Er durfte das gewissenhafterweise ja gar nicht. Er, der Vermögensverwalter, konnte doch am wenigsten zulassen, daß das Kapital zugunsten des einen Sohnes geschmälert würde. Seine Aufgabe war es vielmehr, das Kapital unter allen Umständen allen drei Söhnen ungeschmälert zu erhalten und es zu vergrößern, aber jedenfalls nicht zu verkleinern.

Anton Dungs junior biß die Lippen fest aufeinander. Ob sich sein Sohn Alfred darüber wohl klar war? Schwerlich. Denn sonst würde er sich doch wohl etwas vorsichtiger aufführen und sich nicht gar so selbständig gerieren.

Indem Anton Dungs junior noch einmal den Blick über die Karten ringsum gleiten ließ, setzte er sich wieder und seufzte. Ein guter Haushalter war er immer für die Seinen gewesen. Auch seine erbittertsten Gegner mußten das zugeben. Einen besseren Haushalter hätten sie gar nicht finden können.

Und nun war die Mutter tot, Adele trieb sich wohl in Paris herum. Und Alfred? Ihm traute er am wenigsten. Von seiner Seite machte er sich auf Schweres gefaßt, denn er war ja, was Eigensinn und Starrköpfigkeit anging, ein echter Dungs. Daß er aber zugleich beweglicheren und waghalsigeren Geistes war, darin seiner Mutter ähnelnd, das konnte ihn als Gegner höchst unangenehm machen.

Anton Dungs sah grübelnd unter sich. Sollte er am Ende doch seiner Mutter die Freude machen und Alfred gewähren lassen? Ein bitteres Lächeln zog über sein Gesicht. Wer garantierte ihm denn dafür, daß sie noch eine Freude davon hatte, wo sie tot war? Etwa der Pastor? Auf so unsichere Sachen ließ sich Anton Dungs junior so leicht nicht ein.

Er horchte und trat schnell zum Fenster. Er hörte ein Auto mit großer Eile näher kommen. Das hatte etwas Besonderes zu bedeuten. Andernfalls hätte man ihn an diesem Morgen allein gelassen, wie er es gewünscht hatte. Sein Aeltester stieg eilig aus, zog hastig den Hut und lief die Treppe in die Höhe.

Was es nur jetzt wieder geben mochte? Anton Dungs war auf Unangenehmes gefaßt.

»Verzeih', daß ich Dich störe, aber darüber mußte ich Dich doch gleich und persönlich informieren.«

»Bitte!« Der Junge war ganz aufgeregt.

Er zog einen Brief aus der Aktentasche. »Sondermann schreibt uns eben, daß die »Hispania« saniert sei.«

»Was?« Anton Dungs junior fuhr zornig auf.

Direktor Sondermann von der »Hispania« war nämlich schon seit längerer Zeit Anton Dungs ein Dorn im Auge. Er war zu talentvoll und rührig, als daß man ihn hätte gewähren lassen dürfen. Also hatte Anton Dungs unter der Hand einen sehr beträchtlichen Teil der Kuxe der »Hispania« an sich gebracht.

Als Sondermann dann mit großen Erweiterungsvorschlägen an die Aktionäre herangetreten war, hatte Anton Dungs dafür gesorgt, daß diesem tüchtigen Direktor die Bäume nicht in den Himmel wuchsen. Seine Absicht war, die »Hispania« ein wenig auszuhungern, bis ihr fähiger Direktor einsah, daß er mit Anton Dungs einen Kompromiß schließen müsse, um wieder auf einen grünen Zweig zu kommen. Anton Dungs kaufte unter der Hand weiter Kuxe der »Hispania« und setzte sie so nach und nach aufs Trockene. Bevor Sondermann die Luft ausging, würde er schon zu Dungs kommen. Anton Dungs wollte ihn zu seinem Generaldirektor machen, und damit war der Mann ihm nützlich und nicht mehr schädlich. Alles war auf dem besten Weg, und nun kam dieser Brief.

»Was glaubst Du, wer mir da hineinsaniert hat, Junge?« fragte der Vater.

»Ich traue es eigentlich nur einem zu,« meinte der Sohn vorsichtig.

»Ich auch. Ich vermute, das haben wir Hugo Momm zu verdanken!«

»Ich vermute dasselbe.«

»Der Mann ist ja wirklich ganz rabiat seit dem Tode seiner Frau. Schwester Emma hat ganz recht!«

Vater und Sohn traten zum Fenster und sahen eine Weile stumm auf den Park. Ungewöhnlich ähnlich waren sie einander. Nur benahm sich der Sohn ruhiger und gemessener als der allezeit bewegliche Vater.

»Was hältst Du eigentlich von Helene Momm?« fragte der Vater, ohne seinen Sohn anzusehen.

Dieser zögerte einen Augenblick und antwortete dann: »Ein nettes, bescheidenes Mädchen.«

Wieder war es für eine Weile ganz still im Zimmer. Dann fragte der Vater: »Sag' mal, hast Du Deine Meinung über das Heiraten vielleicht geändert?«

Der Sohn schüttelte verneinend den Kopf.

»Ich frage nur für alle Fälle. Ich rede Dir da nichts drein,« meinte der Vater.

Der Sohn schwieg. Beide schritten zu dem kleinen Sofa an der Querwand und ließen sich nachdenklich hier nieder.

»Wie findest Du, daß sich der Adam entwickelt?« fragte der Vater.

»Ich glaube, ganz vorzüglich,« lautete die Antwort, »er plant ein großes Laboratorium, in dem er sich nur mit dem Stahl befassen will. Er ist ganz begeistert davon und verspricht sich sehr viel für das ganze Werk.«

»Wie alt ist wohl Helene Momm?« fragte der Vater nach einiger Zeit.

»Genau so alt wie Adam, einundzwanzig.«

Die beiden sahen sich an, und beide dachten: nein, das geht wirklich nicht, wir würden uns lächerlich machen.

Es verging wieder einige Zeit, bis der Vater fragte: »Was treibt Alfred eigentlich? Ich habe ihn seit … dem Tode der Leute nicht mehr gesprochen.«

»Ich saß heute morgen eine Weile mit ihm im Wintergarten, Vater. Zu dem Obersten hättest Du wirklich nicht gehen sollen. Er ist mit Recht darüber aufgebracht.«

Zum erstenmal seit langer Zeit sah Anton Dungs seinen Vater in Verlegenheit. Dann sagte er: »Der Oberst hat mein Verhalten durchaus korrekt gefunden.«

»Mag sein,« meinte der Sohn, »aber hübsch kann ich es wirklich nicht finden.«

Nun wurde Anton Dungs junior wieder lebhaft: »Ich bitte Dich, wie liegt denn die Sache? Zu einem Techtelmechtel ist die Schwägerin des Obersten doch zu gut. Von heiraten kann keine Rede sein, also war es meine Pflicht, dem Schwager klaren Wein einzuschenken. Er war mir dankbar dafür, wie ich es nicht anders erwartet hatte. Die übrigen Verwandten des jungen Mädchens können mir auch nur dankbar sein!«

»Und das Mädchen selbst?« fragte der Sohn.

Anton Dungs junior machte eine wegwerfende Handbewegung. »Was sich so ein junges Ding einredet! Ich bin überzeugt, schon in wenigen Wochen ist sie froh, nichts mehr mit uns zu tun zu haben.«

»Und wenn Du Dich täuschst?«

»Mir scheint, sie ist sehr verwöhnt. Ich habe dem Obersten auch erklärt, weshalb ich nicht in der Lage bin, ein Pflichtteil auszuzahlen …«

Anton sah seinen Vater vorwurfsvoll an. »Willst Du es wirklich bis zum äußersten kommen lassen?«

»Es wird schon nicht dahin kommen. Ich denke, Alfred wird schließlich doch Vernunft annehmen. Tut er es aber nicht, sage selbst, wie soll ich anders handeln? Ich kann ja gar nicht anders!«

»Großmutter ist noch nicht unter der Erde, und schon geht der Streit an,« meinte der Sohn voller Betrübnis.

Anton Dungs junior seufzte ebenfalls, aber schwieg.

»Du könntest zu Tisch bei mir bleiben, Anton.«

Der Sohn nickte zustimmend, und Anton Dungs junior fühlte sich sichtlich erleichtert, denn jetzt auf einmal wäre es ihm sehr schwer gewesen, wieder allein zu bleiben. Es dauerte ja noch einige Stunden bis zur Beerdigung. Ihm war plötzlich, als könne er, mit sich allein gelassen, nicht über sie hinwegkommen. Diese Stunden hätten ihn vielleicht doch mürbe gemacht. Wenn sein Aeltester bei ihm blieb, ließ sich leichter darüber hinwegkommen. Anton aber blieb, weil er hoffte, seinen Vater wenigstens so weit beeinflussen zu können, daß es nicht zu einem äußeren Bruch zwischen ihm und Alfred kam. Alfred schien entschlossen zu sein, ihn herbeizuführen, wenn es nicht anders ging. Das mußte unter allen Umständen vermieden werden. Was sollten denn die Leute denken! Ein Vergnügen hatten doch nur die Gegner davon. Dieser Gesichtspunkt mußte doch auch dem Vater einleuchten, wenn man ihn geschickt darauf brachte.

Anton Dungs junior erhob sich wieder und ging mit seinen kurzen, schnellen Schritten hastig durch das kleine Zimmer. Mit einem Ruck blieb er dann vor der Karte Spaniens stehen und winkte seinem Sohn, der hinzutrat.

»Siehst Du, hier im ganzen Cantabrischen Gebirge ist für uns so gut wie nichts mehr zu holen. Hier sitzen Krupp, Henkel, Engländer und Franzosen. Und was noch zu haben war, haben Thyssen, Stinnes und Gelsenkirchen fortgenommen. Aber in Navarra habe ich jetzt große Ankäufe gemacht und gedenke noch größere zu machen. Es liegt für die Fracht nicht ganz so günstig, aber es geht noch. Außerdem könnte man es noch weiter westlich versuchen, wenn wir erst festen Boden gefaßt haben und uns auf die Leute dort verlassen können. Das wäre so eine Aufgabe für Alfred, meinst Du nicht? Er reist ja gerne und könnte wohl einmal für einige Wochen hinfahren.«

»Vor vier Wochen hätte er es sicher gerne getan, aber heute?...«

»Vor vier Wochen war ich noch nicht so weit.«

»Schade,« seufzte der Sohn.

»Wir könnten ja alles andere ruhen lassen, bis er von dort zurück ist,« meinte der Vater.

»Wer garantiert ihm aber, daß Du, während er fort ist, ebenfalls nichts unternimmst?« fragte der Sohn, der seinen Vater kannte.

»Was soll ich wohl unternehmen?«

»Nun, Du könntest Dich vielleicht direkt mit dem Baron Karst in Verbindung setzen. Nachdem Du den Obersten informiert hast, wird Alfred mit Recht mißtrauisch sein. An seiner Stelle wäre ich es auch.«

»Das werde ich nicht tun.«

»Ich glaube es, Vater, wenn Du es mir sagst.«

»Das wäre ja noch schöner, wenn er mir nicht glauben wollte!«

Der Sohn schwieg. Weshalb den Vater aufs neue reizen?

»Ich werde mit ihm reden!« sagte Anton Dungs junior entschlossen. »Heute noch!«

»Heute noch?« fragte der Sohn erschrocken.

Der Vater setzte ihm auseinander, weshalb er gerade den heutigen Tag für besonders günstig halte. Heute werde sich doch gewiß keiner von ihnen unnütz ereifern. Heute werde man doch gewiß ruhig bleiben. Was Anton Dungs junior aber hauptsächlich bestimmte, heute noch mit Alfred zu reden, das sagte er selbst Anton nicht, weil es ihm unmöglich war, darüber zu sprechen. Dann hatte er nämlich etwas, womit er sich während der Beerdigung beschäftigen konnte, was ihn ablenkte, so daß er sicher nicht vor den fremden Leuten nachher die Fassung verlor. Und dies war ihm wichtiger als alles andere. Ja, heute noch würde er mit Alfred reden, und gewiß würde keiner von beiden heftig werden.

Anton Dungs junior seufzte und wischte sich die Stirn. Daß sie nicht bei ihm geblieben war, die Mutter!

Fritz, der Diener, trat ein und meldete, daß angerichtet sei.

Die beiden begaben sich in das kleine Eßzimmer, das sich Anton Dungs junior für seinen privaten Gebrauch in dem geräumigen Schloß hatte einrichten lassen. Er liebte die kleinen Räume. Alle die großen und prächtigen Säle seines Schlosses benutzte er nie, wenn es nicht aus

Gründen der Repräsentation geschah, wobei er sich mit Vorliebe auch noch von seinen Söhnen und seinen Generaldirektoren vertreten ließ.

Vater und Sohn löffelten schweigend ihre Suppe.

»Möchtest Du ein Glas Wein, Anton?«

Der Sohn dankte. »Ich trinke zwar sonst zu Tisch zuweilen ganz gerne ein Glas, aber heute möchte ich nicht.«

Fast gleichzeitig ließen beide die Löffel sinken, sie mochten nicht mehr, sie hatten beide keinen Appetit heute.

»Wir haben wirklich einen ungewöhnlich schönen Frühling dies Jahr,« meinte der Sohn. »Seit langem war es nicht mehr so.«

Anton Dungs junior bestätigte das und erzählte von einem Frühling, der noch schöner gewesen war. Aber das war schon lange her.

Sie führten eine ganz konventionelle Unterhaltung, denn sonst hätten sie einfach überhaupt nichts zu sich nehmen können, wo doch nun gleich Frau Anton Dungs senior beerdigt wurde.

Anton Dungs junior griff sich verschiedentlich an den Hals, als ob ihm der Kragen zu eng würde.

»Ich werde nächstens mal wieder nach Paris müssen,« meinte er, »Monsieur Harmet hat mir geschrieben, er sei einer weiteren Vervollkommnung seines Verfahrens auf der Spur. Er kann wirklich was.«

»Man sollte Adam später einmal zu ihm schicken. Da könnte er wohl noch manches lernen,« meinte der Sohn.

Der Vater griff das Thema mit Eifer auf und war für den Vorschlag seines Aeltesten. Das Harmetsche Verfahren beim Stahlguß war von größter Bedeutung, kein Zweifel. Da konnte Adam nur profitieren, wenn er es an Ort und Stelle studierte.

Der Sohn sah verstohlen nach der Uhr, der Vater bestellte hastig Kaffee und brachte Zigarren.

»Ich denke, in einem Jahr ist Adam so weit,« meinte der Vater. »Ich werde mit Harmet gleich sprechen, wenn ich in Paris bin.«

Sie steckten sich ihre Zigarren an und sahen vor sich hin. Sie zermarterten beide ihr Hirn über ein neues, harmloses Gesprächsthema, aber es fiel ihnen keins ein, denn beider Gedanken waren ganz mit der Toten beschäftigt. Jeder wußte das auch vom andern, und deshalb blickten sie aneinander vorbei und sahen sich nicht in die Augen.

Ueber Anton Dungs junior kam es plötzlich wie Verzweiflung. Mein Gott, wäre sie doch nur am Leben geblieben, er hätte ihr auch den Gefallen getan und Alfred gewähren fassen!

Wieder sah der Sohn verstohlen nach der Uhr und meinte dann stockend: »Ich glaube, es ist Zeit, Vater, daß Du Dich zurechtmachst.«

»So? Ist es schon so spät?« Der Vater sprang auf und sah ebenfalls nach der Uhr.

»Ja, Du hast recht, es ist wirklich schon so weit. Warte nur einen Augenblick, ich bin gleich wieder hier.« Hastig begab er sich in sein Schlafzimmer.

Der Sohn legte die Zigarre beiseite und trat ans Fenster. Wie sie alle die alte Frau vermissen würden! Nun war niemand mehr da, der lachte und scherzte und immer wieder mit leichter Hand die Gegensätze ebnete. Nun war niemand mehr da, wohin man sich für eine Stunde zurückzog, wenn man des Alltagsbetriebes satt war. Immer wußte sie etwas, was ablenkte und erfrischte. Mochte sie nun Schnurren von ihren Schauspielern erzählen, oder mochte man gerade kommen, wenn Musik gemacht wurde. Man setzte sich still in eine Ecke wie die andern und lauschte, lauschte, ohne etwas sagen zu müssen.

»So,« sagte der Vater, »da bin ich wieder. Nun wollen wir auch gleich anspannen lassen.« Er rief nach Fritz und Fritz teilte mit, daß schon angespannt sei.

Vater und Sohn begaben sich hinunter und stiegen in den Einspänner, den Anton Dungs junior zu benutzen pflegte, wenn er es nicht vorzog, zu Fuß zu gehen, was heute nicht gut möglich war.

Vor dem Stammhaus der Dungs fletschten die beiden Löwen ihre Zähne wie immer, und die Büsten der griechischen Götter und Weisen am Wintergarten sahen gleichmütig drein, trotzdem die enge Straße vollgepfropft war mit Menschen, die Frau Anton Dungs senior die letzte Ehre zu erweisen gekommen waren. Im Wintergarten segnete der Geistliche die Leiche ein, und während er ein Gebet verrichtete, fühlte Anton Dungs ganz mechanisch, ohne sich dessen bewußt zu werden, hinter sich nach den Blumentöpfen, ob man sie auch begossen habe, denn die Mutter hatte ihn ja noch ganz besonders gebeten, darauf zu achten. Dann hoben die acht ältesten Meister der Dungsschen Werke, was sie sich ausgebeten hatten, den Sarg und trugen ihn langsam durch den Wintergarten auf den Gang die Treppe hinunter zwischen den beiden Löwen hindurch zur Straße. Vor dem Sarg schritt der Geistliche. Hinter ihm Anton Dungs junior mit seinen drei Söhnen. Es folgten entferntere Verwandte, ihnen auf dem Fuß Musiker und Schauspieler, die wirklich genau so ein Gesicht machten, wie Frau Anton Dungs senior es sich ausgemalt hatte, und dann die halbe Stadt, die es sich nicht nehmen ließ, dabei zu sein. Langsam, langsam bewegte sich der Riesenzug im schönsten Frühlingssonnenschein durch die Straßen über die Promenade, wo die Vögel ihr Lied schmetterten, an dem Fluß entlang, der silbern lächelte und plätscherte, dem Friedhof zu nach dem einfachen Reihengrab, wie es sich die Verstorbene ausgebeten hatte. Vorsichtig ließen die acht Meister den Sarg in die Gruft. Der Geistliche sprach wieder ein Gebet, denn die Verstorbene wollte nicht, daß man ihr eine lange Rede hielt, drei Hand voll Erde rollten dumpf auf das Grab, wieder drei Hand voll Erde, immer wieder, bis kein Rollen mehr zu hören war. Viele Hände mußte Anton Dungs junior schütteln, viele Kondolationen entgegennehmen, und dann kehrte er inmitten seiner Söhne zurück über die Promenade, wo die Vögel sangen, durch die Straßen, auf denen die Sonne lachte, zwischen den zwei Löwen hindurch in das alte einfache Haus, das nun mit eins so tot und ausdruckslos geworden war.

Ganz teilnahmslos schien Anton Dungs junior zu sein. Ein wahres Glück, daß Schwester Emma da war und für alles sorgte, mit jedermann sprach, der sich zu sprechen gedrungen fühlte, und jedermann die Hand schüttelte, der danach begehrte. Anton Dungs junior lief derweil unruhig im Wintergarten zwischen den Leuten hin und her und prüfte ab und zu immer wieder mit dem Finger, ob auch alle Blumen gut begossen seien.

Schwester Emma wurde schließlich ganz verlegen, weil sich Herr Anton Dungs junior gar nicht so benahm, aber auch gar nicht, wie es sich gehörte. Einmal hätte er doch zeigen müssen, daß er sich durch die Teilnahme all der Leute geehrt fühlte. Natürlich verlangte kein Mensch von ihm, daß er lachte, oder so. Aber gar so brummig und finster brauchte er auch nicht dreinzublicken, wo doch seine Mutter in allen Ehren das biblische Alter erreicht hatte. Er sollte lieber dankbar dafür sein, daß der liebe Gott ihm die Mutter so lange gelassen hatte. Noch lange nicht jeder Sohn hatte es so gut, und viel jüngere Frauen, die daheim doch noch nötiger waren, mußten fort, wie es zum Beispiel bei Frau Hugo Momm junior gewesen war. Was wohl die Leute gesagt hätten, wenn Herr Hugo Momm junior vor ihnen ein solches Gesicht gezeigt hätte, wie es jetzt Herr Anton Dungs junior tat. Das war wirklich nicht recht von ihm. Er merkte wohl noch immer nicht, wie die Leute schon die Köpfe zusammensteckten.

Schwester Emma ging zu Anton, der wirklich ein verständiger junger Mann war, und sprach mit ihm, ob es nicht besser sei, wo doch sein Vater einen so angegriffenen Eindruck mache, daß er nicht länger hierbliebe und sich gräme und quäle. Es sähe doch auch nicht gut aus, wie er mit niemand rede und immer nur an den Blumentöpfen herumfühle. Gewiß sei es besser für ihn, er käme ein bißchen an die frische Luft? Sie, Schwester Emma, werde derweil schon alles besorgen, wie es sich gehöre. Deshalb brauche man sich keine Sorgen zu machen.

Anton ging daraufhin zu seinem Vater und fragte ihn, ob sie jetzt nicht gehen wollten? Schwester Emma würde schon für alles weitere sorgen.

Anton Dungs junior nickte, mußte noch einmal viele Hände schütteln und ging. Kaum war er aber draußen, erschien er schon wieder und fragte nach Alfred. Er wurde geholt, und der Vater bat ihn, mitzukommen.

»Ich bitte Dich, werde nicht heftig, bedenke, daß es der Vater ist,« flüsterte ihm der älteste Bruder ins Ohr.

Alfred nickte und ging mit.

»Wenn es Dir recht ist, vertreten wir uns ein bißchen die Füße,« meinte Anton Dungs ganz milde und nachgiebig.

Alfred nickte und schritt neben seinem Vater einher. Die letzten Tage war er ihm aus dem Wege gegangen. Wo das Unglück im Bergwerk geschehen war, und solange die Großmutter noch über der Erde war, wollte er jeden Konflikt und jeden Streit vermeiden. Er hatte sich ja auch heute möglichst im Hintergrund gehalten und war dem Vater aus dem Wege gegangen. Da dieser nun aber jetzt ausdrücklich nach ihm verlangte, ging er mit ihm. Aber er würde das Gespräch nicht auf das gefährliche Thema bringen, heute noch nicht. Erst sollte auch der morgige Tag vorüber sein, das Begräbnis der Bergleute.

Als sie die Stadt hinter sich hatten und durch den Stadtwald gingen, sagte Anton Dungs: »Ich habe mir das überlegt, es war doch wohl übereilt, daß ich mit dem Obersten sprach.«

Alfred zuckte zusammen. Daß sein Vater jetzt, in dieser Stunde, davon anfangen würde, das hatte er nicht erwartet. Er biß sich auf die Lippen und schwieg.

»Daß ich Dich neulich nicht in Schacht III einfahren ließ, war, wenn man es recht betrachtet, wohl nur ein Glück,« sagte Anton Dungs.

Alfred wollte heftig antworten, aber er beherrschte sich und antwortete auch jetzt nicht.

Die beiden Männer machten größere Schritte, denn sie wurden beide erregter.

»Du könntest wohl ein Wort sagen,« meinte Anton Dungs nach einer Weile.

»Wenn Du es Dir überlegt hast, dann könntest Du ja zu dem Obersten gehen und ihm sagen, daß es übereilt war.«

Anton Dungs blieb mit einem Ruck stehen und sah seinen Sohn maßlos erstaunt an. »Ich?«

»Jawohl, Du!«

Die beiden sahen sich in die Augen und gingen dann mit noch längeren Schritten weiter.

Nach kurzer Zeit begann Anton Dungs seinem Sohn das Vorkommnis mit Direktor Sondermann zu erzählen und fragte ihn schließlich, wem er nach seiner Meinung das zu verdanken habe.

»Hugo Momm,« antwortete Alfred sofort.

»Siehst Du, dasselbe meinen ich und Anton auch,« erwiderte der Vater geschäftig und erzählte, wie Hugo Momm seit dem Tod seiner Frau überhaupt ganz rabiat sei und sich wieder mehr auf Kohle und Eisen werfen wolle. Anton Dungs wußte darüber zwar nichts Bestimmtes, aber er nahm es an, weil es ihm gut in seine Absichten paßte in diesem Augenblick. Er setzte seinem Sohn auseinander, wie töricht das von Hugo Momm sei, denn dann liefe es auf einen Kampf bis aufs Messer hinaus, bei dem Hugo Momm schließlich den kürzeren ziehen müsse, da Anton Dungs ihm um ein zu großes Stück in Kohle und Eisen voraus sei. Derweil aber würde man sich unnütz ärgern und verbittern und die Gelsenkirchener und Mülheimer hätten den Vorteil davon.

Alfred wurde immer ungeduldiger, denn er wußte ja, wohinaus das Gespräch nun doch gehen würde. Der Vater wollte es nun einmal nicht anders. Er blieb plötzlich stehen und sagte: »Helene Momm gäbe eine prächtige Frau für Anton.«

Anton Dungs sah seinen Sohn verwundert an. Darauf war er nicht gefaßt gewesen. »Für Anton?«

»Jawohl, für Anton.« Und nun redete Alfred ganz ausführlich darüber. Sein Vater ließ ihn gewähren und hörte scheinbar aufmerksam zu.

»Aber Anton will überhaupt nicht heiraten!« sagte er schließlich heftig.

»Und was Anton will oder nicht will, darauf nimmt man Rücksicht.« Nun wurde auch Alfred heftig. »Aber was ich will, darauf nimmt man keine Rücksicht. Wenn Du schon solchen Wert darauf legst, Dich mit Momms zu verschwägern, warum soll nicht Anton derjenige sein, warum muß ich es sein?«

Dagegen ließ sich sachlich nicht viel einwenden. Aber Anton wollte doch nun einmal nicht, und da er dem Vater sonst in allem zu Willen war, mußte man ihm doch auch einmal zu Willen sein und nachgeben. In diesem Punkte aber konnte man es schon deshalb, weil ja Alfred da war und endlich auch einmal für das Werk etwas von Wichtigkeit tun konnte, zumal es doch keine Unannehmlichkeit war, Helene Momm zu heiraten, dies nette, bescheidene, gesunde und grad gewachsene Mädchen. Aber Anton Dungs junior fühlte, daß er das Alfred jetzt nicht so gradezu sagen durfte. Der Junge schien ernstlich in das Berliner Fräulein verliebt zu sein. Wenn man ihm da direkt mit Helene Momm kam, fühlte er sich einfach beleidigt. Verliebte Leute sind ja immer gleich beleidigt. Also schwieg er zunächst und ging eifrig weiter, immer tiefer in den Stadtwald hinein. Alfred getreulich ihm zur Seite.

Da der Vater immer noch schwieg, begann Alfred ihm zu erzählen, wie er Lotte von Karst kennen gelernt habe, und wie viel sie ihm jetzt schon sei. Anton Dungs nickte dazu nur wiederholt mit dem Kopf und dachte: es ist ganz ähnlich wie damals bei mir, und es wird sicher dasselbe Unglück geben, es geht ja auch gar nicht anders bei zwei Menschen aus so verschiedenen Lebenskreisen. Aber er sagte immer noch nichts und ließ Alfred ruhig weitererzählen. Der Sohn war es gar nicht gewöhnt, daß sein Vater ihm so ruhig und ohne Widerspruch zuhörte, und deshalb hoffte er, die Angelegenheit würde sich in Frieden und Ruhe ordnen lassen. Er setzte daher auch ganz vertrauensvoll dem Vater auseinander, wie er sich seine Zukunft dachte.

Auch jetzt schwieg Anton Dungs noch, denn so erfuhr er wenigstens genau, was Alfred eigentlich vorhabe. Aber es war keine Kleinigkeit für ihn, äußerlich so ruhig zu bleiben, wo der Sohn ihm doch auseinandersetzte, wie wenig wohl er sich an seiner augenblicklichen Stelle fühle, wie er sich selbständig machen möchte und lieber eine eigene Tätigkeit anfangen. Ohne das Berliner Fräulein wäre der Sohn gewiß nie auf eine so unsinnige Idee verfallen. Nun ja, wenn die Leute aus Liebe heiraten wollen!

Schließlich fragte Anton Dungs ganz ruhig und wohlwollend, woher Alfred denn das Kapital zu nehmen gedächte für seine selbständigen Pläne?

Alfred bat, man möge ihm sein Pflichtteil auszahlen oder wenigstens einen Teil davon, wenn es nicht auf einmal ginge.

Nun hatte der Vater den Sohn, wo er ihn haben wollte, und nun konnte er ihm ganz ruhig erklären, weshalb das nicht möglich sei. Er brauchte gar nicht heftig und erregt zu werden. Das war doch alles so klar und einfach, da Anton Dungs ja selbst kein Verfügungsrecht über das Kapital hatte, sondern nur der Vermögensverwalter seiner Kinder war. Selbst wenn er ihm sein Pflichtteil auszahlen wollte, so konnte er es einfach nicht.

Alfred meinte, man könne ja die frühere Abmachung wieder beseitigen, die vielleicht ihr Gutes hatte, solange sie Kinder waren und unmündig, nun aber doch wirklich nicht mehr am Platze sei.

Alfred Dungs meinte ganz sanft, das ginge doch wohl nicht so ohne weiteres, da diese Abmachung sich bisher so ausgezeichnet für das ganze Werk bewährt habe. Er müsse doch auch das Ganze im Auge behalten und nicht nur seine Person. Er, der Vater, müsse das doch ebenfalls. Gewiß, es sei nicht immer bequem und angenehm, für ihn, den Vater, auch nicht, aber es gäbe nun einmal höhere Pflichten als die persönlichen Wünsche.

Das klang alles so selbstverständlich und tugendhaft und war in Wirklichkeit doch ganz anders, daß Alfred wieder heftiger und erregter wurde. Aber Anton Dungs ließ sich jetzt durchaus nicht aus der Ruhe bringen. Er dachte: Alfred ist ganz ähnlich wie ein junges feuriges Pferd, das ausbrechen will, aber merkt, so leicht geht das doch nicht, und nun wild und ungebärdig wird. Ich verdenke es ihm gar nicht einmal, daß er ein wenig wild wird. Aber er wird schon wieder zur Vernunft kommen.

Anton Dungs irrte sich jedoch, denn nun vergaß sein Sohn alle Rücksichten, und je mehr er seine Machtlosigkeit gegenüber der »Abmachung« fühlte, um so rücksichtsloser wurde er und erklärte ganz einfach, daß er seinen Vater durchschaue, und daß ihm jene alte »Abmachung« nur ein bequemes Mittel sei, um alle eigenen Regungen und Wünsche seiner Kinder zu strangulieren. Ja, er ließ sich sogar dazu hinreißen, ihm vorzuwerfen, daß jene Abmachung auch ein großes Unrecht gegen die Mutter sei, die Anspruch auf ihr Vermögen habe, das man ihr widerrechtlich vorenthalte.

Nun wurde Anton Dungs ebenfalls unruhig und erregt, denn von irgendeiner Ungesetzlichkeit könne durchaus nicht die Rede sein. Alles, was er getan, stehe durchaus im Einklang mit dem Gesetz, und es gehe doch wirklich zu weit, ihm mit solchen Vorwürfen und Verdächtigungen zu kommen.

Alfred hinwiederum hielt dem entgegen, es könne etwas formell gesetzlich und einwandfrei in Juristenaugen sein und könne dabei doch ein bitteres Unrecht und eine grausame Härte bleiben.

Nun ereiferten sich die beiden immer mehr und waren mitten im hitzigsten Streit, den sie doch beide hatten vermeiden wollen. Alfred nahm kein Blatt vor den Mund, und Anton Dungs ließ es seiner Meinung nach auch nicht an Deutlichkeit fehlen. Ganz rot und wild wurden die beiden Dungsköpfe, und dann zog Alfred, ohne noch ein Wort zu sagen, einfach den Hut, so wie man vor einem älteren Gegner notgedrungen den Hut zieht, kurz und heftig, und schlug einen anderen Weg ein.

Anton Dungs gab es einen Ruck. Er öffnete schon den Mund, um den Sohn an seine Seite zurückzurufen, aber er unterließ es. Nein, jetzt durfte er nicht nachgeben, jetzt mußte er fest bleiben. An dem Sohn war es, wieder einzulenken und um Entschuldigung zu bitten; und wenn er erst wieder einen ruhigen Kopf hatte, würde er es gewiß auch tun.

Alfred befand sich in der höchsten Aufregung, denn er hatte wohl erwartet, daß sein Vater ihm äußersten Falls mit Enterbung drohen würde und er sich dann sein Pflichtteil unter harten Kämpfen würde erobern müssen, aber dies war ja viel schlimmer als Enterbung, weil man wehrlos war und der Gegner dabei noch den Schein der Gesetzlichkeit und Gewissenhaftigkeit auf seiner Seite hatte. Dazu war Lotte noch ohne Abschied abgereist, indem sie nur einige Zeilen an ihn gelangen ließ, in denen sie ihm mitteilte, sein Vater habe es für gut befunden, dem Obersten einen Besuch zu machen und ihm auseinanderzusetzen, er halte es für seine Pflicht, ihm zu sagen, daß sein Sohn Alfred sich gegen seinen Willen und Wunsch für des Obersten Schwägerin interessiere, was für die junge Dame unmöglich ein Glück sein könne.

Alfred zog wieder einmal den Brief aus der Tasche. Es stand wirklich nichts weiter darin. Kein Gruß, kein Wunsch, kein persönliches Wort, nichts derart.

Als er nach Empfang dieses Briefes sofort zu dem Oberst eilte, war er nicht angenommen worden. Die Herrschaften seien nicht zu Hause, hatte es geheißen. Aber natürlich waren sie zu Hause, sie ließen sich nur vor ihm verleugnen.

Wie ein dummer Junge wurde er behandelt! Wie der erste beste dumme Junge! Aber das würde er sich keine Stunde länger gefallen lassen. Er ballte die Fäuste. So ließ er sich denn doch nicht behandeln. Alles hatte ein Ende, auch seine Geduld. Er ließ sich auf einer Bank nieder und schlug die Hände vors Gesicht, denn es überkam ihn eine gewaltige Scham vor sich selbst. Was hatte er bisher ein unnützes, törichtes Leben geführt! Was brauchte er sich auch besonders anzustrengen, er war ja der Sohn von Anton Dungs, dem Millionär. Dabei hatte er sich noch etwas darauf zugute getan, daß er nicht einfach ausgerissen war. Ueberaus edel war ihm das vorgekommen. Im Grunde aber war er viel zu verwöhnt und zu träge gewesen, um sich auf eigene Füße zu stellen. Es war ja auch viel bequemer, einfach der Sohn von Anton Dungs zu sein und nichts weiter; und dem Vater war es ja nur lieb, wenn seine Söhne nichts weiter waren, denn so lange behielt er einfach allein das Heft in Händen.

In dieser Stunde schonte sich Alfred Dungs nicht, und als er jetzt den Entschluß faßte, sich auf eigene Füße zu stellen, sich sein eigenes Leben zu schaffen, da wußte er, das war keine vorübergehende Laune, sondern dies war wirklich die Entscheidungsstunde, der Wendepunkt in seinem Leben.

Er stand auf von der Bank und reckte sich. Dann schritt er langsam und überlegend der Stadt zu.

Er sah plötzlich alles mit anderen, neuen Augen, und auf einmal verstand er auch Lottes Benehmen. Sie mußte ja doch einfach ohne Abschied abreisen, sie konnte ihm jetzt doch keine freundlichen Worte schreiben, wenn sie auf ihre Würde hielt. Er hatte sich wirklich recht unmännlich ihr gegenüber benommen, nachdem sie ihm so weit entgegengekommen war. Der richtige verwöhnte Millionärssohn war er gewesen. Kein Wunder, daß es sich sein Vater beikommen ließ, ihn zu bevormunden wie ein kleines Kind Wie sollte er auch Respekt vor ihm haben, der nur Respekt vor Leistungen besaß. Wie kindisch mußte ihm der Sohn vorkommen. Wie er bisher gewesen, taugte er in der Tat nicht zu viel mehr, als ein williges Werkzeug in der Hand seines Vaters zu sein. Er mochte wohl erwarten, daß der Sohn morgen oder übermorgen wieder zu Kreuze kriechen würde. Was sollte der verwöhnte Alfred wohl sonst auch anfangen?

Alfred beschleunigte seine Schritte, denn er wollte vor allem einen juristischen Bekannten aufsuchen und mit ihm beraten, was zu tun sei, um gegebenenfalls den Alten zur Herausgabe des Erbteils zu zwingen. Im ersten Augenblick dachte er an die Juristen, die auf dem Werk beschäftigt waren. Aber sie würden und konnten doch einfach nichts gegen seinen Vater, ihren Brotgeber, unternehmen. Das war doch klar. Er würde hier wohl überhaupt keinen Juristen finden, der für ihn gegen Anton Dungs tätig wäre. Höchstens einen sozialistischen Rechtsanwalt. Aber sich gerade in diesem Fall an einen solchen zu wenden, das widerstrebte ihm. Nein, das wäre unfair gewesen, und das wollte er unter keinen Umständen sein. Aber wer blieb ihm dann als Beistand übrig?

Alfred Dungs verlangsamte seine Schritte wieder. Seine juristischen Bekannten, soweit sie nicht zu der Fabrik seines Vaters in Beziehung standen, waren entweder unerfahrene junge Leute wie er, oder sie standen zu Hugo Momm in Beziehung. Sie würden sich deshalb vielleicht ein Vergnügen daraus machen, gegen Anton Dungs vorzugehen, schon um ihn zu ärgern. Aber eine solche Hilfe behagte Alfred auch nicht.

Er sah auf die Uhr. Am einfachsten war es, er fuhr heute noch nach Berlin. Ja, das war das einzig richtige. In Berlin würde er schon Rat und Hilfe finden. Außerdem konnte er dann gleich bei Dengerns vorsprechen, die ihm ja wohlgesinnt waren, und dann zu Lottes Vater fahren. Jawohl, so gehörte es sich.

Aber würde man ihn nicht gerade morgen beim Begräbnis der Bergleute vermissen, würde es nicht zu sehr auffallen, wenn er nicht teilnahm? Nun, dann merkte eben sein Vater morgen schon, daß es dem Sohn ernst war, daß er durchaus nicht gewillt war, wieder nachzugeben; und das konnte Alfred nur recht sein:

Er eilte in seine kleine Garçonwohnung in der Stadt und packte einen Koffer mit den notwendigsten Sachen. Das nahm eine knappe Stunde in Anspruch, und der Zug fuhr erst um zehn Uhr ab.

Er setzte sich und rauchte eine Zigarette. Ob er jetzt nicht den Bruder aufsuchte und mit ihm sprach? Eine Weile überlegte er, dann aber kam er zu dem Entschluß, es zu unterlassen. Anton würde ja doch nur zu vermitteln suchen. Es war ja wohl auch einfach seine Pflicht. Es würde den Bruder nur unnütz aufregen und kränken, wenn er auf seinem Standpunkt verharrte. Und helfen konnte ihm auch Anton nicht, selbst wenn er es gewollt hätte. Der Vater war ja auch seines Vermögens Verwalter, und auf eine gemeinsame Aktion gegen ihn würde sich Anton nie einlassen. Für ihn lag ja auch gar kein triftiger Grund dazu vor. Er fühlte sich wohl in seiner Tätigkeit, er wollte es gar nicht anders haben. Nein, er wollte dem älteren Bruder nicht zwecklos das Herz schwer machen. Er mußte nun seinen Weg allein gehen. Mit dem Jüngsten war ja überhaupt noch nicht zu reden.

Draußen war es schon fast dunkel, und nun wurde es Alfred doch etwas melancholisch ums Herz. Nun er seinen Koffer gepackt hatte und untätig dasaß, kam es ihm zum Bewußtsein, daß er sich nun wohl für lange Zeit von dieser Stadt trennen würde, in der er groß geworden war. Vielleicht sogar für immer, denn wenn er seinem Vater gegenüber nicht nachgab, gab es für ihn hier wohl überhaupt keinen Platz mehr. Und er würde nicht nachgeben, um keinen Preis, das war er sich schuldig, und auch Lotte konnte das von ihm verlangen.

Alfred erhob sich und schlenderte wehmütig durch die alten Gassen und nahm Abschied von ihnen wie von guten Freunden, die man bisher als selbstverständlich hingenommen, und deren wahren Wert man erst erkennt, wenn man sie verlassen muß. Plötzlich durchzuckte es ihn und er griff hastig nach seiner Brieftasche. Nun, einige braune Lappen waren ja glücklicherweise noch vorhanden. Das würde reichen für die allernächste Zeit, bis er wußte, was er zu tun hatte. Aber immerhin, er mußte haushalten und sich auf die Finger sehen, die so gar nicht daran gewöhnt waren, mit Geld zu rechnen. Ein merkwürdig abenteuerliches Gefühl, mit der er jetzt seine Barschaft betrachtete. Der Sohn von Anton Dungs junior zählte sie zum erstenmal ganz genau bis auf die Markstücke.

Es zog ihn zu dem Friedhof, zu dem Grab der Großmutter, die ihm immer so gut gewesen war. Wäre sie nicht gestorben, wäre sicherlich alles anders geworden. O, und Lotte hatte ihr gut gefallen, sehr gut. Sie hatte sich ja so gefreut über seine Wahl, und sie hatte ja wohl als sicher angenommen, daß der Vater sich damit abfinden würde. Nun war es ja aber gar nicht mehr Lotte, die zwischen ihm und dem Vater stand. Es war viel mehr als das. Und das hätte am Ende wohl auch die alte Frau nicht mehr ganz verstanden.

Alfred trat zu dem Hügel, auf dem sich Kränze türmten. Aber was war das? Da gruben die Totengräber ja noch eine ganze Reihe von Gräbern und warfen die Erde auf? Ach ja, dahinein würde man morgen die Bergleute betten. Gerade neben Frau Anton Dungs senior kamen sie zu liegen.

Alfred pflückte sich ein Immergrünreis aus einem Kranz und steckte es in seine Brusttasche. Großmutters Grab würde er nun auch lange nicht mehr zu sehen bekommen.

Leise wandte er sich wieder dem Ausgang zu und stieß an dem Portal, das zur Hälfte schon geschlossen war, auf eine junge Dame in Schwarz, die ebenfalls den Kirchhof verlassen wollte. Es war Helene Momm, und da sie so dicht beieinander waren, begrüßten sie sich, denn sie waren ja alte Schulkameraden von den Volksschuljahren her.

Sie schüttelten sich die Hände, und Helene sah recht verlegen drein. Sie sprachen miteinander eine kleine Weile über ihre Toten, die sie hier liegen hatten. Und dann griff Alfred wieder nach ihrer Hand und sagte fast ein wenig feierlich: »Leb wohl, Helene, und lasse es Dir recht gut gehen.«

Helene erschrak ordentlich und fragte: »Verreist Du denn?«

»Ja, Helene, und ich glaube für sehr lange.« Er drückte ihr nochmals die Hand und verschwand in der Dunkelheit.

5. Kapitel

Als Alfred Dungs nach einer schlechten Nacht gegen Morgen aus seinem Schlafwagencoupé trat, um in dem Nachbarwagen eine Zigarette zu rauchen, öffneten sich fast in demselben Augenblick die beiden Nachbarcoupés, und heraus traten frisch und munter die drei Brüder Kufferath, geborene Kölner, die sich in Holland niedergelassen hatten. Man stutzte einen Augenblick, lachte überrascht und schüttelte sich die Hände.

»Mein Gott, Dungs, das soll uns Glück bringen, daß Sie uns gerade über den Weg laufen!« riefen die drei Brüder und schüttelten Alfred nochmals die Hände; und alle vier begaben sich in den Nachbarwaggon in ein Coupé erster Klasse, das leer war.

Alfred Dungs war namentlich mit Joseph Kufferath, dem jüngsten der drei, viel zusammen gewesen und durch ihn auch mit den beiden andern bald vertraut geworden. Ganz jung waren die drei Kölner nach Holland ausgewandert und hatten es, soviel man wußte, und wie sich aus ihrem Auftreten ergab, zu viel Geld gebracht. Wie sie das angestellt hatten, darüber war Alfred nicht orientiert, da er sich bisher dafür nicht sonderlich interessiert hatte.

Alle Mißstimmung verflog Alfred beim Anblick dieser drei Brüder, von denen einer hübscher und munterer als der andere war. Große, schlanke und kräftige Menschen, jeder kaum ein Jahr älter als der andere und alle drei unzertrennlich, wenn nicht Geschäfte sie in verschiedene Windrichtungen zerstreuten. Aber es hatte schon fast etwas Komisches, wie bald sie sich trotzdem immer wieder zusammenfanden.

»Ihrem Aussehen nach zu urteilen, haben Sie wohl wieder etwas Großes vor?« meinte Alfred lächelnd, denn wie beutegierige Wikinger saßen die drei um ihn herum, laut, geschäftig und tatendurstig.

Joseph blinzelte den beiden andern zu, und alle drei sahen wie auf Kommando unter sich.

»Ich wollte wahrhaftig nicht indiskret sein,« beteuerte Alfred, »es war wirklich mehr *façon de parler* ...«

Josua, der älteste, wehrte beschwichtigend ab. »Wissen wir, wissen wir. Sie interessieren sich ja verdammt wenig für Geschäfte, haben es ja auch nicht nötig.«

»Erlaube mal!« warf der mittlere, Jakob mit Vornamen, ein. »Was heißt nötig?«

Josua erwiderte: »Wie soll er sich denn dafür interessieren, er fiel doch gleich in ein gemachtes Bett. Wir mußten es uns erst richten.«

»Du bist still, Küken!« rief Jakob dem Jüngsten zu, der etwas einwenden wollte.

»Kinder haben zu schweigen, wenn erwachsene Leute reden. Wie oft soll ich Dir das sagen!« Die Brüder neckten einander, das ganze Coupé war voll Lachen und Lärmen. Alfred kannte das, und in diesem Augenblick tat es ihm wohl. Die Art der drei hatte so etwas Frisches und Aufmunterndes.

»Sie haben ja Trauer,« sagte Joseph leise und wies auf das schwarze Band um Alfreds Aermel. Alle drei machten wie auf Kommando betrübte und teilnehmende Gesichter.

Alfred sprach ein paar Worte vom Tode seiner Großmutter. Die Kufferaths hatten Frau Anton Dungs senior zwar nicht persönlich gekannt, aber viel von ihr gehört. Ihrer Art nach kannte sie doch jedermann am Niederrhein und in Westfalen. Also interessierte es sie wirklich, was Alfred berichtete, und sie hörten aufmerksam und artig zu.

Schließlich meinte Josua seufzend: »Was wird die arme Madame Adele dazu sagen? Sie hing wirklich an ihrer Schwiegermutter. Gestern waren wir noch mit ihr zusammen in Paris. Da wußte sie offenbar noch nichts davon. Morgen oder übermorgen treffen wir sie in Berlin.«

Alfred schwieg und die beiden anderen Brüder sahen Josua zornig an. Er hatte wohl ganz und gar vergessen, daß Madame Adele Alfreds Mutter war?

Josua entschuldigte sich bei Alfred. Daran hatte er im Augenblick in der Tat nicht gedacht, und um seinen *faux pas* wieder einigermaßen gutzumachen, erzählte er nun ganz ausführlich von Madame Adele, und wie reizend sie die Brüder in Paris chaperonniert habe. Auch die beiden anderen Brüder erzählten von Madame Adele, und alle drei waren begeistert von ihr.

»Eine reizendere Mama kann ich mir gar nicht denken,« sagte Joseph. »Darum beneide ich Sie wirklich, Dungs!«

Es war doch ein eigentümliches und etwas schmerzhaftes Gefühl für den Sohn, der seine Mutter seit Jahr und Tag nicht gesehen hatte und auch nie eine Nachricht von ihr erhielt, woran er aber selbst mit schuld war, wie er sich eingestehen mußte, da er ebenfalls nichts von sich hören ließ, ein wehes Gefühl, von relativ fremden Leuten zum ersten Male wieder von seiner Mutter sprechen zu hören. Wenn ihm das gestern gesagt worden wäre, heute würden ihm die Kufferaths von seiner Mutter sprechen, wäre er wahrscheinlich einem solchen Gespräch direkt aus dem Wege gegangen. Er hätte Angst davor gehabt. Er hätte gefürchtet, man würde vielleicht nicht mit dem nötigen Respekt von ihr sprechen. Im Hause Dungs galt sie ja wie eine Verlorene, der man alles, nur nichts Gutes zutraute. Etwas von dieser Stimmung in der Familie war auch in Alfred lebendig. Und nun redeten diese drei gefunden und durchaus nicht rücksichtsvollen Menschen so hübsch und fast enthusiastisch von ihr.

Ein wenig ernüchtert wurde Alfred freilich, als Jakob dem Sohn nun berichtete, daß sie auch geschäftlich seiner Mutter manchen wichtigen Fingerzeig verdankten und manche wertvolle Verbindung.

»Sie müssen jedenfalls mit uns frühstücken, wenn Ihre Mutter da ist. Nicht wahr, das versprechen Sie uns? Es wird ihr eine große und angenehme Ueberraschung sein, das weiß ich, und wir mochten ihr wirklich auch einmal eine rechte Freude bereiten, wenn sie nach Berlin kommt. Wir sind Ihrer Mutter wirklich sehr verpflichtet.«

Alfred nickte zustimmend. Wenn der Enthusiasmus der Brüder auch wieder mit Geschäften zusammenhing, also nicht ganz selbstloser Natur war, so wollte er seine Mutter unter allen Umständen wiedersehen. Er gehörte ja jetzt sozusagen schon gar nicht mehr zu den Dungs. Da konnte er sich das doch wirklich gestatten.

»Wir wohnen ja alle im Kaiserhof, da macht sich das ganz von selbst,« meinte Josua, der sich nicht gerne lange bei bloßen Gefühlen aufhielt.

»Nein, diesmal steige ich nicht im Kaiserhof ab,« erwiderte Alfred schnell, denn mit seiner Mutter unter einem Dache weilen und doch nicht das nächste Anrecht an sie haben, nein, das vertrug er nicht.

»Also steigen Sie bei Adlon ab?« fragte Joseph.

Alfred nickte, wenn er bis jetzt auch noch nicht daran gedacht hatte. Bis jetzt war es ihm ja selbstverständlich gewesen, da abzusteigen, wo er bisher immer gewohnt hatte. Erst in dieser Minute hatte sich das geändert.

»Also *bon*, dann frühstücken wir Freitag zusammen im Kaiserhof, und nur wenn etwas dazwischen kommt, geben wir Ihnen Nachricht,« schlug Jakob vor, und Alfred war damit einverstanden.

»Das ist ja schon Potsdam!« rief Josua ganz erschrocken. »An die Gewehre, Jungens, und Sie werden auch Toilette machen müssen, Dungs. Da haben wir uns aber tüchtig festgeplaudert.«

Sie begaben sich wieder in ihren Schlafwagen zurück und machten sich zum Aussteigen fertig. Als der Zug in Bahnhof Friedrichstraße einlief, traf man sich wieder und stieg miteinander aus.

Die Brüder Kufferath ließen es an Lärm nicht fehlen, bis sie sich glücklich in zwei Autos verstaut hatten, und als Alfred dann in sein Auto stieg, war es ihm, als habe ihn plötzlich alle Luftigkeit und Frische verlassen. Wie beneidenswert die drei Wikinger waren, wie er sie jetzt bei sich nannte. Ihnen konnte es nicht fehlen.

Recht unbehaglich war es Alfred in seinem ungewohnten Hotelzimmer zumute. Nun konnte er sich nicht mehr über die Kufferaths amüsieren, nun mußte er wieder an sich denken; und gerade jetzt kam ihm seine Situation so unklar wie nur möglich vor, wo die Kufferaths, die so guter Dinge ihren gemeinsamen Weg gingen, nicht mehr bei ihm waren.

Aber was half das alles. Durch! hieß jetzt für ihn die Devise. Erst Klarheit schaffen mit dem alten Karst, und da fielen ihm auch schon wieder Dengerns ein. Sobald es anging, fuhr er zu ihnen hinaus in den Grunewald, nachdem er sich telephonisch vorher versichert hatte, daß er sie zu Hause treffen würde.

Er wurde auch sofort von dem Grafen angenommen, aber der Graf kam Alfred heute wesentlich kühler vor als früher. Oder war er nur so empfindlich in diesem Augenblick?

Man wechselte ein paar gleichgültige und nebensächliche Worte, jeder fühlte aber, daß sie nichts mit der Sache zu tun hatten, um derentwillen man zusammensaß. Dann sagte Alfred: »Ich würde Sie nicht so zeitig gestört haben, wenn es mir nicht aus einem Anlaß privater Natur um Ihren Rat jetzt schon zu tun wäre.«

»Ich stehe Ihnen gerne zur Verfügung, weiß im Augenblick nur nicht recht, worauf es Ihnen ankommt, Herr Dungs.«

»Ich weiß nicht, ob Fräulein von Karst, nachdem sie Ihrer Frau Schwester beim Umzug geholfen, direkt nach Hause gefahren ist?...«

»Sie ist nach Hause gefahren,« unterbrach ihn der Graf, »und wir sahen sie eine halbe Stunde auf dem Bahnhof hier, nicht länger.«

Alfred wurde es immer unbehaglicher. »Ich weiß selbstverständlich auch nicht, ob Fräulein von Karst bei dieser Unterhaltung auf dem Bahnhof irgendwie von meiner Person Notiz genommen hat, und in welchem Sinne...« Alfred unterbrach sich und stockte, denn wozu all diese steifen Worte, die wie auf Stelzen ihm aus dem Munde kamen, ohne daß er es verhindern konnte, da der Graf ihm mit keinem Wort und keiner Geste entgegenkam. Dagegen empörte sich etwas in ihm.

»Es fiel in unserem Gespräch wiederholt Ihr Name, Herr Dungs,« sagte Graf Dengern.

»Gestatten Sie mir, bitte, nun ohne Umschweife zu reden, Herr Graf.«

»Ich bitte darum, Herr Dungs.«

»Ich liebe Ihre Schwägerin und möchte Sie um Ihre Unterstützung bitten und Ihren Rat und Ihre Meinung, da ich vorhabe, möglichst heute noch Ihrem Herrn Schwiegervater meine Aufwartung zu machen.«

Die Starrheit im Gesicht des Grafen lockerte sich ein wenig, und er begann von seinem Schwiegervater zu sprechen, der noch so ein rechter pommerscher Junker alten Schlages sei. Zwar habe seine Schwägerin einen großen Einfluß auf ihren Vater, der sie wohl über Gebühr verwöhne, wenn er sich offen ausdrücken solle, aber der Alte würde doch wohl verdammt große Augen machen, wenn er von Lottens Neigung erführe. Er sitze auf seiner Klitsche, komme möglichst wenig nach Berlin, verkehre so gut wie nur mit einigen Nachbarsfamilien, die von der gleichen Art seien wie er selbst, und an eine Verbindung mit der Großindustrie, wie man sie jetzt ja häufiger finde, habe er wohl noch nie gedacht. Er könne sich wohl auch kaum eine rechte Vorstellung von dem machen, was das heutzutage heiße: Großindustrie. Er persönlich denke darüber, wie Herr Dungs wohl wisse, ganz anders, und ein gut Teil seiner Standesgenossen, soweit sie nur ein wenig im modernen Leben ständen, ja auch, denn sie seien selbst Großindustrielle geworden. Von seiner Seite dürfe er also einer Unterstützung sicher sein.

Alfred verbeugte sich dankend, aber steif und förmlich. Er hatte sich das Benehmen des Grafen, der doch sonst ganz anders zu ihm war, freier und entgegenkommender gedacht. Daß sich auch bei ihm irgendwie Standesvorurteile geltend machen würden, wenn auch mehr durch die Art, wie er sprach, diese vorsichtige, zurückhaltende Art, das ärgerte Alfred. Sein Stolz bäumte sich dagegen auf. Aber er nahm sich zusammen, indem er an Lotte dachte, und ließ sein Gegenüber ruhig weiterreden. Der Graf wollte hinter den vielen Worten offenbar die eigene Unsicherheit verbergen, die er in dieser Sache namentlich dem alten Herrn von Karst gegenüber empfand.

Die Gräfin erschien, die in ihrer Gestalt ein wenig an Lotte erinnerte. Auch sie begrüßte Alfred mit mehr Zurückhaltung als sonst, und als ihr Mann kurz angedeutet hatte, worum es sich handle, und meinte, sie könne Herrn Dungs noch viel besser Auskunft geben als er, begann sie ebenfalls mit vielen Worten von ihrem Vater zu reden. Aus den vielen Worten hörte Alfred in seiner Empfindlichkeit aber auch nicht viel mehr heraus als ein leichtes Widerstreben gegen die Sache, während Alfred bisher angenommen hatte, sie protegiere sie.

Er wollte sich schon erheben und empfehlen, da glaubte er, aus einer Bemerkung der Gräfin entnehmen zu können, daß dieses Widerstreben sich nicht gegen seine Person und auch nicht gegen seine bürgerliche Abkunft richte, sondern vielmehr gegen den etwas gar zu großen Reichtum der Dungs. Dengerns wollten offenbar deshalb sich seiner nicht mehr annehmen, damit es in der Gesellschaft nachher nicht heiße, sie hätten diese »Geldheirat« vermittelt. Sie fürchteten ein wenig den Neid und die bösen Zungen der Gesellschaft.

Alfred konnte nun ein leichtes Lächeln nicht unterdrücken und begann von seinem Vater zu erzählen und dem, was sich in den letzten Tagen zwischen ihm und seinem Vater zugetragen hatte.

Er erwartete, daß Dengerns nun offenherziger und zugänglicher würden. Statt dessen beobachtete er, wie der Gräfin Gesicht lang und länger wurde. Schließlich fragte sie: »Wie glauben Sie nun, daß alles werden soll, wenn es zu so schroffen Auseinandersetzungen mit Ihrem Vater gekommen ist? Sie nehmen mir diese offene Frage gewiß nicht übel, da ich ja Lottes Schwester bin.«

Alfred setzte auseinander, was er zu tun gedenke. Aber da er das selbst noch nicht genau wußte, bewegte sich auch seine Auseinandersetzung in recht vagen und allgemeinen Worten. Er fühlte, daß er immer mehr an Terrain bei Dengerns verlor und brach das Gespräch ab, das jetzt nur noch peinlich war.

Der Graf begann zu erzählen, was inzwischen in Berlin sich ereignet hatte, derweil Herr Dungs abwesend gewesen. Die Gräfin plauderte von der letzten Premiere, und nun waren beide wieder von der alten Liebenswürdigkeit und Zugänglichkeit.

Einige Minuten hielt Alfred noch aus, und dann empfahl er sich eilig, ohne daß noch einmal die Rede auf den eigentlichen Zweck seines Besuches gekommen wäre. Das nennt man ja wohl einen Korb, dachte Alfred mißmutig. Wenn ich bei dem alten Karst noch weniger Glück habe, dann sieht es übel aus.

Nachdenklich pendelte Alfred in der Siegesallee auf und ab. Plötzlich durchfuhr ihn ein großer Schreck. Wenn nun auch Lotte ihre Meinung geändert hat, dachte er. Wie kam er dazu, ihrer so sicher zu sein?

Eine große Unruhe bemächtigte sich seiner. Was garantierte ihm dafür, daß Lotte bei so vielen Widerständen und einer so unklaren Situation gegenüber auch weiterhin zu ihm hielt? Es war eigentlich von einem so jungen und verwöhnten Mädchen etwas viel verlangt.

Ach, hätte er jetzt doch die drei Kufferaths in der Nähe gehabt, daß sie ihm mit ihrem Lachen und Lärmen die trüben Gedanken verscheuchten! Oder seine Mutter. Es müßte gut sein, in der augenblicklichen Situation eine Mutter um sich zu haben. Er versuchte, sich das vorzustellen, schon um der Unruhe Lottes wegen aus dem Wege zu gehen, aber es gelang nicht. Es konnte ja auch gar nicht gelingen, da er seit jungen Jahren keine Mutter mehr um sich gehabt hatte. Was war er doch im Grunde für ein armer, bedauernswerter Geselle!

Er sah auf, denn sein Name wurde gerufen. Die Brüder Kufferath sausten in einem Auto vorbei und winkten und lachten. Eine Mutter hatten sie wohl auch nicht. Sie vermißten sie wohl auch nicht, sie waren ja zu dritt.

Alfred schlich sich auf wenig betretenen Seitenpfaden zum Brandenburger Tor in sein Hotel zurück, ließ sich das Kursbuch geben und schlenderte dann, da er noch Zeit hatte, zum Stettiner Bahnhof. Er mußte Lotte so bald wie möglich wiedersehen und mit dem alten Karst ins reine kommen. So ging es nicht weiter. Aber wenn das glücklich erledigt war, was dann? Was wollte er anfangen, was sollte aus ihm werden? Darüber mußte er sich nun doch wohl demnächst klar sein. Auch damit ging es so nicht weiter.

Am einfachsten wäre es gewesen, sich mit einem Konkurrenten seines Vaters zusammenzutun. Aber selbst wenn er einmal alle persönlichen und moralischen Bedenken, die dagegen sprachen, beiseite setzte, so gab es da noch einen Punkt, über den er nicht hinwegkam. Eine solche Stellung verdankte er im Grunde nicht sich, sondern eben doch auch nur dem Namen seines Vaters. Wohin er blickte, was er erwog, immer stieß er wieder auf ihn. Immer sah er das etwas boshafte Lächeln seines Vaters: siehst du, mein Junge, wenn ich nicht wäre, gelänge dir gar nichts. Selbst daß dich die Konkurrenz annimmt, verdankst du nur mir. Das aber wollte Alfred nicht. Er suchte und begehrte eine Tätigkeit auf einem anderen Gebiet, wo sein Vater nichts bedeutete. Seinen Kredit benutzen und selbst eine Fabrik gründen? Das reichte nur zu einer kleinen Fabrik, und Aussichten auf Erfolg hatte er damit auch nur, wenn er bei Kohle und Eisen blieb; und damit war er wieder dem Wohlwollen seines Vaters ausgeliefert. Auch das ging nicht.

Mit derlei Gedanken quälte er sich und war froh, als er im Zuge saß und an anderes denken mußte, an den alten Karst und Lotte.

Als er ausstieg, tat er sich nach einem Wagen um, der ihn zu dem Gute des Herrn von Karst fahren sollte. Aber er fand keinen Wagen, der sofort für ihn zu haben war, und so entschloß er sich denn, zu Fuß die Chaussee entlang zu pilgern. Nicht unähnlich einem armen Handwerksburschen kam er sich vor. Wer ihm das vor acht Tagen gesagt hätte!

Der Boden war schwer, ein ganz anständiger Weizenboden. Alfred sah sich interessiert nach allen Seiten um. Und da fiel ihm auch schon ein, am einfachsten wäre es wohl, er widmete sich fortan einfach seinem Gut. Das würde gewiß auch Lotte behagen. Aber das Gut warf nicht so viel ab, daß man davon leben konnte. Er hatte bisher dabei ja nur zugesetzt. Ohne das Geld seines Vaters war es auch damit nichts. Und Geld würde er für die Bewirtschaftung seines Gutes auch nicht leicht bekommen. Das verzinst sich zu schlecht. Geld bekam er leicht nur, wenn er in der Großindustrie blieb; und anständig verzinsen konnte er das Kapital, das er brauchte, einem Gläubiger auch nur, wenn er es in der Industrie zu etwas brachte. Nur sie warf, wenn er Glück hatte, so hohe Zinsen ab, daß er dabei bestehen konnte. Eine verdammt schwierige Geschichte, die ihn immer kleinlauter werden ließ, je länger er darüber nachdachte. Und dabei marschierte er direkt einem Junker ins Haus, um ihn um die Hand seiner Tochter zu bitten. Wenn er den Habenichts nun einfach vor die Tür setzte? Denn darauf, daß er Anton Dungs' Sohn war, würde der alte Herr schwerlich viel geben, gab er doch selbst in diesem Augenblick nicht viel darauf.

Alfred blieb stehen und wischte sich die Stirn. Ihm war recht beklommen zumute. Eigentlich war es ein Leichtsinn und eine Dreistigkeit sondergleichen, sich auch noch eine Frau nehmen zu wollen, wenn man selbst nicht aus noch ein wußte und sich geschworen hatte, keinen Pfennig mehr von Anton Dungs anzunehmen.

»Fred! Fred!« rief es da, und ehe er sich dessen versah, war Lotte bei ihm, sprang vom Gaul und fiel ihm um den Hals. Ganz erschrocken aber löste sie schnell die Arme wieder und stand nun errötend neben ihm. »Ich habe mich so gefreut, daß Du gekommen bist,« sagte sie entschuldigend.

Da sah sich Alfred schnell um, ob auch niemand in der Nähe sei und küßte sie. Ganz leicht und froh war ihm ums Herz, nun er Lotte wieder hatte. Ehrbar schritten sie neben dem Gaul auf der Chaussee einher, und Lotte erzählte, wie Ise gar nicht sehr nett gewesen sei, nachdem Anton Dungs im Hause gewesen, und wie auch ihr Schwager ein bedenkliches Gesicht aufgesetzt habe. Da sei sie eben sofort ausgerissen, zumal sich Fred auch nicht gerade besonders nett benommen habe und ihr durchaus nicht aus der Patsche geholfen, wie sie es erwartet hatte.

Das verstand Alfred nicht gleich, und deshalb setzte ihm Lotte auseinander, wie leichtsinnig es von ihr gewesen und wie kompromittierend für sie, daß sie Ise gleich in ihr neues Heim begleitet habe, bloß weil zufällig Alfred Dungs in derselben Stadt zu Hause war. Das gehöre sich doch wirklich nicht. Sie sah Alfred von der Seite an und lachte. Ein Mädchen, das auf sich hält, benähme sich doch anders, nicht wahr? Wenn sie es aber doch getan, so habe Alfred auch sofort die nötigen Schritte tun müssen, ihren *Faux pas* wieder gutzumachen, statt wie ein flüchtiger Bekannter bloß um sie herumzugehen und abzuwarten, was der liebe Gott mit dem allen wohl vorhabe.

Wieder sah sie ihn von der Seite an und lachte über sein ernstes Gesicht, und weil er ihre Rede, trotzdem er sie nicht verstand, so schwer nahm. Sie persiflierte doch nur ihre Schwester Ise und deren Anschauung, wenn sie so redete, und sie tat das doch nur, weil sie sich freute, daß Alfred nun endlich gekommen war. Mehr bedeutete doch das alles nicht.

Jetzt erblickte Lotte auch den schwarzen Flor an Alfreds Arm und sah erschrocken zu ihm auf. Deshalb war er so ernst. Daß sie das nicht gleich gesehen hatte!

»Die Großmutter?« fragte sie leise.

Er nickte.

Eine ganze Weile gingen sie stumm nebeneinander. Sie hatte seine Hand gefaßt.

»So eine reizende Frau!« sagte Lotte. »Sie hat Dich sehr gern gehabt.«

»Und Dich auch,« meinte Alfred.

Sie schwiegen wieder beide, und dann bat Alfred, sie möge ihm von ihrem Vater erzählen, und wie er ihn aufnehmen würde.

Lotte erzählte, daß er über die Absicht seiner Jüngsten sehr erstaunt gewesen sei und es erst gar nicht habe glauben wollen. »Du mußt ihm das nicht übelnehmen, Fred, es ist ihm so fremdartig und wunderlich, weißt Du. Er kann sich seine Mädels nur als Offiziersfrauen oder auf einem Gut vorstellen.«

Alfred nickte und meinte, er habe gar keinen Grund, sich darüber zu wundern, sein eigener Vater sei ja noch viel wunderlicher. Und nun erfuhr Lotte, daß die beiden in Unfrieden auseinander gegangen waren.

Sie war sehr traurig und unglücklich darüber, aber Alfred setzte ihr auseinander, daß sie wirklich viel weniger damit zu tun habe, als es auf den ersten Blick aussähe, denn so sei es doch nicht weitergegangen, auch ohne das würde es zu heftigen Auseinandersetzungen gekommen sein, da ihm seine Stellung schon längst nicht mehr behagte. Er bat sie, ihm weiter über ihren Vater zu berichten. Lotte tat das auch sofort. Fast zwei Tage habe er mit ihr geschmollt, als er merkte, ihr sei es ernst. Gestern sei er dann nach Berlin gefahren und am Abend sehr nachdenklich nach Hause zurückgekehrt. Er habe sie rufen lassen und ihr vorgestellt, ob sie sich auch überlegt habe, was das heiße, gerade einen Dungs heiraten zu wollen, deren Verhältnisse so glänzend seien.

Alfred lächelte spöttisch und ein wenig schmerzhaft.

»So hat er doch wörtlich gesagt,« fuhr Lotte fort. »Er hat sich eben in Berlin nach Euch erkundigt!«

»Und weiter?« fragte Alfred.

»Weiter nichts. Er hat den Kopf geschüttelt, als ich ihm auseinandersetzte, mir sei das Nebensache, und hat mich wieder allein gelassen. Aber es ist mir natürlich gar nicht Nebensache, sondern es geniert mich auch, Fred, sehr sogar. Aber ich wußte ja wirklich nicht, daß Ihr so viel Geld habt, sonst...«

»Sonst, Lotte?«

Sie lächelte. »Sonst hätte ich mich besser in acht genommen und mich nicht um Dich gekümmert.«

»Das alles bloß des Geldes wegen!«

»Mir wird noch ganz schwindelig, wenn ich an Eure Fabriken denke und all das, was Euch gehört. Ich wollte wirklich, Du hättest nicht so viel Geld, Fred.«

»Wenn das Dein einziger Kummer ist, Lotte, dem kann ich abhelfen. Ich persönlich habe nämlich gar nicht viel Geld, seitdem ich mit dem Alten aneinander geraten bin und nichts mehr von ihm haben will.«

»Wirklich?« fragte Lotte ungläubig.

»Du kannst Dich darauf verlassen.«

Lotte atmete auf und erklärte, nun sei es ihr viel leichter ums Herz, nun werde schon alles gut werden. »Oder tut es Dir sehr leid?«

»Daß ich nicht viel Geld habe, Lotte?«

Sie nickte.

»Mein Gott, ich weiß es im Augenblick wirklich nicht. Es ist mir ganz ungewohnt, ich kann mir wohl überhaupt noch nicht recht vorstellen, was das heißt. Leid tut es mir eigentlich durchaus nicht. Leid täte es mir nur, wenn dadurch etwas zwischen uns beide käme, aber...« Er stockte und sagte dann: »Ich glaube, ich habe immer noch mehr als sehr viele andere. Ich weiß es wirklich nicht genau, und ich denke, wir wollen jetzt nicht weiter davon reden.«

»Da kommt mein Vater,« sagte sie und lief von ihm fort, während er den Gaul bei den Zügeln nahm und langsam weiter ging. Auch eine nette Situation, dachte er, ich hier auf der Landstraße, einen Gaul am Zügel und den zukünftigen Schwiegervater in Sicht. Weiß Gott, am liebsten stiege ich auf und machte mich davon.

Lotte kam mit ihrem Vater, auf den sie eifrig einredete, langsam näher. Ein schlanker, sehniger Herr mit lebhaften Bewegungen. Mehr Kavallerist als Landjunker wollte es Alfred scheinen, der die Blicke nicht von ihm ließ.

Lotte stellte vor, und der alte Karst brummte etwas, das eine Einladung, aber auch ganz etwas anderes sein konnte.

Alfred beschloß, es als Einladung aufzufassen.

»Weißt Du was, Lotte? Steig' wieder auf und sieh einmal nach, wie es mit dem Essen steht,« brummte der Alte.

Sie streichelte ihm die rosigen Wangen. »Sei artig, Papa!« bat sie leise und schmeichelnd.

Der Alte knurrte etwas.

»So artig, wie Du's irgend zuwege bringst, Papa,« bat die Tochter schmeichelnd.

»Nun mach' schon, daß Du auf den Gaul kommst. Ich werde Herrn Dungs nicht fressen, wo er nun einmal hier ist.«

Der Alte half ihr beim Aufsteigen und gab dem Gaul einen Klaps, kaum daß sie im Sattel saß. Lotte nickte Alfred noch schnell aufmunternd und liebevoll zu und galoppierte fort.

Die beiden sahen ihr nach.

»Reiten kann sie,« sagte der Alte befriedigt.

»Der Gaul ist gut. Trakehnen, scheint mir,« meinte Alfred fragend.

Ein verwunderter Blick traf ihn unter buschigen weißen Brauen. Woher versteht der Kaufmann denn was von Pferden? fragte der Blick.

Alfred sagte, er habe sich vor einem halben Jahr zwei Ostpreußen kommen lassen. Sie gingen vorzüglich in der Ebene, aber sowie es gebirgig würde, lahmten sie leider. Sie könnten sich in ihrer Hochbeinigkeit nicht daran gewöhnen.

Der Alte wunderte sich, wie man auf die Idee kommen könne, ostpreußische Gäule nach Westfalen zu verpflanzen. Das könne doch gar nichts taugen. Aber heutzutage werde eben alles zusammengeworfen, auch was gar nicht zueinander passe.

O weh, dachte Alfred erschrocken.

Und die Regierung gehe natürlich mit schlechtem Beispiel voran, wetterte der Alte. Ostpreußische Beamte werfe sie an den Rhein und Rheinländer nach dem Osten. Sie bilde sich ein, die verschiedenen Stämme lernten so einander besser verstehen. Ja Kuchen, hat sich was mit Verstehen, da verstehe man sich aus der Entfernung immer noch besser. »Wenn ich nun hier mit einemmal niederrheinisches Saatkorn benutzen würde statt pommersches, was? Ein kompletter Esel wäre ich. Das Zeugs würde hier einfach nicht gedeihen. Aber auf solchen Unsinn kommt ja auch gar kein Mensch. Na, und was dem Roggen recht ist, dürfte einem Regierungsrat billig sein.«

Nun erlaubte sich Alfred aber doch einen Einwand, denn ihm war, als ziele diese Unterhaltung im Grunde noch mehr auf ihn als auf Roggen und Regierungsräte. Und er behauptete, wenn er es auch nicht ganz genau wußte, aber ihm war, als habe er es einmal gelesen, bei den Menschen sei es schon deshalb anders, weil doch eben Ostelbien vom Westen aus kolonisiert worden sei. Was also an reinem deutschen Blut im Osten säße, käme einfach aus dem Westen und Süden. Es könne sich also sehr wohl miteinander vertragen.

Der Alte erwiderte, die Gelehrten möchten sich derlei wohl aus den Fingern saugen. Was sollten sie auch sonst anfangen. Auch möge das mit dem Kolonialland seine Richtigkeit haben, aber es sei lange her, sehr lange, und ein Weizen, der sich in Mecklenburg eingewöhnt habe, sei eben anders als ein westfälischer Weizen, wenn einer äußerlich auch aussähe wie der andere.

Nun schwiegen die beiden, und Alfred folgte dem Alten getreulich in einen Kleeacker hinein.

»Sehen Sie, da hat so ein Lümmel wieder die Sichel liegen lassen.« Der Alte hob sie auf.

»Erlauben Sie,« sagte Alfred und nahm ihm die Sichel ab. Wieder traf ihn ein prüfender Blick unter den weißen Brauen hervor. Dann stapfte der Alte weiter querfeldein auf einen Feldweg zu. Alfred mit seiner Sichel hinterdrein.

Als sie auf den Feldweg gekommen waren, sagte der Alte: »Nun schießen Sie schon los!«
»Wie meinen Sie?« fragte Alfred, der den andern nicht gleich verstand.

»Ich meine, da wir nun wieder einen Weg unter den Füßen haben und allein sind, könnten Sie losschießen: ich liebe Lotte von Karst und so weiter...«

Alfred hielt an, und dann lachte er laut hinaus. Er mit der Sichel in der Hand auf einem Feldweg seine Werbung vorbringend. Nein, da mußte er zunächst einmal lachen.

Der Alte schmunzelte. Dies Lachen gefiel ihm. Der junge Mensch ließ sich wenigstens nicht verblüffen.

»Entschuldigen Sie, Herr Baron...«

»O bitte, bitte, lachen ist eine gesunde Beschäftigung.«

»Wenn Herr Baron also gestatten, so bitte ich hiermit um die Hand Ihrer Jüngsten.«

»Gestatten,« fiel der Alte ein, »hat sich was mit Gestatten.«

»Aber Sie sagten doch eben selbst?« meinte Alfred, dem um vieles leichter geworden war bei der drolligen Art des alten Herrn.

»Ich sagte: schießen Sie schon los,« brummte der Alte, »weil es ja doch einmal sein muß, nicht wahr? Lotte hat mir damit ja schon hinreichend in den Ohren gelegen. Wenn man schon etwas Unangenehmes schlucken muß, dann lieber gleich und ohne langes Fackeln. Zu gestatten habe ich da leider verdammt wenig. Wenn ich etwas zu gestatten hätte...« Der Alte schluckte, er mochte wohl an die Bitte seiner Tochter denken und sah auf seinen Begleiter.

Alfred wiederholte seine Werbung mit denselben lakonischen Worten wie vorhin, denn hier mit einer Sichel in der Hand auf einem Feldweg ging es beim besten Willen nicht feierlicher und ausführlicher.

Der Alte schwieg eine Weile, dann meinte er: »Ich war da gestern bei meinem Bankier in Berlin, um mich ein wenig zu erkundigen. Greuliche Stadt übrigens!«

Alfred hütete sich, zu widersprechen.

»Dieser Mensch, den Bankier meine ich, bekam ein ganz festtägliches Gesicht, als Ihr Name fiel. So wie unsereins an Kaisers Geburtstag aussieht. Verstehen Sie mich?«

»Gewiß, Herr Baron.«

»Nun sagen Sie mir schon in drei Teufels Namen, was machen Sie denn mit all dem Geld?« rief der Alte ärgerlich.

»Es ist nicht so schlimm, Herr Baron...«

»Erlauben Sie mal, ich bin durchaus nicht zu Scherzen aufgelegt,« brummte der andere.

»Sie haben mich unterbrochen, Herr Baron, ich wollte nämlich sagen, ich selbst habe gar nicht so viel. Das ganze Geld steckt in den Fabriken meines Vaters, und an das Kapital kann keiner, solange er lebt.«

»Das ist sehr vernünftig von Ihrem Vater,« meinte der Alte, dem sichtlich behaglicher wurde. »Dann läßt sich ja schon eher reden.«

Nun setzte Alfred dem alten Herrn die Lage etwas genauer auseinander, soweit es ihm für seine Zwecke in diesem Augenblick praktisch erschien. Ihm jetzt schon zu sagen, daß er in Wahrheit gar nicht wußte, was er eigentlich anfangen sollte, das war doch nicht nötig, solange man nicht direkt danach fragte. Wenn nur erst einmal das Eis gebrochen war, und der Alte sich im allgemeinen einverstanden erklärte. Nachher ließ sich ja weiterreden. Der alte Karst gefiel Alfred so gut, daß er jede Befangenheit ihm gegenüber verlor. Er war entschieden ein Original, aber entschieden auch ein weniger gefährliches als sein Vater. Das erleichterte Alfred wesentlich.

Sie näherten sich dem Hof, und Alfred sprach immer noch, ohne daß er von dem Freiherrn von Karst unterbrochen wurde. Jetzt könnte er auch etwas sagen, dachte Alfred, denn nachgerade bin ich mit meinem Latein zu Ende. Aber der Alte schwieg beharrlich.

Auf der Freitreppe des großen einstöckigen Wohnhauses stand Lotte und sah den beiden entgegen. Das Herz klopfte ihr im Halse, denn sie war sich durchaus nicht im klaren darüber, wie ihr Vater die Sache in Wirklichkeit aufnahm. Es war natürlich ein gutes Zeichen, daß die beiden so einträchtig über den Hof kamen, aber Alfred sah nicht auf und ihr Vater auch nicht. Sie haben sich doch hoffentlich nicht jetzt schon gezankt, dachte Lotte erschrocken.

Ihr Vater sah auf und rief: »Lotte, führe den Gast in den Salon, ich komme gleich nach.«

Lotte tat, wie ihr befohlen, und fragte Alfred natürlich gleich, wie sie miteinander ausgekommen seien.

Alfred zeigte ein etwas klägliches Gesicht. Das intensive Schweigen des Alten hatte ihn doch ein wenig stutzig gemacht. Ganz so sicher wie vor einer halben Stunde fühlte er sich im Augenblick nicht mehr. »Am besten ist es jedenfalls, Du gibst mir einen Kuß,« meinte er, und das tat sie denn auch.

Der Alte ließ auf sich warten.

»Am Tage des Abiturs damals wartete ich mit ähnlichen Gefühlen, ob ich vom Mündlichen dispensiert würde oder nicht,« versuchte Alfred zu scherzen. »Wäre ich nicht dispensiert worden, so wäre ich nämlich durchgefallen, denn für das mündliche Examen hatte ich mich überhaupt nicht vorbereitet.«

»Aber Du wurdest dispensiert?« fragte Lotte, während sie angestrengt lauschte.

Alfred nickte. »Damals habe ich Glück gehabt.«

Sie schwiegen.

Wieder begann Alfred: »Mein jüngster Bruder hatte es nicht so gut, er mußte ins Mündliche. Er fragte mich damals, wie ich es gehalten hätte. Ich erzählte es ihm, und er hielt sich an meine Erfahrung, er arbeitete nämlich auch nur fürs schriftliche Examen. Im Mündlichen fiel er denn auch glücklich durch. Er hatte keine schlechte Wut auf mich. Er hätte ja aber meinem Rat nicht zu folgen brauchen. Nachher setzte er sich auf die Hosen, und nach einem halben Jahr war er auch so weit. Aber er hat es mir jahrelang nicht vergessen können, daß ich ihm damals einen Rat gegeben habe, der für ihn nicht paßte.«

So redete er hin und her über Dinge, die sie alle beide nicht im geringsten interessierten.

Alfred sprang auf. »Das ist wirklich unerträglich, dies Warten!«

»Papa wird ja gleich kommen,« tröstete Lotte.

»Ich glaube, er will mich aushungern. Mein Magen krümmt sich sozusagen jetzt schon.«

Lotte wollte hinaus, aber Alfred hielt sie zurück. »Ich habe zwar vorhin mit einer Sichel in der Hand um Dich angehalten, aber nun die Antwort in Empfang nehmen mit einem Butterbrot in der Hand, dem fühle ich mich nicht gewachsen.«

»Ich bitte Dich, sei nich so ... so ...«

»Galgenhumor!« erwiderte er und nahm wieder Platz.

Endlich trat Herr von Karst ein. Lotte sah fragend und bittend auf ihn. »Also setzen wir uns, und Lotte kann hierbleiben.«

Sie setzten sich um einen runden Tisch.

»Ich habe mir die Sache noch ein wenig überlegt,« begann der Alte. Er wandte sich zu seiner Tochter. »Wir unterhielten uns nämlich vorhin auch vom Saatkorn, und wie das pommersche nicht auf westfälischen Boden passe. Da behauptete Herr Dungs, mit den Menschen sei es anders. Nun ja, alle Vergleiche hinken, und so mag auch meiner gehinkt haben. Am Ende passen Pommern und Westfalen ganz gut zusammen. Wenigstens ist es möglich ...«

»Papa!« unterbrach ihn Lotte.

Er wandte sich wieder seinem Gaste zu. »Einiges habe ich in unserem Gespräch vorhin vermißt, und ich bitte Sie, es mir nicht übelzunehmen, wenn ich jetzt danach frage.«

Alfred verneigte sich feierlich.

»Mir fiel auf, daß Sie gar nicht von Ihrer Mutter sprachen.«

»Ich habe sie lange nicht gesehen,« sagte Alfred hastig. »Sie ist von meinem Vater geschieden und lebt meist in Paris.«

»Ach so, pardon, das ist etwas anderes,« meinte Herr von Karst mit einem bedenklichen Gesicht.

Es war allen dreien sehr, sehr unbehaglich zumute.

»Und wie stellt sich eigentlich Ihr Vater zu der Sache? Sie haben mir zwar sehr viel von ihm erzählt, aber darüber bin ich mir durchaus nicht im klaren.«

Alfred antwortete ruhig: »Er ist dagegen!«

»So, hm...«

»Papa, ich bitte Dich!«

»Das ist allerdings...« Der Alte schluckte alles Weitere tapfer herunter, denn schließlich war der Mann da vor ihm sein Gast, und was er hatte sagen wollen, wäre keineswegs schmeichelhaft gewesen. Immerhin gefiel es ihm, daß dieser Herr Dungs keine Flausen machte.

Nach einem Augenblick des Nachdenkens fragte er: »Und wie denken Sie sich nun Ihre Existenz unter solchen Umständen?«

»Das weiß ich selbst noch nicht,« antwortete Alfred ruhig.

Der Alte sprang auf, aber Lotte fiel ihm sofort in die Arme und küßte ihn. »Werde nicht böse, Papa, ich bitte Dich!«

»Nehmen Sie es mir nicht übel, Herr Dungs, aber ich finde es doch ungewöhnlich, zum mindesten ungewöhnlich, daß Sie um die Hand meiner Tochter bitten, noch bevor Sie selbst wissen...«

»Verzeihen Sie, daß ich Sie unterbreche, Herr Baron. Sie haben gewiß recht von Ihrem Standpunkt aus, ich verstehe das durchaus...«

»Sehr verbunden!« knurrte der Alte dazwischen.

Alfred ließ sich dadurch nicht stören. »Ich liebe Ihre Tochter, und da schien es mir doch das einzig richtige, vor allen Dingen und zuallererst mit diesem Bekenntnis offen vor Sie hinzutreten, Herr Baron. Welche Komplikationen das bei mir zu Hause hervorrufen würde, das konnte ich nicht wissen, als ich mich Ihrer Tochter erklärte. Als ich mich ihr aber erklärt hatte, und wir eins waren, da war es meines Erachtens meine erste und wichtigste Pflicht, an Sie heranzutreten, Herr Baron, und Ihnen auch reinen Wein einzuschenken, wenn Sie fragten. Demgemäß habe ich gehandelt, und wenn ich nur in dem, was mir die Hauptsache ist, hoffen darf, so werde ich die anderen Dinge schon ins reine bringen, so oder so. Ich darf wohl sagen, darauf können Sie sich verlassen.«

»Das läßt sich ja hören,« meinte der Alte. »Also bringen Sie die anderen Dinge, wie Sie sagen, ins reine, und dann wollen wir weiter sehen.«

»Welche anderen Dinge, Herr Baron? Sagen Sie es mir bitte ganz unumwunden!«

Der Alte sah ihn wieder verwundert unter seinen Brauen her an. Dann lächelte er ein klein wenig. »Sie haben eine Art! ... *à la bonheur!* ...«

»Nicht wahr, Papa!« sagte Lotte schmeichelnd.

»Du bist gar nicht gefragt, Lotte, Du bist gefälligst ganz ruhig.«

»Aber mich geht es doch weiß Gott auch an, Papa!«

Der Papa ignorierte das und wandte sich wieder an Alfred. »Unter den anderen Dingen verstehe ich vor allem eine gesicherte Existenz.«

Alfred nickte zustimmend.

»Und zweitens eine Aussöhnung mit Ihrem Vater.«

Alfred sah nachdenklich unter sich. Dann meinte er: »Sie kennen meinen Vater nicht, Herr Baron, sonst würden Sie das vielleicht nicht fordern.«

»Es ist die reine Inquisition!« rief Lotte empört.

Aber die beiden Männer taten, als hätten sie das gar nicht gehört, und Alfred fuhr fort: »Aber ich will es immerhin versuchen, sowie ich meine gesicherte Existenz habe, wenn ich annehmen darf, daß ... Sie dann mit mir zufrieden sind.«

Herr von Karst erhob sich und reichte Alfred die Hand. »Lassen wir dies Gespräch hiermit ruhen. Es war für keinen von uns erquicklich, aber es ließ sich nicht vermeiden. Und nun wollen wir zu Tisch gehen, und ich denke, Sie können noch den einen oder andern Tag unser Gast sein.«

»Du lieber, guter Papa!« jubelte Lotte und fiel ihm um den Hals, was sich Herr von Karst jetzt gerne gefallen ließ.

Man ging zu Tisch und war guter Dinge.

»Der Appetit ist Ihnen wenigstens nicht vergangen,« meinte Herr von Karst nach einer Weile zu Alfred.

»Ich bitte um Entschuldigung, Herr Baron, aber ich habe den ganzen Tag noch nichts gegessen, und in der Beziehung können wir aus der westfälischen Gegend es jedenfalls mit den Pommern aufnehmen.«

Man stieß an, und schmunzelnd meinte Herr von Karst, dem Alfred immer besser gefiel: »Man erlebt ja manches, wenn man alt wird, aber so etwas ist mir doch noch nicht vorgekommen, Herr Dungs. Sie hätten Kavallerist werden sollen. Sie verstehen sich darauf, Attacken zu reiten. Prosit!«

Nach Tisch ließ Herr von Karst die beiden allein, so daß sie Zeit hatten, sich auszusprechen.

Erst zum Kaffee erschien er wieder, und dann ritten sie miteinander aus. Am Abend kam Hans von Karst, Lottes Bruder, der den Tag über auf einem Vorwerk beschäftigt gewesen war. Der Neunzehnjährige hatte noch nicht weiter mitzureden, und da er seiner Schwester sehr zugetan war, kam er Alfred Dungs mit Herzlichkeit entgegen.

Als Alfred dann später am Abend sein Zimmer aufsuchte, reckte er sich zufrieden und glücklich. Der Tag war immerhin besser abgelaufen, als sich erwarten ließ, und für den alten Karst hatte er einfach eine Schwäche. Aber als er eine Weile allein war, überschlichen ihn doch wieder mancherlei sorgenvolle Gedanken. Was diese sogenannte gesicherte Existenz anging, so war ihm das doch lange nicht so sicher, wie er den anderen gegenüber tat. Und nun hatte er ja Zeit und Muße, sich weiter über dies Problem den Kopf zu zerbrechen. Er versuchte es, aber es wollte nichts Gescheites dabei herauskommen, er war zu müde. Und wie es zu einer Versöhnung mit seinem Vater kommen sollte, auch das war ihm vollkommen unklar. Der alte Karst hatte gut reden, er kannte seinen Vater nicht.

Müde und abgespannt und wieder voller Sorgen ging Alfred zu Bett. Er wollte so gerne schlafen, aber es wollte ihm nicht gelingen. Die Augen fielen ihm zu, aber sein Geist fand keine Ruhe. Die gesicherte Existenz und Anton Dungs junior, das waren zwei Probleme, die schon den Schlaf rauben konnten.

Er lauschte mit geschlossenen Augen. Wie ruhig und friedlich es hier war. Kein Leben mehr im Haus, nichts regte sich auf dem Hof, alles schlief. Wenn er doch auch endlich hätte einschlafen können. Es nützte ja gar nichts, hier wach zu liegen, wo ihm doch nichts Gescheites einfiel.

Er zählte von eins bis hundert, vorwärts und rückwärts, aber es half nichts, er wurde immer wacher, so sehr der Körper auch nach Schlaf begehrte.

Schon wollte er sich wieder erheben, da fiel ihm plötzlich seine Mutter ein. Uebermorgen würde er ja mit ihr zusammen sein. Vielleicht wußte sie einen guten Rat. Sie war ja so viel herumgekommen und kannte so viele Menschen, und er war doch ihr Sohn. Gewiß, die Mutter würde einen Rat wissen, die Mutter. Ganz ruhig und still wurde es in ihm, und er schlief ein.

6. Kapitel

Am Freitag früh fuhr Alfred Dungs wieder nach Berlin, nachdem er um die Erlaubnis gebeten hatte, wiederkommen zu dürfen, wenn irgendeine günstige Wendung eingetreten sei, die er von einer Aussprache mit seiner Mutter erhoffe. Herr von Karst erklärte sich damit einverstanden, denn da er einmal A gesagt habe, sei er bereit, auch weiter zu buchstabieren und die Konsequenzen zu tragen, wenn nur auch Herr Dungs es nicht an seinem Teil fehlen lasse.

»Wann werden wir uns wiedersehen?« fragte Lotte ängstlich und unruhig, als sie Alfred zur Bahn begleitete.

»Wenn alles so geht, wie ich es mir wünsche, vielleicht schon morgen,« meinte Alfred.

»Und wenn Du morgen nicht kommst, muß ich annehmen, daß es nicht gut gegangen ist, Fred?«

Er überlegte einen Augenblick und meinte dann: »So werde ich lieber unter allen Umständen kommen.«

Das aber wollte Lotte nicht. Schon ihres Vaters wegen nicht, der zwar für Alfred recht eingenommen sei, aber stutzig und mißtrauisch würde, wenn Alfred unverrichteter Sache wieder zurückkehre.

»Du hast recht,« sagte Alfred, »zumal wir nur einen Vater haben, auf den wir uns verlassen können. Wir müssen ihn schonen, damit nicht auch er uns noch im Stich läßt … Ich werde also jedenfalls heute abend noch schreiben.«

Lotte nickte und hängte sich schwerer an seinen Arm. Wer wußte, ob sie so bald wieder einen schönen Tag zusammen hatten wie gestern.

Als Alfred nach Berlin kam, überlegte er, ob er nicht vorher seiner Mutter einen Besuch machen solle. Aber er verneinte sich diese Frage nach kurzer Ueberlegung. Er hatte ja wirklich gar keine Vorstellung, wie sie jetzt eigentlich war. Ihres Aeußeren erinnerte er sich sehr gut. Eine große, schöne, leidenschaftliche Frau, die damals, wie ihm scheinen wollte, mit einer fast wilden Zärtlichkeit an ihren Kindern gehangen hatte. Aber das war nun etwa ein halbes Menschenalter her. Wer wußte, wie sie sich seitdem entwickelt hatte. So am nüchternen Morgen kam ihm das recht unsicher vor, und was er sich von ihr erhoffte, erschien ihm nun recht abenteuerlich. Jedenfalls war es besser, er lernte sie erst einmal bei Kufferaths Frühstück kennen. Da würde er ja bald sehen, ob es einen Zweck hatte, sie um Rat und Hilfe zu bitten. Die Dungs hatten sie gewiß nicht gut behandelt. Wer wollte es ihr übelnehmen, wenn sie Gleiches mit Gleichem vergalt? Fünfzehn Jahre sind eine lange Zeit. Auch für mütterliche Gefühle, dachte Alfred und pilgerte wieder zu Fuß in sein Hotel.

Die Menschen drängten und stießen vor lauter Hast, zu ihrer Arbeit zu kommen. Die Autobusse rasten ihrem Ziele zu, die Trams läuteten wie besessen, wenn irgendein Hindernis ihnen in den Weg trat. Sie wußten, wie eilig es ihre Insassen hatten. Und ein Hindernis stellte sich jeden Augenblick ein: Lastfuhrwerke, welche die Geleise kreuzten, denn auch sie hatten es eilig. Droschken, die sich vordrängten, Passanten, die über den Fahrdamm flitzten, mochte es noch so lebensgefährlich sein, und alle taten, als hinge von der nächsten ersparten halben Minute ihr Leben ab. Das dröhnte, donnerte, lärmte, ein einziger, gewaltiger Zug der Arbeit.

Einsam, verlassen und überflüssig kam Alfred sich in diesem Zuge vor, dessen Rhythmus ihn doch unaufhaltsam mit sich fortriß.

Er atmete auf, als er sich endlich bis Unter den Linden durchgearbeitet hatte, wo es ruhiger und geordneter zuging. Wie ein Schwimmer kam er sich vor, der gegen den Strom zu schwimmen versucht hatte, aber nicht merkte, daß er nicht vorwärts kam, bis der Strom ihn einfach ans Ufer warf, beiseite.

Nun war er also glücklich Unter den Linden und konnte sich verschnaufen. Aber beschämt kam er sich vor, wie er hier unter den Nichtstuern stand, und es schien ihm, als seien sie alle miteinander von dem großen Strom der Arbeit, der durch die ganze innere Stadt wogte, als unnütz beiseite geworfen worden. Ringsum brauste und brandete es, und was Arme und Mut hatte, stürzte sich hinein und tat mit. Nur sie hier Unter den Linden, sie standen abseits, machten überlegene oder blasierte Gesichter und waren im Grunde doch nur Verstoßene, Verbrauchte, Arbeitsunfähige und ähnliches Volk.

Als er in sein Hotel kam, meldete der Portier, es sei schon zweimal vom Kaiserhof nach ihm telefoniert worden.

Es ist nichts mit dem Frühstück, die Mama ist überhaupt gar nicht hier, durchfuhr es Alfred. Das ganze schöne Haus, das er für sich und Lotte bauen wollte, es war wirklich auf Sand gebaut. Wenn er sich recht erinnerte, war doch verabredet worden, nicht zu telefonieren, wenn nicht ein Hindernis eingetreten sei.

Er ließ sich mit dem Kaiserhof verbinden, einen der Kufferaths an das Telephon bitten und wartete gespannt.

»Hier Joseph Kufferath.«

»Hier Alfred Dungs.«

»Sagen Sie, Dungs, könnten Sie schon gleich kommen?«

»Was ist denn los?«

»Die große Sache, die wir vorhatten, ist nicht geglückt. O, diese Deutschen! Es ist wirklich schrecklich. Wir wollen heute nachmittag noch weiter. Ich nach Petersburg, die beiden anderen nach Paris mit Ihrer Frau Mutter, die gestern schon eintraf. Wo haben Sie denn gestern gesteckt? Wir haben uns wundtelephoniert nach Ihnen!«

»Weiß meine Mutter Bescheid?«

»Nein, es soll doch eine Ueberraschung sein. Also, wenn es Ihnen paßt, kommen Sie bitte gleich, es geht ja auch schon auf zwölf, so daß man wohl einigermaßen mit Anstand frühstücken kann.«

»Ich komme sofort!« sagte Alfred und hängte den Hörer wieder an. Ihm war, als hinge sein Leben davon ab, jetzt seine Mutter zu sprechen. Ohne erst weiter Toilette zu machen, stieg er in das nächste Auto und fuhr zum Kaiserhof.

Es war nicht schwer, die Kufferaths zu finden, denn sie machten sich auch hier durch ihre geräuschvolle Fröhlichkeit sofort bemerkbar. Inmitten der distinguierten Ruhe und der gemessenen Bewegungen kamen sie Alfred jetzt fast wie Wilde vor. Aber auch hier hatte ihre Fröhlichkeit etwas Ansteckendes. Gäste, die feierlich vorbeikamen, sahen sich nach ihnen um, erkundigten sich und lächelten dann. Ach so, die Kufferaths, ja freilich! Das dreiblättrige Kleeblatt hatte es zu einer gewissen Popularität in der internationalen Welt gebracht. Es war kein schlechter Geschäftstrick, daß man die drei hübschen Menschen fast immer und überall laut und fröhlich beisammen sah. Ueberall sprach man von ihnen. Dabei war es eine Reklame, die gar nichts kostete.

Die drei Kufferaths fielen mit Fragen über Alfred her. Wo er gestern gesteckt habe? Weshalb er den ganzen Tag nicht zu erreichen gewesen sei? Weshalb er sich heute morgen so lange habe verleugnen lassen?

Alfred antwortete, so gut es ging, ohne etwas von seinen Beziehungen zu der Familie von Karst zu verraten. Die Kufferaths hörten sowieso nur mit halbem Ohr zu, denn viel wichtiger als Alfreds Antwort auf ihre Fragen war es ihnen, ihr eigenes Herz ausschütten zu können, das jetzt voll war von Grimm gegen die Deutschen und ihre Schwerfälligkeit. Mit diesem Grimm fielen sie nun über Alfred her und taten, als sei er für solche Schwerfälligkeit mit verantwortlich zu machen.

»Sagen Sie selbst,« rief Josua Kufferath, »ist es nicht einfach lächerlich?«

»Der Deutsche macht eben immer noch nur Geschäfte, bei denen er schon morgen den Profit in der Tasche hat!« rief Joseph dazwischen.

»Wenn sie an einem großen Geschäft in ein, zwei Jahren einen großen Profit machen können, werden sie ängstlich!« schrie Jakob.

»Lieber verdienen sie an Streichhölzern fünf Pfennig, wenn es morgen sein kann, als an einem Millionenobjekt Millionen, wenn es ein paar Jahre dauern kann!« sagte Josua voller Ingrimm.

»Ich weiß zwar absolut nicht, worum es sich handelt,« warf Alfred lächelnd ein, »aber ich gebe ohne weiteres zu, daß wir Deutschen vorsichtig sind, und zwar schon deshalb, weil unser

Reichtum noch jung ist, so daß wir immer noch fürchten, ihn über Nacht verlieren zu können. Deshalb ist uns der Sperling in der Hand ... Sie wissen schon!«

»Aber sehen Sie sich Frankreich und England an! Sie schnappen den Deutschen ja alles weg, was noch gut ist, wenn das so weitergeht.«

»England und Frankreich sind aber auch schon lange reich,« warf Alfred ein. »Kein Wunder, daß sie sich längst an diesen Zustand gewöhnt haben als an etwas Selbstverständliches. Das müssen wir erst lernen. Aber worum handelt es sich denn eigentlich, meine Herren?«

Nun riefen die Kufferaths wieder alle drei zugleich alles mögliche durcheinander, so daß Alfred nicht klüger war als vorher. Plötzlich aber schwiegen sie und erhoben sich. Alfred sah sich um. Eine ältere, immer noch schöne, hochgewachsene Dame, hinter ihr ein zierlicher Greis, näherten sich der Gruppe.

Josua Kufferath gab den Brüdern einen Wink, daß sie jetzt zu schweigen hätten.

»Gestatten Sie, Madame Adele, daß ich Ihnen Herrn Alfred Dungs vorstelle.«

Die Dame stand ganz starr und wurde bleich bis in die Lippen.

Alfred Dungs stand ihr gegenüber, leise zitternd vor Erregung.

Die Dame verzog ein wenig den schönen Mund und sagte leise und unsicher mit einem prüfenden Blick auf Alfred: »Dungs?«

Da lachten die drei Kufferaths laut und fröhlich, weil ihnen die Ueberraschung so prächtig gelungen war, drängten sich um Madame Adele und erklärten ihr, daß Alfred Dungs der richtige Dungs sei, ein Sohn von Anton Dungs junior, ihr Sohn. Ein leiser, halb unterdrückter Schrei, der den Kufferaths aber durch Mark und Bein ging, kam von Madame Adeles Lippen, sie stürzte vor, umschlang Alfred, küßte ihn, küßte ihn immer wieder und streichelte ihn, französische Worte und spanische Worte der Zärtlichkeit stammelnd, voll südlicher Leidenschaftlichkeit, die ganz vergessen hatte, wo sie sich befand. Die Kufferaths merkten, daß sie in diesem Augenblick überflüssig waren, und zogen sich ein wenig von den beiden zurück, indem sie auch den zierlichen Greis zu sich nahmen, der ratlos der Szene gegenüberstand, die sie ihm nun erklärten.

» Oh, mon petit, wie groß Du geworden bist und wie hübsch ... und wie alt ich bin, eine alte Mama ... aber wie froh bin ich!« so stammelte Madame Adele und hielt ihren Sohn an beiden Schultern und zog ihn immer wieder an sich. » Oh, mon petit!«

Da näherte sich Joseph Kufferath den beiden, küßte Madame Adele die Hand und meinte leise, ob es jetzt nicht an der Zeit sei, ein bißchen zu frühstücken.

»O, was seid Ihr für deutsche Bären!« rief Madame Adele. »Immer habt Ihr Hunger! Was auch geschehen mag, immer wollt Ihr frühstücken!«

Sie zog ein Tüchlein und fuhr sich damit über die Augen.

Nun erschien auch Josua und behauptete, solche Ueberraschungen seien nicht sehr gesund in einen leeren Magen hinein.

Madame Adele gab ihm einen Klaps, küßte wieder ihren Sohn, lachte und sagte, indem sie Alfred ihren Arm bot: » Allons, frühstücken wir!«

Dann wandte sie sich schnell an den zierlichen Greis, der nun auch näherkam, und überschüttete ihn mit Worten, die ihm die Szene noch einmal erklärten.

Alfred mußte links von der Mama sitzen, und rechts von ihr nahm der zierliche Greis Platz, dessen furchtbar langen, hochadeligen Namen Alfred nicht behalten konnte. Die drei Kufferaths sorgten dafür, daß die Stimmung keinen Augenblick elegisch werden konnte.

» Mon ami,« wandte sich Madame Adele an ihren rechten Nachbar, »heute fahren wir noch nicht nach Paris zurück, erst morgen, nicht wahr?«

Die Kufferaths erhoben lauten Protest, aber der Vicomte gab Madame recht.

Madame Adele hob ihr Glas zu den Kufferaths. »O, meine drei Bären, was habt Ihr da wieder angerichtet,« sagte sie zärtlich. »So eine Ueberraschung!« Dabei drückte sie Alfred leidenschaftlich die Hand.

»Was für ein hübscher großer Mensch er ist, nicht wahr, mon ami?« wandte sie sich an den Vicomte mit einem Blick auf Alfred.

»Ganz Ihr Sohn, Adele,« meinte der Vicomte.

»Er sieht Ihnen wirklich ähnlich, Madame Adele!« rief Joseph Kufferath.

Josua knurrte: »Ich denke, wir essen jetzt!«

»Entschuldigen Sie nur,« meinte Madame Adele lachend, »wir werden Sie nicht mehr mit Gefühlen stören, jetzt wird *mon petit* reden, und es wird gewiß sehr verständig sein, nicht wahr, Alfred?«

Alfred hatte in der Tat bisher alles stumm über sich ergehen lassen. Er war einfach überwältigt von dieser fremdartig-leidenschaftlichen Art seiner Mutter, und er hatte immerzu denken müssen: wie konnte sie es auch nur ein Jahr neben meinem Vater aushalten, und wie konnte er nur auf den Gedanken kommen, eine solche Frau zu heiraten. Und besonders wunderlich war es für ihn, wie etwas in ihm, das bisher geschlafen hatte, unter dieser Art erwachte und sich ihr verwandt und bei ihr wohlfühlte. Als käme eine Pflanze, die jahrelang im Dunkeln gestanden, plötzlich in die warme, helle Sonne.

»Wenn Madame Adele heute nicht mitfährt nach Paris, soll ich dann trotzdem nach Petersburg?« fragte Joseph.

»Sie könnten doch wirklich mit uns fahren, Madame Adele,« sagte Jakob. »Herr Dungs kann ja auch mitkommen.«

»Ich kann heute und morgen unmöglich von hier fort,« erwiderte Alfred.

»Dann bleibe ich bestimmt bei Dir, *mon petit*. Das heißt, wenn ich Dich nicht störe,« sagte Madame Adele.

»Aber, Mama!«

»Habt Ihr's gehört? Er kann wirklich sprechen! Er hat Mama gesagt!« jubelte Madame Adele. »So ein Baby!« Sie streichelte ihn schon wieder.

»Dann fahren wir eben schon vor,« entschied Josua, »denn wir haben keine Zeit zu verlieren.«

»Aber Ihr habt doch schon so viel Geld,« schmollte Madame Adele, »ich weiß es ganz genau. Warum seid Ihr gar so eilig nach mehr?«

Nun erklärte Josua, daß es sich nicht bloß ums Geld handle, sondern daß sie es verhindern wollten, daß die Engländer, die ihre Ohren schon gespitzt hätten, sich festsetzten. Da sie in Berlin keine Liebhaber für ihren Plan gefunden, müsse Joseph eben nach Petersburg, wo man wenigstens mit der Antipathie gegen England rechnen könne. Derweil wollten die beiden andern es mit Hilfe des Vicomte in Frankreich versuchen, wenn es mit Deutschland nun einmal nichts wäre.

Der Vicomte winkte aufmunternd mit den zierlichen, feinen Händen und sagte, es würde gewiß keine Schwierigkeiten machen, und deshalb brauchte man es nicht gar so eilig zu haben.

Nun bat Alfred um genauere Auskunft, wenn es sich nicht um ein Geheimnis handle, denn vielleicht könne er ihnen mit einem Rat zur Seite stehen.

»Es handelt sich nicht um einen Rat, sondern um bar Geld,« brummte Josua. »Und bar Geld werden Sie für uns nicht übrig haben, so wenig wie die andern Deutschen.«

»Das käme noch darauf an,« sagte Alfred. »Ich habe mich nämlich von meinem Vater getrennt.«

»Ach!« Wie erstaunt die Kufferaths waren. »Dann ist es allerdings etwas anderes.«

Madame Adele aber wurde noch einmal so herzlich zu ihrem Sohn. »Nicht wahr, es geht gar nicht anders auf die Dauer, man muß sich von ihm trennen, er ist *terrible*, ein Tyrann! Wenn ich daran denke!«

Die drei Kufferaths hatten mit eins ganz andere Gesichter als bisher. Sie redeten auch nicht mehr durcheinander, sondern schwiegen fein still, bis an jeden die Reihe zu reden kam. Zuerst sprach Josua, dann folgte Jakob, und an dritter Stelle Joseph, der das Gespräch der andern beiden ergänzte, wenn ihm schien, es sei ein wichtiger Gesichtspunkt außer acht gelassen worden.

Es handelte sich um folgendes: Die Kufferaths besaßen große Zuckerplantagen auf Java, und zwar in der holländischen Residentschaft Surabaja. Nun versande die Mündung des Kalimas immer mehr, wodurch der Transport wesentlich verteuert werde. Die Brüder hatten sich kürzlich nach günstiger gelegenem Plantagenboden umgetan und waren bei Dschokschakarta auf der anderen, der Südküste von Java auf weite, noch wenig kultivierte Landstrecken gestoßen, die für den Zucker besonders günstige Bedingungen zu haben schienen. Auch hatte man von hier aus mit dem Transport näher zur Sundastraße. Ein Riesenterrain, das bisher der intensiven Kultur noch nicht erschlossen war. Sowohl den Engländern auf Nord-Borneo wie den Spaniern auf den Philippinen und den Franzosen in Süd-Siam war das Terrain bisher entgangen, und die Holländer hatten seit dem neuen Aufblühen der Kolonie so viel mit anderen Dingen zu tun, daß sie sich um diesen Distrikt noch wenig kümmerten. Aber die Reise der drei Brüder, deren Geschäftstüchtigkeit man kannte, nach Dschokschakarta und Umgegend sei doch aufgefallen. Namentlich die Engländer seien hinter ihnen her gewesen, hätten den Wert des Terrains erkannt, und wenn man nun nicht schnell kaufe, würden sie den ganzen schönen fetten Bissen wegschnappen.

Josua kamen fast die Tränen vor Wut, als er das erzählte.

Joseph erklärte, mehr als essen und trinken und nicht nur um ein glänzendes Geschäft, denn der Javazucker sei ja wieder hoch, sondern auch darum, daß man den Engländern eine solche Machterweiterung nicht gönnte.

Joseph erklärte, mehr als Essen und Trinken und Auto fahren und dergleichen könnten sie trotz ihres vielen Geldes auch nicht, für alle persönlichen Bedürfnisse sei wahrhaftig hinreichend gesorgt, der Mensch habe nun einmal nur einen Magen, auch der reichste. Aber ihre Macht und ihren Einfluß, den könnten sie erweitern, und das sei noch das einzige, was einen Reiz und einen Wert habe.

Nun begann wieder Josua und führte aus, wie sie daran gedacht hätten, das Terrain deutschem Kapital zuzuführen, denn sie seien doch Deutsche und könnten ihr eigenes Kapital leider im Augenblick nicht freimachen, da es zu fest bei Surabaja engagiert sei. Aber mit den Deutschen sei nichts zu machen. Ihnen war das Geschäft zu unsicher, weil es nicht gleich Gewinn abwarf. Ueberhaupt besaßen sie eine Abneigung gegen Geschäfte in Kolonien, das Ueberseeische gefiel ihnen im allgemeinen nicht. In Hamburg war es anders, aber nach Hamburg wollten die Brüder nicht. Die Hamburger waren ihnen zu englisch. Was aber in Deutschland dennoch Interesse für Kolonien habe, das sei offenbar in den deutschen Kolonien festgelegt.

Jakob berichtete, deshalb sei Madame Adele so liebenswürdig gewesen, mit dem Vicomte nachzukommen, damit man seine Zeit verliere und gleich französisches Kapital schon von hier aus interessieren könne, wenn es nicht anders ginge.

Alfred fragte, um welche Summen es sich denn handle.

»Lumpige zwanzig Millionen,« sagte Joseph.

»Dafür haben wir einen Distrikt, dreimal so groß wie ein deutsches Fürstentum,« sagte Jakob.

»Einsicht in unsere Kalkulation steht Ihnen natürlich in demselben Augenblick zu, wo Sie sich für die Sache ernsthaft interessieren,« sagte Josua.

Alfred machte ein etwas bedenkliches Gesicht. Es war immerhin ein beträchtliches Kapital, ein recht beträchtliches sogar, wenn er an seine Verzinsung dachte. Er mißtraute den Kufferaths und ihren Angaben nicht im geringsten, aber wenn die Sache nicht reussierte, dann saß er allzu tief in der Tinte, das war das Gefährliche. Andererseits reizte ihn die Sache sehr. Erstens handelte es sich um ein wirklich großes Geschäft, für das er den nötigen Kredit schon zu finden hoffte. Dann ging es schnell damit allem Anschein nach, und das war für ihn auch nicht zu unterschätzen.

»Ich will Euch was sagen, *mes petits*,« fiel hier Madame Adele ein, »gebt ihm noch bis heute abend Bedenkzeit. Ihr versäumt ja nicht viel dabei. Heute nachmittag gehört er sowieso mir, nicht wahr, *chéri*? Und dann werden wir uns auch noch einmal alles überlegen, was meinst Du, Alfred?«

Alfred sah seine Mutter dankbar an.

» *Voyez donc*, diese Augen!« rief Madame Adele. »Er ist zu hübsch, *mon petit*!« Sie strich ihm wieder über den Arm.

»Dann reise ich also nicht nach Petersburg?« fragte Joseph.

»Wenigstens heute noch nicht,« erwiderte Josua voller Vorsicht.

Und nun waren die Brüder Kufferath wieder wie immer, lachten und scherzten, bis Madame Adele endlich das Frühstück aufhob, ein Wiedersehen am Abend verabredete und Alfred entführte, nachdem sie den Vicomte getröstet hatte, daß er den Nachmittag nun ohne sie verbringen müsse.

Sie nahm Alfred gleich mit auf ihr Zimmer und meinte noch auf der Treppe: »Siehst Du, das ist die einzige Annehmlichkeit, daß ich alt bin. Kein Mensch nimmt sich die Mühe, seine Nase über mich und den Vicomte zu rümpfen. Wir sind ja so alte Leute, nicht wahr?«

Alfred lächelte. Die Mama hatte ganz recht, und es war ihm mehr als angenehm, daß sie recht hatte.

Und nun, wo sie unter vier Augen waren, küßte Madame Adele ihr großes Baby, wie sie ihn nannte, erst noch einmal nach Herzenslust ab, und dann mußte er ihr von den Dungs erzählen, von Anton und Adam und dann auch von Anton Dungs.

Alfred tat das denn auch, und je ausführlicher er erzählte und je interessierter seine Mutter zuhörte und gar nicht genug erfahren konnte, um so mehr wunderte sich der Sohn, wie es nur möglich war, daß die Mutter und ihre Kinder fast ein halbes Menschenalter so gut wie nichts voneinander gewußt hatten.

Madame Adele merkte sehr wohl, was in ihrem Sohn vorging, und voller Erregung unterbrach sie ihn: »Siehst Du, so wollte er es, so hatte er es sich ausgedacht! Gar nichts mehr wissen sollte ich von Euch, als wäre ich überhaupt nicht mehr da. Und was sollte ich machen? O, ich wollte Euch entführen, ich wollte Euch ihm mit Gewalt nehmen! Aber er behielt ja mein Vermögen, und ich ließ es ihm, weil es ja für Euch war. Hat er Dich denn ausgezahlt?«

Nun erzählte Alfred, wie es in der Beziehung um ihn stand, und wie er eigentlich nur deshalb Bedenken habe gegen das Geschäft mit den Kufferaths.

Madame Adele benahm sich wie eine Tigerin, so wild und leidenschaftlich, als sie nun dahinterkam, daß der Sohn nicht besser daran war wie die Mutter. »Aber diesmal soll er sich verrechnet haben. Wofür bin ich eine alte Frau, die sich auskennt im Leben. Du sollst wenigstens nicht länger zu leiden haben, mon petit, unter diesem Tyrannen! O, wie ist er schrecklich und fürchterlich!«

Madame Adele kam ganz außer Atem.

»Ich bitte Dich, rege Dich nicht so sehr auf, Mama!«

Wie der Wind war sie bei ihm, kniete vor ihm nieder und umschlang ihn mit aller Heftigkeit. »O, Mama hat er gesagt! Sage es noch einmal, *mon petit*, sage es noch viele Male! Ich habe es so lange nicht gehört. O, wie ich mich freue, Deine Mama!«

»Meine liebe Mama,« flüsterte er. »Wie reizend Du bist, Mama!«

Madame Adele sprang wieder auf. »Nun wollen wir ihm aber eine Nase drehen, daß er sich wundern soll. *Oh, mon cher mari!*« Sie drohte in die Luft. »Du machst das Geschäft mit den drei Bären, hörst Du? Und zwar borgst Du Dir auf Deinen Pflichtteil, so viel Du kriegen kannst. Und wenn es nicht reicht, zediere ich Dir mein Kapital, das dieser Tyrann so festhält. Das wird mehr als genug sein. Und zwar vermittelt uns das der Vicomte in Frankreich, dann wird es viel billiger.«

»Aber Mama, Du bist ja der reine Kaufmann!«

» *Oui, mon petit.* In der Beziehung hat sich Dein Vater nie in mir getäuscht. O, ich habe viel gelernt in all den Jahren. Und glaubst Du, ich hätte ihm mein Kapital gelassen, wenn ich mich nicht davon überzeugt hätte, daß es bei ihm so gut aufgehoben ist? *C'est ça, mon petit!* Da kann man ihm ja gar keine Vorwürfe machen, nicht wahr? Er ist ja *un héros, un Napoléon*, was das Geld anlangt, nicht wahr? Dieser ...dieser Menschenfresser!«

Alfred lächelte.

Madame Adele blitzte ihn an. »Du meinst, ich liebe ihn immer noch, weil ich das sage? *Oh non, mon petit*, ich hasse ihn. *De tout mon coeur, de tout mon coeur!*«

Alfred war es, als würde er von einem Wirbelwind hin und her geweht. Aber es tat wohl, man wurde im Herzen so warm dabei. Er trat hinter sie und flüsterte ihr ins Ohr: »Du meine große, schöne Mama!«

Sie fuhr herum, rot wie ein junges Mädchen, und dann sagte sie ganz ernsthaft: »Sei ehrlich, *mon petit*, schämst Du Dich nicht ein wenig, so eine alte Mama zu haben? Ich habe immer gehofft, Euch wiederzusehen. Aber davor habe ich mich gefürchtet, *mon petit*.«

Alfred lachte sie aus und war so zärtlich zu ihr, daß sie wohl einsehen mußte, eine solche Furcht sei überflüssig.

Jetzt setzte sie ihm noch einmal den Feldzugsplan gegen Anton Dungs, wie sie es nannte, auseinander, und Alfred konnte ja nur damit einverstanden sein. Hier war die Hilfe, die er brauchte.

»Und weißt Du was, Baby, was wir jetzt tun? Jetzt gehen wir in den Zoologischen Garten. O, ich liebe ihn so! Du glaubst gar nicht, wie sehr! Weißt Du, die Löwen haben sicher Junge, die Bären und die Tiger, alle haben sie ihr Baby.« Sie drückte ihm die Hand. »Und jetzt habe ich auch mein Baby, nicht wahr?«

Sie machte sich fertig und telefonierte dann ins Bureau, ob der Vicomte noch auf seinem Zimmer sei? Als ihr das bestätigt wurde, sagte sie zu Alfred: »Weißt Du, dann nehmen wir ihn mit. Es ist auch praktisch, denn Du kannst gleich mit ihm über alles reden.«

Alfred nickte zustimmend, wenn es ihm auch lieber gewesen wäre, mit seiner Mutter allein zu bleiben. Schon weil er nun gerne über Lotte mit ihr gesprochen hätte. Aber sie hatte recht, es war gut, gleich mit dem Vicomte. zu sprechen. Das Persönliche mußte noch eine Weile zurücktreten. Aber morgen würde er ihr auch das sagen. Er hatte ja nun eine Mutter, der er sein Herz ausschütten konnte.

»Was machst Du denn für Augen, *mon petit*? Bist Du so verliebt in mich?«

»Ja, ja, Du hast recht, Mama.« Er verließ eilig mit ihr das Zimmer.

+++

Am andern Morgen, Alfred hatte sich gerade angekleidet, klopfte es, und der Diener überreichte ihm eine Visitenkarte. Die Dame warte und ließe fragen, ob Herr Dungs zu sprechen sei.

»Einen Augenblick, ich komme sofort,« antwortete Alfred, denn es war seine Mutter. Sie kam ihm eilig entgegen, küßte ihn und sagte: »Weißt Du, *mon petit*, ich bin sehr egoistisch gewesen gestern. Du darfst mir das nicht übelnehmen, nicht wahr? Ich war so froh, Dich zu haben. Aber nun bleibe ich bei Dir, bis mein Zug geht, und nun sollst Du mir sagen, weshalb Du nicht gleich mit uns fahren kannst nach Paris.«

»Darf ich erst frühstücken, Mama?«

»Aber, *mon petit*, wie Du redest! Ich setze mich zu Dir.«

Während Alfred frühstückte, sah ihm Madame Adele eine ganze Weile schweigend zu. Dann fragte sie leise und ängstlich: »Sage mir nur, ist es ein Mädchen, weshalb Du nicht gleich mit uns fahren willst?«

Alfred lächelte. »Wäre das sehr schlimm, Mama?«

Madame Adele verzog ein wenig schmerzhaft das schöne Gesicht. »Ich hätte Dich gerne noch einige Zeit für mich allein gehabt, *mon petit*.«

Nun erzählte Alfred von Lotte, und Madame Adele unterbrach ihn mit keinem Wort. Nur blasser war sie als sonst. Sie fühlte wirklich etwas wie Eifersucht gegen das junge Mädchen.

Als Alfred geendet hatte, meinte die Mutter mit einem schweren Seufzer: »Du liebst sie sehr, *mon petit*?«

»Ja, Mama!«

»Du mußt Geduld haben, *mon petit* …Aber ich werde versuchen, sie auch zu lieben!«

Madame Adele hatte Tränen in den Augen.

»Aber, Mama!« sagte er besorgt.

»Du mußt doch verstehen, *mon petit*. Nun habe ich mein Baby, und nun soll ich es schon wieder abgeben!«

»Ich bitte Dich, Mama, ich bin doch ein erwachsener Mensch.«

»Sei nicht böse, aber Ihr seid alle Babys, *mon petit*. Glaube es mir, für uns Frauen seid Ihr nichts anderes.«

Sie fuhr sich energisch über die Augen. »Ich bin wirklich dumm, aber Du mußt Geduld haben ... Sage, ist sie wenigstens hübsch genug für Dich?«

Alfred begann wieder von Lotte zu erzählen. Er merkte gar nicht, wie lange er nur davon sprach, und fuhr erschrocken auf, als der Vicomte erschien.

»Es wird Zeit, Adele!«

» *Eh bien, mon ami.*« Madame Adele erhob sich und bat den Vicomte um sein Notizbuch.

Er überreichte es ihr. »Schreibe ihre Adresse hierhin, *mon petit*, ich werde ihr schreiben, da ich nun fort muß.«

Alfred tat es und küßte seiner Mutter dankbar die Hand.

»Und nun, *mon petit*, auf Wiedersehen. Nicht wahr, übermorgen in Paris? Du läßt mich nicht länger warten?«

»Uebermorgen bin ich wieder bei Dir, Mama.«

Sie umarmte ihn. »Deine Mama, Deine Mama! ... Und nun bleibe hübsch hier, *mon petit*, gehe nicht mit bis auf die Straße, sonst werde ich elegisch vor allen Leuten, nicht wahr? Ihren Arm, Vicomte!«

Der zierliche Greis trat ehrerbietig näher.

» *Au revoir, mon petit, au revoir!*« Die Tränen liefen ihr über die Wangen, während der Vicomte sie eilig fortführte.

Auch Alfred, der zurückblieb, hatte seine liebe Not, um nicht gar zu deutlich zu zeigen, wie sehr ihn die Art seiner Mutter ergriff. Aber das war ja Unsinn, sie sahen sich doch übermorgen schon wieder.

Er gab sich einen Ruck und ging eilig auf sein Zimmer. » *Mon petit!*« sagte er vor sich hin und vermied es, in den Spiegel zu sehen, denn auch ihm waren die Augen feucht geworden.

Ganz still saß er auf einem Sessel, eine ganze Zeitlang, und dachte an gar nichts. Er kostete nur dies wohlige neue Gefühl aus, eine Mutter zu haben, die ihn liebte. Es durchflutete ihn ganz. Wie arm waren seine Brüder, daß sie das nicht kannten. Welch ein Verbrechen von dem Vater, ihnen das vorenthalten zu haben. Aber nein, daran mochte er jetzt gar nicht denken, das sollte ihm diese stille, frohe, hohe Stunde nicht verderben.

Als er sich wieder erhob, kam er sich wie ein ganz neuer, anderer Mensch vor, und plötzlich wurde die Sehnsucht nach Lotte übergroß. So stark hatte er es noch nie empfunden. Er war ja bisher ein Dungs gewesen, der sich der Gefühle schämte und sie zu unterdrücken hatte, so schnell es irgend ging. Es war ja fast unanständig für einen Dungs, Empfindungen zu zeigen. Nun aber war das mütterliche Blut in ihm erwacht und durch die Mutter selbst entzündet worden.

Er erschrak fast vor sich selbst, als er sein Gesicht im Spiegel gewahrte, so leidenschaftlich bewegt und erregt schien es ihm. So hatte er es noch nicht gesehen. Und während er sich hastig für die Fahrt zu Karsts zurechtmachte, mußte er plötzlich denken, ob sein Vater nicht doch gut daran getan, so grausam es klang, wenn er seinen Kindern diese leidenschaftliche Mutter in der ganzen Zeit, da sie jung waren, ferngehalten hatte? Was hätte wohl aus ihnen werden sollen in dem kleinen Nest bei den vielen engen Pflichten, wenn die Art der Mutter in ihnen übermächtig geworden wäre? Am Ende hätte der Vater dann auch noch seine Kinder verloren? In diesem Augenblick sah er das Verhalten seines Vaters in einem milderen Licht als bisher. Es war einfach Selbsterhaltung, daß er die Mutter ihnen entzogen hatte. Sie wäre gewiß stärker gewesen als er, vorübergehend wenigstens, so lange sie Kinder waren, auf die Leidenschaft stärker wirkt als Ueberlegung und Beherrschung. Aber jetzt, wo er erwachsen war, jetzt tat es unsagbar wohl, die mütterliche Art in sich zu entbinden, die so lange unterdrückt worden war, und auch ihr ein Lebensrecht zu geben.

Alfred fuhr zu den Karsts. Von ihnen ging es nach Paris und dann nach Java, denn er wollte den Distrikt selbst sehen. Zu viel stand auf dem Spiel. Den Kufferaths war das nur recht, denn sie betrachteten ihn jetzt schon als den ihren, seitdem Madame Adele und der Vicomte sich bereit erklärt hatten, für Alfred den nötigen Kredit zu besorgen, bis ihm sein Pflichtteil ausgezahlt würde, was noch einige Zeit in Anspruch nehmen konnte. Sie waren Kaufleute und begriffen das. Aber weil sie Kaufleute waren, wollte Madame Adele andererseits nicht, daß sie in die wirkliche Situation tiefer eingeweiht würden, als nötig war. Von dem Zerwürfnis zwischen Vater und Sohn brauchten sie nichts zu wissen, und Alfred hatte seiner Mutter versprochen, wenigstens so lange nicht davon zu reden, als er nicht direkt danach gefragt wurde.

»Vorsicht ist immer gut, *mon petit*, und auch die drei Bären brauchen uns nicht tiefer in den Topf zu gucken, als nötig ist.«

Alfred konnte dem Wunsch seiner Mutter um so eher nachgeben, als er sich fest vorgenommen hatte, all seine Kraft fortan dieser einen Sache in Java zu widmen. Aber was würde Lotte dazu sagen? Davor bangte ihm. Mindestens ein halbes Jahr würde er ihr fernbleiben. Was konnte in der Zeit nicht alles geschehen? Wenn sich Lotte nun derweil anders besann? Konnte er sie nicht einfach mitnehmen? Man fuhr über London und ließ sich trauen. Das ging schnell.

Das Herz hüpfte Alfred bei diesem Gedanken, aber je näher er zu Karsts kam, um so unwahrscheinlicher kam es ihm vor, daß man darauf eingehen würde. Lotte vielleicht, aber der Alte hatte sicher keinen Sinn für solche Streiche.

Als er ausstieg, umschlang er Lotte, die am Wege stand, und küßte sie leidenschaftlich. Lotte trat ganz erschrocken von ihm zurück.

Alfred entschuldigte sich lächelnd. Hier war die alte Dungssche Art mehr angebracht als die neue seiner Mama. Daran hatte er nicht gedacht, und so erzählte er ihr denn sofort schon zu seiner Rechtfertigung von seiner Mutter.

Lotte hörte stumm zu, und schließlich meinte sie fast etwas gekränkt: »Aber, Fred, Du bist ja ganz verliebt in Deine Mutter!«

Alfred sah sie betroffen an. Mein Gott, nun war sie gar ein wenig eifersüchtig auf die Mama. Gerade wie es heute morgen die Mama auf Lotte gewesen war.

Er konnte sich nicht enthalten, ihr das zu erzählen.

Sie hing sich inniger an ihn, denn sie war wirklich ein wenig eifersüchtig, und benahm sich zärtlicher zu ihm, als es sonst ihrer Art entsprach.

Als sie dann mit Herrn von Karst um den runden Tisch saßen, berichtete Alfred von seinen Plänen und Aussichten.

»Das ging ja verdammt fix, mir ein bißchen zu fix,« brummte der alte Karst.

Alfred setzte ihm auseinander, daß es deshalb doch ein solides Unternehmen sei, und wenn es so fix gegangen, nun ja, so hänge das eben damit zusammen, daß er mit den Dungs zusammenhänge. Der Alte habe nun einmal das Renommé, und davon profitiere in diesem Falle auch der Sohn.

»Und da meinen Sie nun, ich solle mir gutwillig einen Konkurrenten wie Sie in mein eigenes Haus setzen?« knurrte der Alte.

»Pardon, Herr Baron, ich verstehe Sie nicht.«

»Javazucker gegen Rübenzucker!« brummte Herr von Karst.

»Aber, Papa, wir bauen ja gar keinen Rübenzucker!« rief Lotte.

»Aber viele andere meiner Standesgenossen tun es. Soll ich darauf vielleicht keine Rücksicht nehmen?«

Daran hatte Alfred allerdings nicht gedacht. Er blickte recht unglücklich drein.

»Sie brauchen sich das wirklich nicht gleich so zu Herzen zu nehmen,« meinte der Alte ein wenig milder. »Aber Sie sehen, nun haben wir schon den ersten Gegensatz. Auch das ging verdammt fix!«

»Aber, Papa!«

»Was wahr ist, muß auch wahr bleiben,« fuhr der Alte auf. »Wir wollen uns doch hier nichts vormachen. Sie werden mir schön auf den Kopf kommen, wenn sie erfahren, daß Herr Dungs in Javazucker macht, und in welche Beziehungen Herr Dungs zu meiner Tochter zu treten gedenkt. Da können sie höllisch eklig werden, darauf können wir uns verlassen.«

Um von etwas anderem zu reden, was dem alten Herrn besser gefallen würde, berichtete Alfred, daß er natürlich nicht daran denke, die Katze im Sack zu kaufen, sondern daß er selbst hinfahren werde und sich die Sache ansehen.

Der Alte nickte zustimmend.

»Nach Java?« fragte Lotte gedehnt.

Alfred setzte auseinander, daß es wohl nicht anders ginge.

»Wie lange dauert denn das?« fragte Lotte unruhig.

Ein halbes Jahr werde darüber wohl vergehen, meinte Alfred.

»So lange Zeit!« sagte Lotte leise.

Nun wurde der Alte ärgerlich. »Du bist doch ein Soldatenkind. Was ist ein halbes Jahr? Noch lange kein Krieg. Lasse den Kopf nicht so hängen, Mädel!«

»So weit fort!« sagte Lotte leise.

»Wenn Du einen von der Marine heiratetest, dauerte es noch länger.« Der Alte fühlte wohl, daß dies kein sehr wirksamer Trost sein konnte, aber ein besserer fiel ihm nicht ein.

»Er ist doch aber kein Soldat!« sagte Lotte.

Nun setzte Alfred auseinander, daß es eben auch Kaufleuten zuweilen ergehen könne wie Soldaten.

»Herr Dungs hat ganz recht,« sagte der Alte. »Und jetzt absentiere ich mich auf ein Stündchen. Wenn Du die Zeit benutzen willst, um zu heulen, Lotte, mir kann's gleich sein, denn ich bin Gott sei Dank nicht dabei.« Er schmunzelte, als er sah, wie seine Tochter auffuhr. »Als ich jung war, wußte ich mir was Besseres als heulen in solcher Stunde. Kopf hoch, Mädel! Die Malaien, oder wie die Kerle heißen, werden ihn nicht gleich fressen. Er schmeckt nicht jedermann so gut wie Dir!«

Lotte fuhr von ihrem Stuhl. »Papa!«

»So ist's recht, Lotte, ärgere Dich nur über Deinen alten Vater. Das ist immer noch gesünder als heulen.« Draußen war er.

Alfred trat zu ihr und legte leise den Arm um ihre Taille. »Komm mit Lotte!«

»Nach Java?«

»Wir lassen uns in London trauen und bleiben zusammen.«

In Lottes Augen leuchtete es auf. Aber nein, das ging nicht, das ging wirklich nicht. Was würde ihr Vater von ihr denken. Sie warf den Kopf in den Nacken und sagte: »Das geht nicht.«

»Warum soll es nicht gehen?«

»Hast Du ganz vergessen, was wir dem Vater versprochen haben? Ich bitte Dich, Fred, sprich nicht mehr davon, ich bitte Dich!«

Er senkte den Kopf und schwieg einen Augenblick. Es kostete ihn einen harten Kampf, aber er bestand ihn, nahm ihre Hand und sagte: »Sprechen wir nicht mehr davon. Es wäre sehr schön gewesen, und wir hätten uns manche Sorge erspart.«

»Sorgst Du Dich um mich, Fred?«

»Wenn Du mich nun vergißt in all der langen Zeit, Lotte?«

»Aber, Fred, wie kannst Du so etwas sagen?«

»Dann verstehe ich nicht recht, weshalb Dich das so beunruhigt,« sagte Alfred, obgleich er es ganz gut verstand.

Sie sah ihn an, und dann lächelte sie. »Ich soll Dir wohl ein Kompliment machen, darauf hast Du es abgesehen? O, Du! Aber daraus wird nichts!«

»Schade,« sagte Alfred.

»Du bist sehr anspruchsvoll auf einmal.«

»Meine Mutter hat mich verwöhnt, Lotte.«

»Damit kann ich nicht konkurrieren.«

»Du könntest es vielleicht wenigstens versuchen?«

Nun lachten sie alle beide, und dann sprachen sie ernsthaft miteinander, wie das werden solle, wenn sie nun so weit voneinander fort sein würden. Namentlich für Lotte, die noch wenig in der Welt herumgekommen war, bedeutete die Erledigung dieser Frage viel.

»Ich werde Dir von unterwegs telegraphieren und schreiben. Ich schreibe Dir ganz genau die Stationen auf, wo mich eine Nachricht von Dir erreicht, und je nachdem telegraphierst Du oder schreibst Du ebenfalls.«

»An das Telegraphieren werde ich mich schlecht gewöhnen können,« meinte Lotte.

»Daran mußt Du Dich wirklich gewöhnen als zukünftige Kaufmannsfrau. Anders geht es bei uns überhaupt nicht.«

»Weißt Du, was ich wollte, Fred?«

»Nun?«

»Ich wollte, Du wärst kein großer Kaufmann mit Telegraphieren und solchen aufregenden Sachen.« Sie lächelte. »Ich wollte noch lieber, Du hättest einen Laden oder so etwas, es könnte ja ein gutgehender Laden sein.«

Alfred zog sie an sich und küßte sie. »Nun hast Du mir doch ein Kompliment gemacht, wenn auch sehr indirekt.«

Als Herr von Karst wieder erschien, fand er die beiden in einem ruhigen Gespräch, wie es ihm gefiel. Er ließ sich von Lotte erzählen, was sie ausgemacht hatten, und sagte dann: »Also schön, damit wäre das also erledigt. Nun wollen wir weiter kein Wort darüber verlieren und gar nicht weiter daran denken, sondern uns der Stunde freuen und sie genießen. Als Soldaten haben wir das gelernt, und Herr Dungs wird auch nichts dagegen haben. Ueber die Zukunft soll man sich schon deshalb keine grauen Haare wachsen lassen, weil man ja kaum die Gegenwart in der Hand hat. Und alles was recht ist, Lotte, Unruhe hast Du uns mit Deinem Auserwählten hinreichend ins Haus gebracht, und wenn Unruhe Leben ist, *à la bonheur*! Dann kann es nicht fehlen.« Die Worte kamen etwas schärfer heraus, als sie gemeint waren. Der Alte fühlte das und schüttelte Alfred herzhaft die Hand.

An die Bahn kam diesmal der Alte selbst mit, wenn es auch Lotte gar nicht besonders recht war. »Nein,« sagte er, »das hilft nun alles nichts, Ihr müßt mich schon mit in Kauf nehmen, sonst wird Lotte doch noch weichmäulig oder gar tragisch. Sie kommt sich ja schon fast wie 'ne Soldatenbraut vor von wegen der Malaien.«

Das Brautpaar ließ sich die Art des alten Herrn gerne gefallen, denn so kamen sie leichter über das Abschiednehmen hinweg. Es nützte ja nichts, es mußte jetzt geschieden sein.

Lotte winkte mit dem Taschentuch, solange nur noch etwas von dem Zug zu erblicken war; und auch Alfred winkte, bis der Zug eine Biegung machte und nichts mehr von Lotte und Herrn von Karst zu sehen war.

Es war doch auch ihm recht weh und schwer ums Herz, dem verwöhnten Alfred Dungs, der jetzt erst merkte, wie sehr ihm bisher alles nach Wunsch gegangen war, und wie gering die Sorgen gewesen, mit denen er sich bis jetzt geplagt hatte. Aber er nahm sich zusammen, die Vergangenheit lag hinter ihm, es galt nun, seinen Mann zu stehen für eine Zukunft, die zwar noch recht dunkel und unklar vor ihm lag, die aber doch, soviel an ihm tag, reich und schön werden sollte.

Alfred Dungs sollte noch an demselben Tage recht energisch an seine Vergangenheit erinnert werden, mit der er nichts mehr zu tun haben wollte. Im Hotel wartete nämlich Herr Dr. Miller auf ihn, der jüngste Jurist des Hauses Dungs. Dr. Miller trat gleich auf Alfred zu, sowie er seiner ansichtig wurde, und atmete hörbar auf, daß ihm der junge Herr Dungs nun doch noch in den Weg lief, was er, wie es schien, kaum noch zu hoffen gewagt hatte.

Alfred hätte die Begegnung am liebsten vermieden, denn er wußte sofort, daß Dr. Miller als Abgesandter seines Vaters kam, aber nun ging es nicht mehr, ohne direkt unhöflich zu sein. Auch tat ihm Dr. Miller ein wenig leid, weil er gar so froh zu sein schien, ihn erwischt zu haben. Alfred wußte ja, sein Vater ließ nicht mit sich spaßen, wenn er einen Auftrag erteilte und dieser nicht nach Wunsch erledigt wurde.

»Ich kann mir ungefähr denken, weshalb Sie hier sind,« meinte Alfred nach der ersten Begrüßung. »Aber ich bitte Sie, darauf Rücksicht zu nehmen, daß ich in wenigen Stunden abreisen muß und in meiner Zeit allen Ernstes sehr beschränkt bin.«

»Ich möchte Sie allein sprechen, Herr Dungs. Nur fünf Minuten. Wir könnten vielleicht auf Ihr Zimmer gehen?«

»Bitte,« sagte Alfred, und Dr. Miller folgte ihm. Allzu schwer scheint mein Vater die Situation nicht zu nehmen, dachte Alfred, denn sonst hätte er mir nicht gerade seinen jüngsten Juristen geschickt. Nun; mir kann es recht sein.

Als sie oben waren, bot Alfred dem anderen vor allem eine Zigarre an. Der Aermste würde an seinem Auftrag ja doch nicht viel Freude haben, also gönne man ihm wenigstens eine Zigarre.

Dr. Miller hatte sich seine Aufnahme weniger freundlich vorgestellt und nahm mit Freuden die Zigarre. Es würde schon alles gut gehen.

»Also bitte,« sagte Alfred und setzte sich zurecht. Merkwürdig, wie ruhig er dem Kommenden entgegensah, fast ein wenig humoristisch. O, Anton Dungs hatte sich verrechnet, wenn er glaubte, seinem Sohn mit Herrn Dr. Miller beikommen zu können.

Dr. Miller überlegte und schien sich nicht im klaren zu sein, wie er seinen Auftrag am besten einleitete.

»Machen wir keine langen Umstände, Herr Doktor, ersparen Sie sich alle Einleitungen und sagen Sie mir gerade heraus, was Sie mir auszurichten haben.«

Dr. Miller blies den Rauch seiner Zigarre von sich und sagte: »Herr Anton Dungs hat mich beauftragt, Sie zu bitten, für ihn nach Spanien zu reisen. Es handelt sich um neue Erzgruben, wie Sie ja wohl wissen werden.«

»Ich wußte das zwar bis jetzt noch nicht, aber bitte fahren Sie fort, Herr Doktor!«

»Sie wußten davon nichts?« sagte der andere erschrocken.

»Sie brauchen nicht in Sorgen zu sein, Herr Doktor, ich habe mit der Konkurrenz nichts zu tun.«

»Pardon, das nahm ich natürlich auch nicht an, ich bitte Sie!« Dr. Miller war ehrlich entsetzt über eine solche Zumutung.

»Sie können mir also auch getrost sagen, wohin ich nach Spanien soll.«

»Herr Anton Dungs beauftragte mich, Sie zu bitten, mit mir zu fahren, damit er die Einzelheiten mit Ihnen persönlich besprechen könne.«

»Wenn ich das nun ablehnen muß, Herr Doktor, was dann?«

»Ich denke, Herr Dungs, Sie werden es sich wenigstens überlegen.« Nun wurde der Abgesandte seines Vaters unruhig und legte die Zigarre beiseite.

»Ich habe da gar nichts zu überlegen. Ich kann einfach nicht nach Spanien in diesem Augenblick, weil ich nämlich eine längere Reise vorhabe, die mich nicht nach Spanien führt, wahrscheinlich sogar nicht einmal über Spanien. Ich muß Sie also schon bitten, meinem Vater zu sagen, es täte mir leid, seinem Wunsch diesmal nicht nachkommen zu können, und er müsse sich für diesen Auftrag jemand anders suchen, so leid es mir täte.«

»Herr Dungs!« sagte Dr. Miller erschrocken. »Bedenken Sie, was Sie sagen. Das kann ich Ihrem Herrn Vater ja gar nicht antworten!«

»Ich habe leider keine andere Antwort, Herr Doktor!«

Dr. Miller griff in einer Art Verzweiflung wieder nach der Zigarre. Alfred reichte ihm liebenswürdig ein brennendes Streichholz. Armer Kerl, dachte er, an Deinem Auftrag wirst Du keine Freude haben, gar keine. Er sah die Szene, die sich nach der Rückkehr des Abgesandten im Kontor seines Vaters abspielen würde. O, Anton Dungs belohnte glänzend, wenn alles nach Wunsch ging, aber er konnte sehr brutal und ungemütlich werden, wenn etwas nicht seinen Wünschen entsprach. Er maß bann stets die Hauptschuld dem Beauftragten zu und ließ ihn das deutlich genug spüren.

»Mein Vater hat Sie vermutlich auch beauftragt, mir mitzuteilen, was geschehen würde, wenn ich nicht in der Lage bin, seinen Wunsch zu erfüllen?« fragte Alfred.

»Ihr Herr Vater läßt Ihnen sagen, es läge ihm außerordentlich viel gerade an der Erfüllung dieses Wunsches.«

Alfred dachte: gar so leidenschaftlich wird sich mein Vater nicht ausgedrückt haben, wie ich ihn kenne. Ein Glück für Dr. Miller, daß der Alte ihn nicht hörte.

»Uebereilen Sie bitte nichts!« sagte der Beauftragte und legte die Zigarre wieder beiseite.

»Ich sagte Ihnen schon, es ist für mich nichts weiter zu überlegen. Ich kann einfach nicht, Herr Doktor!«

»Ihr Herr Vater ist sehr gereizt im Augenblick. Ich muß sagen, ich habe ihn noch selten…«

»Tun Sie sich keinen Zwang an,« unterbrach ihn Alfred, »ich kenne meinen Vater.«

»Sollten Sie seinem Wunsch wider Erwarten nicht nachkommen, so sagte er mir, er fasse das dann sozusagen als Kriegserklärung auf. Er wünschte, daß ich diesen Ausdruck Ihnen gegenüber gebrauchen sollte.«

»Ich nehme davon Kenntnis, Herr Doktor.«

»Und im Krieg sind alle Mittel recht, Herr Dungs! Vergessen Sie das nicht.«

»Ich bin zwar nicht ganz dieser Ansicht, immerhin ist sie die allgemein verbreitete, darin haben Sie recht.«

»Bedenken Sie doch, was das heißt,« sagte Dr. Miller bittend und wischte sich die Stirn.

»Ich danke Ihnen, daß Sie mich besonders darauf aufmerksam machen.«

»Er kann Sie enterben!« fiel Dr. Miller ein.

Alfred erhob sich. »Pardon, da sind Sie im Irrtum, und ich wundere mich, daß Sie als Jurist das sagen. Um mein Pflichtteil kann er mich nicht verkürzen, solange ich ihm nicht nach dem Leben trachte usw. Das brauche ich Ihnen als Juristen doch wohl nicht ausführlicher zu erläutern.«

»Das meinte ich auch nicht, Herr Dungs.«

»Auf mehr als auf meinen Pflichtteil reflektiere ich überhaupt nicht mehr. Ich bitte Sie, das meinem Vater zu sagen, denn dann wird er sich wohl keinen Illusionen mehr über mich hingeben.«

Auch Dr. Miller hatte sich erhoben. Er sah fragend, bittend, wartend auf den Sohn seines Herrn. Als Alfred aber beharrlich schwieg, fragte er leise: »Ist das wirklich Ihr letztes Wort?«

Alfred reichte ihm die Hand. »Das ist mein letztes Wort, Herr Doktor, und seien Sie versichert, ich mache mir keine Illusionen darüber, wie es mein Vater aufnehmen wird. Aber ich wage den Kampf! Sagen Sie ihm das!«

»Dann kann ich Ihnen nur eins erwidern,« sagte Dr. Miller bedrückt.

Alfred blickte ihn fragend an.

Dr. Miller verbeugte sich. »Möchten Sie es nie zu bereuen haben, Herr Dungs.«

7. Kapitel

Es war schon häufig genug vorgekommen, daß Alfred Dungs viele Wochen lang nicht in seiner Vaterstadt gesehen wurde. Man wußte ja, daß er für die Firma besonders gern Reisen übernahm, während sich der Aelteste daheim am wohlsten fühlte. Die Menschen sind nun einmal verschieden; und einer Firma, bei der es so viel zu reisen gab wie bei Dungs, konnte es nur recht sein, wenn das Reisen für den einen Sohn so etwas wie eine Passion war. Aber nun hatte Alfred Dungs ja das große Haus im Bau, in dem es ganz fürstlich aussehen sollte. Da wunderte man sich denn doch ein wenig, als Wochen und Wochen vergingen, ohne daß Alfred Dungs sich zeigte. Dabei wurde an dem Haus ruhig weitergearbeitet, als sei alles in schönster Ordnung; und es gehörte sich doch wirklich nicht, daß der Bauherr so lange fernblieb.

In der Stadt hatte man Alfred nie besonders gern gehabt. Schon das mochte man nicht, daß es ihm ja wirklich in der Fremde besser zu gefallen schien als daheim. Das gehörte sich nicht und widersprach allen guten Traditionen. Und weshalb heiratete er nicht? Jung gefreit hat noch niemand gereut! Mit Anton Dungs war das etwas anderes. Der hatte sich nie viel aus den Mädchen gemacht, der war lieber für sich und allein, der war sozusagen als Junggeselle auf die Welt gekommen. Aber Alfred? Man wußte doch, daß er ganz anders war, daß er wahrhaftig nicht den schönen Mädchen aus dem Wege ging. Wenn die jungen Leute eine fidele Tour nach Düsseldorf unternahmen, war er nicht ungern dabei. Nun ja, Jugend muß austoben, und man tut gut, ein Auge zuzudrücken. Aber nun war er ja nie mehr mit von der Partie, nun schien er sich ausgetobt zu haben. Also worauf wartete er noch, um zu heiraten? Es taugte sowieso nichts, daß die Dungs so frauenlos durchs Leben liefen. Einmal erfuhr man infolgedessen gar nichts Genaues mehr aus ihrem Leben, und dann erfuhren auch sie nichts Genaues mehr, was in der Stadt vorging. In jeder Stadt aber gibt es Parteiungen, das war nun einmal nicht anders. Es war auch ganz gut so, aber eine der angesehensten Familien der Stadt durfte sich dabei nicht ausschließen. Es gehörte sich, daß auch die Dungs zu einer Partei gehörten, und daß die Frauen der Familie dafür sorgten, daß man etwas davon zu merken bekam. So wie es jetzt war, war es wirklich gar kein Leben mehr mit den Dungs.

Man ärgerte sich darüber und übertrug den Aerger auf Alfred als den Hauptschuldigen. Adam Dungs war noch zu jung, die beiden anderen Dungs waren entschuldigt. Aber für Alfred Dungs gab es einfach keine Entschuldigung. Man ist doch nicht nur für sich selbst, man ist doch auch für seine Mitbürger da.

Ein Vierteljahr verging, und man sah und hörte nichts von Alfred Dungs. Gerade als wäre er vom Erdboden verschwunden, meinte Schwester Emma und behauptete, das gehe nicht mit rechten Dingen zu, da sei etwas nicht in Ordnung zwischen Anton Dungs junior und seinem Sohn. Mehr wolle sie nicht sagen, denn sie sage nie mehr, als sie wisse, und mehr wisse sie noch nicht. Aber wenn sie mehr wisse, werde sie gewiß nicht damit hinter dem Berge bleiben. So viel wisse sie heute schon. Schwester Emma wurde immer aufgeregter, denn es war ihr noch nie vorgekommen, daß sie so wenig Bescheid wußte wie diesmal, und es mußte doch mit den Dungs etwas nicht in Ordnung sein.

Da man jetzt fast schon mitten im Sommer war, wo die meisten Leute gesund sind und es für Schwester Emma nicht viel zu pflegen gab, widmete sie sich mit um so größerem Eifer und mit bewundernswerter Ausdauer der Aufgabe, in Erfahrung zu bringen, was eigentlich im Hause Dungs vorging. Sie machte sich bei August, dem alten Diener der alten Frau Dungs selig, zu schaffen. Er war selber auf Neuigkeiten erpicht, seitdem er nichts weiter mehr zu tun hatte, als auf den Wintergarten der alten Frau Dungs selig achtzugeben, und seitdem die alte Frau ihn nicht mehr am Zügel hatte. Nein, er wußte nichts, aber auch rein gar nichts! Er wunderte sich sogar nicht wenig, daß überhaupt etwas nicht in Ordnung sein sollte. Aber er würde einmal beim Fritz horchen, dem Diener von Anton Dungs junior, ob der etwas wisse, und wenn er etwas erfahre, werde nur Schwester Emma davon hören, darauf könne sie sich verlassen. August war der Schwester ja von Herzen dankbar, daß er sich nun um etwas anderes kümmern konnte als um den dummen, stummen Wintergarten, den sich doch kein Mensch mehr ansah.

Zwei Tage wartete Schwester Emma geduldig, denn August hatte ihr versprochen, eine Botschaft zu schicken, wenn er etwas erfahre. Aber August schickte keine Botschaft.

Am dritten Tage ging Schwester Emma zufällig am Stammhaus der Dungs vorbei, und da sich August nicht sehen ließ, läutete sie und fuhr ihn nicht schlecht an, als er ihr die Tür öffnete.

»Aber Schwester, ich habe doch nichts zu hören bekommen,« verteidigte er sich.

»So, gar nichts?«

»Rein gar nichts, Schwester. Fritz sagt nur, es habe einen mächtigen Krach gegeben, aber er sagt, mehr wisse er nicht, und das ginge ihn auch nichts an, sagt er.«

»Einen großen Krach?« Schwester Emma riß gewaltig die Augen auf.

August nickte bestätigend.

»Weshalb hat es denn den Krach gegeben?«

Das wußte er nicht.

»Und wann war denn das, August?«

Auch das wußte er nicht. Es war wirklich zum Verzweifeln, und Schwester Emma suchte August klarzumachen, was für ein Dummkopf er sei, daß er nicht mehr in Erfahrung gebracht hätte. Aehnliches hatte August bei seiner vielen freien Zeit wohl auch schon gedacht, denn er nickte bestätigend mit dem Kopf und versprach, noch einmal mit Fritz zu reden.

»Aber dann fallen Sie wenigstens nicht mit der Tür ins Haus,« sagte Schwester Emma. »Sie müssen es klüger anfangen, viel klüger, hören Sie?«

August hörte und gelobte Besserung.

Diesmal ließ er die Schwester nicht zwei Tage lang warten, sondern erschien schon am nächsten Abend bei ihr. Schwester Emma hatte ihm das zwar verboten, denn sie liebte es nicht, wenn man sehen konnte, daß sie mit dem Dienstpersonal anderer Leute nach Feierabend sprach. Aber glücklicherweise war niemand in der Nähe, wie sich Schwester Emma sofort überzeugte, und dann machte August ein so wichtiges Gesicht, daß sie viel zu neugierig war, um ihn erst noch zu schelten. August berichtete, es habe einen mächtigen Krach wegen des jungen Herrn Alfred gegeben.«

»Das dachte ich mir,« sagte Schwester Emma befriedigt. »Herr Anton Dungs hat ein rechtes Kreuz mit ihm.«

»Und dann hat er auf den Tisch geschlagen und gerufen: »Fritz, packe meinen reinen Kragen ein, ich reise nach Paris.«

»Das hat er gerufen?«

»Ich weiß es ganz genau, Schwester. Fritz, packe meinen reinen Kragen ein, ich reise nach Paris. So hat er gerufen.«

»Was will er denn gerade in Paris?«

»Das wußte der Fritz nicht, trotzdem ich ihn gefragt habe.«

»Und weshalb gab es denn den Krach?«

»Fritz sagt, wegen geschäftlicher Dinge, mehr wisse er nicht.«

Schwester Emma schüttelte nachdenklich den Kopf. »Packe meinen reinen Kragen ein, ich reise nach Paris,« wiederholte sie, als könne hinter diesen Worten noch mehr stecken, als es aus den ersten Blick aussah.

»So hat er gesagt,« bestätigte August wieder und war sehr stolz.

»Das ist doch sehr merkwürdig,« meinte die Schwester.

August fand zwar weiter nichts Merkwürdiges dabei, aber er nickte ernsthaft.

»Wann hat er denn das gesagt?« fragte die Schwester.

»Das war vorgestern,« antwortete August. »Und noch an demselben Abend ist er nach Paris gefahren.«

»Also ist der junge Herr Anton jetzt allein hier?«

August meinte, das müsse wohl so sein, denn der junge Herr Alfred sei ja sowieso nicht hier, und der junge Herr Adam sei doch auf der Universität.

Das stimmte, dagegen konnte Schwester Emma nichts einwenden.

»Kommt der junge Herr Anton nicht zuweilen zu Euch in den Wintergarten?«

August berichtete, das sei früher häufiger vorgekommen, jetzt aber schon lange Zeit nicht mehr, wohl schon einen ganzen Monat nicht. Nun kümmere sich eben gar niemand mehr um die Blumen.

Schwester Emma bedankte sich recht herzlich bei August und empfahl ihm, die Sache nicht aus den Augen zu lassen und sie zu benachrichtigen, wenn er wieder etwas höre. »Das heißt, ich komme gelegentlich bei Ihnen vorbei, August, das ist mir lieber.«

August nickte und verschwand. Schwester Emma aber blieb lange Zeit gedankenvoll in ihrem Zimmer stehen. Was mochte da nur passiert sein?

*

Als Dr. Miller aus Berlin zurückgekehrt war und bei Herrn Dungs eintrat, berichtete er recht kleinlaut über den Mißerfolg seiner Reise. Aber Anton Dungs junior tobte nicht, wie er es befürchtet hatte, sondern nickte nur ab und zu, als wenn er es gar nicht anders erwartet habe.

Dr. Miller fiel ein Stein vom Herzen, denn er befand sich noch nicht lange in seiner einträglichen Stelle und hätte sie ungern um solcher Lappalien willen, wie er es vor sich selbst nannte, verloren.

»In welchem Hotel wohnte mein Sohn?« fragte der Vater.

Dr. Miller nannte den Namen des Hotels. Anton Dungs notierte sich den Namen. Es fiel ihm sofort auf, daß Alfred nicht wie gewöhnlich im Kaiserhof abgestiegen war.

»Sie wissen natürlich nicht, wann mein Sohn abgereist ist?«

Dr. Miller verneinte.

»Sie wissen auch nicht, wohin er gereist ist?«

Dr. Miller verneinte wieder.

»Nun ja, er wird es Ihnen schwerlich auf die Nase gehängt haben, und Sie sind ja kein Detektiv, um sich für so etwas zu interessieren.«

Dr. Miller wollte aufbegehren, aber Anton Dungs verzog keine Miene und hatte es offenbar nicht böse gemeint, wenn er vom Detektiv sprach.

»Das wäre ja nun wohl alles, was bei Ihrer Reise herausgekommen ist?«

Dr. Miller nickte.

»Dann danke ich Ihnen,« sagte Anton Dungs, und Herr Miller verabschiedete sich und ging. Fast wäre es ihm lieber gewesen, der Chef hätte getobt. Nun wußte er gar nicht, woran er mit ihm war.

Anton Dungs ging mit seinen kurzen Schritten einige Male eilig durch sein Kontor, dann setzte er sich. Ich werde nichts übereilen, dachte er, der Junge wird ja doch bald Vernunft annehmen. Was soll er denn anfangen ohne mich? Kredit, um wirklich etwas Großes anzufangen, wonach allein ihm der Kopf steht, bekommt er nirgends, wenn er sagt, daß wir auseinander sind. Einen bedeutenden Kredit wird ihm auf sein Pflichtteil auch niemand gewähren, ohne vorher bei mir anzufragen. Also kann ich alles mit Ruhe abwarten.

Eigentlich gefiel es ihm gar nicht so übel, daß sich der Junge auf die Hinterbeine setzte und nicht einfach ja und Amen zu allem sagte, was sein Vater von ihm wollte. Aber natürlich durfte er das niemand zeigen. Sonst regte sich am Ende auch bei anderen dieser Widerspruchsgeist, und das durfte unter keinen Umständen sein. Schererei machte ihm der Junge schon gerade genug. Unerfreulich war an der Geschichte vor allem, daß da nichts weiter dahintersteckte als ein Mädchen. Ohne diese Liebelei wäre der Junge wohl längst wieder hier. So schämte er sich dessen vor dem Mädchen, und deshalb spielte er den Selbständigen.

Anton Dungs überlegte sich, ob er, wenn Alfred nachgab und wiederkam, nicht am Ende auch in diesem einen Punkt nachgeben sollte. Das Berliner Mädchen macht soweit doch einen guten Eindruck. Und war es nicht im Grunde ein Zeichen von Schwäche, wenn er so großen Wert auf eine Verbindung mit Hugo Momm legte? Nein, er fürchtete ihn gewiß nicht. Aber es ärgerte ihn sehr, daß er ihm bei der »Hispania« so in die Quere gekommen war. Ernstlich schaden konnte ihm ein Hugo Momm gewiß nicht, aber ihm immer wieder seine Kreise stören und ihm hier und da das Vergnügen an einem Geschäft verderben, das konnte er allerdings. Auch das wäre ja nicht sehr schlimm gewesen, denn an Aerger aller Art war er gewöhnt. Aber daß sein Aerger zugleich einem anderen eine Freude bereitete, das war es, das wollte er nicht, das gönnte er Hugo Momm nicht. Daß der auf seine Kosten ein Vergnügen hatte, das ging nicht. Und wie er Hugo Momm kannte, würde er ein solches Vergnügen nicht bei sich behalten, und das gab dann in der ganzen Gegend eine Schadenfreude bei seinen Gegnern, und deren besaß er mehr als genug, die er ihnen erst recht nicht gönnte.

Nun konnte er ja Gleiches mit Gleichem vergelten und auch Hugo Momm ärgern und so auf dessen Kosten ein Vergnügen haben. Aber ein solches Vergnügen war ihm zu billig. Das lohnte sich wirklich nicht. Außerdem hatte er wirklich Wichtigeres und Besseres zu tun. Wenn derlei Hugo Momm Spaß machte, so war er eben nicht Hugo Momm, sondern Anton Dungs, dem solche Kindereien nichts zu bedeuten hatten.

Aber wenn nun Hugo Momm fortfuhr, ähnliche Dinge zu treiben wie bei der »Hispania«, nur aus Wut und Erbitterung darüber, daß ihm seine Frau gestorben war?

Anton Dungs erhob sich und fuhr sich über die Stirn. Seine Mutter war ihm eingefallen. Wie hatte sie doch damals gesagt? Hier ist eine Macht, gegen die kann keiner von uns an, auch du nicht, hatte sie gesagt. Nun ja, die Mutter hatte recht. Das hatte auch Hugo Momm erfahren müssen, und deshalb benahm er sich so närrisch und störte ihm seine Kreise. Als könne er sich dadurch rächen an jener Macht, gegen die sie alle nichts vermochten.

Wieder einmal wurde es Anton Dungs schwer und dumpf zu Sinn. Es geschah ihm oft so, wenn er an jenes Gespräch mit der Mutter dachte. Er persönlich fürchtete sich gewiß nicht vor dem Tod. Schon deshalb nicht, weil er ja gar keinen Grund hatte, für seine Person an ihn zu denken. Damit hatte es noch gute Weile. Aber die Mutter hatte er ja nun wirklich jener Macht preisgeben müssen und nichts dawider unternehmen können.

Anton Dungs verließ das Kontor, denn wenn ihm solche Gedanken kamen, ging er ihnen aus dem Wege, indem er sich doppelt eifrig an die Arbeit hielt. Es waren nutzlose, unfruchtbare Gedanken, die zu nichts taugten. Fort damit! Aber sie peinigten, sie taten weh.

Im Walzwerk traf er seinen Aeltesten und Generaldirektor Loh. Dieser hotte eine neue Erfindung gemacht, die nun so bald wie möglich praktisch ausprobiert werden sollte. Aber es zeigte sich, daß dafür in dem alten Walzwerk kein Platz mehr war. Anton Dungs junior kam den beiden wie gerufen, die schon einen Anbau erwogen an der Hand der Zeichnungen, die der Generaldirektor bei sich hatte.

Anton Dungs junior ließ sich in der Sache von seinem Generaldirektor gleich an Ort und Stelle Vortrag halten. Er prüfte dabei die Zeichnungen auf das eingehendste und brachte Bedenken gegen diese oder jene Einzelheit sofort vor.

Der Generaldirektor und der junge Dungs sahen sich an. Es war doch ein wahres Vergnügen, mit Anton Dungs junior zu arbeiten; und wie schnell er wußte, worauf es ankam, und wie er, wenn ihm etwas nicht recht behagte, nicht nur tadelte, sondern sofort auch mit einem Verbesserungsvorschlag bei der Hand war.

Es handelte sich um eine neue »Schnellbahn« für Stabeisen. Das bisherige Verfahren hatte immer noch zu viel menschliche Hilfe in Anspruch genommen und war zu langsam gewesen. Generaldirektor Loh hatte nun einen Ausweg gefunden, bei dem nur noch zwei Mann unmittelbare Bedienung nötig waren; und die Prozedur, welche das glühende Eisen zu durchlaufen hatte, um als Stabeisen transportbereit dazuliegen, ließ sich mit Hilfe der Elektrizität um das Zehnfache beschleunigen. Das bedeutete einen außerordentlichen Vorteil für die Fabrik, die so ihr Stabeisen um vieles billiger herstellen konnte als jede andere. Außerdem ließ sich in Zeiten der Hochkonjunktur in derselben Zeit wohl fünf- bis sechsmal so viel Stabeisen gewinnen als bisher. Die Sache hatte nur einen Haken. Bei der kolossalen Geschwindigkeit, mit der aus elektrischem Wege das glühende Eisen über die »Schnellbahn« durch die verschiedenen Oeffnungen getrieben wurde, um den gewünschten Umfang zu erlangen, bestand die Gefahr, daß die heißen Schlangen, je dünner sie wurden, um so leichter über die vorgezeichnete Bahn hinaussprangen und jeden, der nicht auf der Hut war, sehr schwer verletzten. Angenommen, so eine zwanzig

Meter lange glühende Eisenschlange lief mit Windeseile über ihre Laufbahn durch die Oeffnung, die sie wieder um einiges verdünnte und damit zugleich die ganze Schlange beträchtlich
verlängerte, etwa fünf Meter, so mußte man erwägen, daß sich die Schlange gewaltig bog und
krümmte, und da sie sich in einer großen Geschwindigkeit zugleich zur nächsten Oeffnung
bewegte, so sprang sie wohl gelegentlich über die vorgeschriebene Bahn hinweg. Wehe dem,
der ihr dann gerade in den Weg kam! Sie würde den Weg durch ihn hindurch nehmen oder
ihn so hart mit ihrem glühenden Leib treffen, daß der Mann verloren war. Also mußte man
jeder der glühenden Eisenschlangen einen möglichst großen Spielraum gewähren und dafür
sorgen, daß niemand außer den beiden Männern, welche die Eisenschlange mit einer Zange
am Kopf zu greifen und ihn hurtig in die betreffende Oeffnung zu stoßen hatten, in der Nähe
sich aufhielt. Das war das Problem, welches die drei jetzt beschäftigte.

Noch einmal erwogen sie jede Einzelheit ganz genau, berechneten auch bis ins kleinste die
Unkosten – der Generaldirektor hatte eine Aufstellung auch darüber zur Hand –, und dann sagte
Herr Anton Dungs junior: »Das machen wir, Herr Loh, das machen wir!«

Generaldirektor Loh strahlte über das ganze Gesicht, und er schüttelte Herrn Anton Dungs
junior freudig die Hand. Das war doch etwas anderes wie bei den Aktiengesellschaften, wo man
ganze Sitzungen lang mit allen möglichen Leuten herumreden mußte, bis man sie überzeugt
hatte. Anton Dungs sagte einfach, nachdem er sich von den Vorteilen überzeugt hatte, das
machen wir, – und es war gemacht.

Aber der Generaldirektor hatte noch etwas auf dem Herzen. Wenn man schon an einen Anbau ging, dann sollte man ihn auch gleich recht groß und geräumig herstellen. Fast alle Hallen
waren schon wieder zu eng, überall drückte und drängte es sich. Anton Dungs junior ging mit
den beiden durch die Hallen, überzeugte sich, daß sein Generaldirektor nicht unrecht hatte,
überlegte einen Augenblick und meinte dann: »Wissen Sie was, Herr Loh? Bauen wir lieber
eine große, neue Halle.«

»Offengestanden, Herr Dungs, scheint mir das auch praktischer zu sein.«

»Also schön, abgemacht. Gehen wir gleich ins Bureau, die Architekten werden sich freuen,
wieder eine größere Aufgabe zu haben. Aber schnell muß es gehen.«

»Es wird gehen, Herr Dungs. In drei, höchstens vier Monaten bauen sie uns die schönste
und beste Halle.«

Eilig schritten sie zum Bureau. Der Generaldirektor freute sich, und die Architekten freuten
sich erst recht. Und von hier lief es mit derselben Freude durch das ganze Werk. Anton Dungs
merkte das sofort. Man grüßte ihn schmunzelnd und vertraulicher als sonst. Er war doch ein
Hauptkerl, und es war ein Vergnügen, mit ihm zu tun zu haben und bei ihm zu arbeiten.

Anton ging seinem Vater nicht von der Seite mehr. Er wußte ja, daß Dr. Miller aus Berlin
zurückgekommen, und war sehr gespannt, was er ausgerichtet hatte. Aber er fragte seinen Vater
nicht, er wartete, daß er selbst darauf zu sprechen käme.

Vor dem Tor der Fabrik hielt Anton Dungs' bescheidener Einspänner, und der Vater lud den
Sohn ein, mitzufahren.

Gemächlich setzte sich das Fuhrwerk in Bewegung. Das Pferd hatte Anton Dungs schon
so lange treu gedient, daß er es nicht liebte, wenn man das Tier unnütz anstrengte. Der alte
Kutscher liebte es erst recht nicht. Also kam man recht langsam voran, wie es dem Pferd gerade
behagte. In der Beziehung ließ Anton Dungs sich recht viel gefallen. Erst als das Tier wußte,
daß es wirklich dem Stall zuging, setzte es sich in einen gemütlichen Trab.

Der Vater erzählte derweil dem Sohn, was Dr. Miller in Berlin ausgerichtet habe.

Der Sohn meinte: »Du hättest vielleicht doch gut daran getan, nicht gerade ihn zu schicken.«

»Hätte ich vielleicht den Justizrat schicken sollen? Dann hätte Alfred gemeint, ich nähme
die Sache wunder wie wichtig, und das tue ich durchaus nicht. Außerdem hätte der Justizrat
die doppelten Spesen gemacht, und mehr hätte er wohl auch nicht ausgerichtet.«

»Soll ich ihm vielleicht einmal schreiben?« fragte der Sohn.

»Daß Du Dich nicht unterstehst!« fuhr der Vater auf. »Das ist eine Angelegenheit zwischen
mir und ihm und niemand anders, da soll sich kein Dritter hineinmischen, auch Du nicht.«

»Aber ich verstehe mich vielleicht besser auf ihn,« begann der Sohn wieder, »und es ist doch nicht nötig, daß Ihr immer mehr auseinander kommt.«

»Er wird schon wieder zu mir kommen, darauf verlasse Dich!«

»Ich meine ja auch ...«

»Er wird müssen, ob er will oder nicht. Oder glaubst Du wirklich, daß ihn irgend jemand gegen meinen Willen etwa zum Kompagnon macht?«

Der Sohn schüttelte den Kopf.

»Nun also! Die Kasse habe ich ihm schon gesperrt. Was mag er bei sich haben? Ein paar Tausender, das ist alles. Damit kommt er nicht weit, wie ich ihn kenne!«

Der Sohn widersprach nicht, um den Vater nicht noch mehr aufzubringen.

»Oder glaubst Du, daß man ihm auf sein Pflichtteil einen größeren Kredit gibt?« fragte der Vater nach einer Weile.

Der Sohn zuckte die Achseln.

»Aber glaubst Du, daß man ihm Kredit gewährt, ohne bei mir anzufragen?«

»Das glaube ich allerdings nicht,« antwortete der Sohn.

»Na also!«

Nach einer Weile sagte Anton Dungs junior: »Ich könnte ihn ja beobachten lassen, wie ich es schon früher getan habe. Aber es paßt mir diesmal nicht. Diesmal soll er auch ausessen, was er sich eingebrockt hat, diesmal helfe ich ihm nicht aus der Patsche, und das täte ich ja doch wieder, wenn ich erführe, wie es um ihn steht. Schon unseres Namens wegen. Aber diesmal gebe ich nicht nach. Mag man darüber auch reden und denken, was man will.«

»Wie meinst Du das, Vater?«

»Glaubst Du, das bleibt lange verborgen, wie es um uns steht? Und überall wird man für ihn Partei nehmen, daran zweifle ich nicht. Schon aus Schadenfreude, schon um mich zu ärgern. Aber ich versichere Dir, ich ärgere mich nicht, nicht im geringsten. Er soll sehen, wie weit er kommt. Das wird ihm eine gute Lehre sein fürs ganze Leben. Und in drei, vier Wochen ist ja immer noch Zeit für ihn, nach Spanien zu reisen. So eilt es ja glücklicherweise nicht. Die Liebelei wird ihm derweil ja wohl auch aus dem Kopfe gehen. Und der Herr von Karst wird sich schön bedanken für einen Schwiegersohn, der nichts hat und außerdem noch bürgerlich ist.«

»Rege Dich nicht auf, Vater.«

»Ich sage Dir, ich rege mich gar nicht auf. Es ärgert mich nur, daß der Junge so einen Dickkopf hat.«

Sie sprachen dann wochenlang nicht mehr über dieses Thema. Aber die Wochen vergingen, ohne daß Alfred etwas von sich hören ließ. Und was noch merkwürdiger war: sie vergingen, ohne daß irgend jemand mit einer Forderung an Anton Dungs junior dieses Sohnes wegen herangetreten wäre. Auch wurden nicht von irgendeiner geschäftlichen Seite Erkundigungen eingezogen, wie es Anton Dungs junior eigentlich erwartet hatte.

Er stand gerade mit seinem Aeltesten bei der neuen Halle, an der mit Eifer gearbeitet wurde, da sagte der Sohn gepreßt: »Ich ertrage das nicht mehr länger!«

Der Vater wußte gleich, was gemeint war, und erwiderte: »Ich verstehe das einfach nicht.«

»Wenn er sich nun irgendein Leid angetan hat?« fragte der Sohn leise.

»Du, Du, Du bist wohl nicht recht klug! Ein Dungs? Nein, mein Junge ... Außerdem, das wüßten wir längst, darauf kannst Du Dich verlassen.«

»Das denke ich wohl auch,« erwiderte Anton gedrückt.

Sie sprachen von etwas anderem.

Nun war ein ganzes Vierteljahr vergangen, ohne daß Alfred etwas von sich hatte hören lassen.

Anton Dungs junior wurde ernstlich unruhig. Nicht als ob er geglaubt hätte, Alfred wäre etwas Schlimmes zugestoßen. Das war ja Unsinn, und wenn ihm doch einmal etwas derart durch den Kopf schoß, so wies er einen solchen Gedanken sofort mit aller Energie zurück. Ein Dungs geht weder in der Welt spurlos verloren, noch verunglückt er, ohne daß man etwas davon erfährt. Nein, die Situation lag ganz anders. Es ging ihm gut, und deshalb ließ er nichts von sich hören. Wie aber hatte er das zustande gebracht? Das war das eigentliche Rätsel, das Anton

Dungs nun ernsthaft beunruhigte. Sollte der Junge wirklich ohne ihn fertig geworden sein? Er mußte doch wohl. Damit hätte Anton Dungs also ihm gegenüber den kürzeren gezogen? Das wollte und wollte ihm nicht in den Kopf.

Er ließ sich seinen Aeltesten ins Schloß kommen, denn nun wollte er nicht länger in Geduld abwarten, was weiter geschehen würde, nun wollte er eingreifen und das Rätsel lösen. Um jeden Preis. Das wäre ja noch schöner, wenn der Junge obenauf wäre. Das wäre ja wirklich gegen Recht und Gerechtigkeit!

Auch der junge Dungs meinte, als sein Vater mit ihm davon sprach, Alfred habe irgendwie ein angenehmes Unterkommen gefunden, und zwar aller Voraussicht nach im Ausland, denn in Deutschland hätte man gewiß davon erfahren. Man könne ja vielleicht den altbewährten Londoner Detektiv einmal suchen lassen. Aber davon wollte der Vater diesmal nichts wissen. Er hatte das Gefühl, als müsse er selbst eingreifen, als entwische ihm sonst der Sohn auf Nimmerwiedersehen.

Er war dieser Tage bei dem Obersten gewesen, weil es sich des neuen Exerzierplatzes wegen gerade so gemacht hatte. Vielleicht wußte er etwas durch seine Schwägerin. Aber der Oberst hatte ihn sehr kühl und förmlich behandelt. Er tat jetzt fast so, als ob Anton Dungs ihn beleidigt habe, und er hatte doch nur gut an ihm gehandelt, und wie es sich in solchen Fällen gehörte.

Er hatte sogar den Obersten schließlich gefragt, wie es seiner Schwägerin gehe? Sie habe das damals doch sicher nicht tragisch genommen.

Aber der Oberst hatte nur geantwortet: »Es geht ihr gut.« Weiter nichts. Damit konnte man nicht viel anfangen.

»Weißt Du,« sagte der Sohn, »mir ist da schon seit längerer Zeit ein Gedanke gekommen, der mir manches erklären würde, aber ich weiß nicht, ob ich ihn äußern soll, denn ich habe eigentlich keine triftigen Anhaltspunkte dafür.«

»So rede doch!« drängte der Vater.

»Vielleicht hat sich Mama seiner angenommen?« meinte der Sohn zögernd.

Der Alte sprang auf. »Adele?« Wie geringschätzig er das sagte. Dann aber schlug er wütend auf den Tisch. »Aber natürlich, das sieht ihr ganz ähnlich! Ich Narr, daß ich daran nicht gedacht habe! Selbstverständlich, sie steckt dahinter! Du hast ganz recht! Nein, daß ich daran nicht gedacht habe! Ich werde alt! Wirklich, ich bin nicht mehr bei Verstand. Natürlich, niemand anders als Adele hat die Hand im Spiel!«

Und wieder schlug er auf den Tisch und tobte durch das Zimmer. So hatte selbst Anton seinen Vater noch nicht gesehen.

»Und jetzt lacht sie sich ins Fäustchen, haha! Ich sehe sie ordentlich. Dumm war sie nie, nein, gewiß nicht.« Er schlug sich vor den Kopf und konnte es sich nicht verzeihen, daß er daran nicht gleich gedacht hatte. Und dann rief er nach dem Diener und schrie: »Fritz, packe meinen reinen Kragen ein, ich reise nach Paris!«

Der Sohn gab sich alle Mühe, den Vater zurückzuhalten. Er war ja rein außer sich.

»Ich bitte Dich, Du mußt Dich erst beruhigen, so kannst Du doch nicht reisen. Blicke doch nur in den Spiegel. Es gibt ja ein Unglück, wenn Du Dich so aufregst.«

Anton Dungs trank mit Hast ein Glas Wasser und wurde ganz still. Er schüttelte nur immer wieder stumm über sich selbst den Kopf.

»Könnte ich Dir nicht diese Reise abnehmen?«

Davon wollte Anton Dungs nichts wissen. Nein, das mußte schon er selbst erledigen. Nur er kannte ja die Schliche und Wege in Paris, um dahinter zu kommen, was Adele eigentlich angestellt hatte, um ihm diesen Tort anzutun. Dem war Anton nicht gewachsen.

Anton meinte, es wäre doch wirklich besser, man versuche es im guten, und am allerschönsten wäre es, man versöhne sich wieder mit Mama.

»Jetzt?« Der Vater sah seinen Sohn ganz sprachlos an. Was war denn mit ihm passiert, daß er einen solchen Vorschlag im Ernst zu machen wagte? War ihm auch sein Aeltester über den Kopf gewachsen und revoltierte?

Anton sah seinem Vater ruhig ins Auge. »Das ist wirklich meine Meinung, und es wäre besser, wir hätten schon längst einmal darüber gesprochen. Wir sind doch nun alle keine Kinder mehr, auch Adam ist erwachsen. Ich sollte meinen, da hätte es wirklich keinen Zweck mehr, mit der Mama so umzugehen. Die Mama hatte es hier ihrer ganzen Art nach doch auch nicht leicht.«

»Wer sagt das?« fuhr der Vater dazwischen.

»Großmutter hat oft genug davon erzählt,« erwiderte der Sohn ganz ruhig.

Der Vater nahm noch einen Schluck Wasser und setzte das Glas so hart auf den Tisch, daß es zersprang.

»Ich verlasse mich daraus, daß Du die Augen offen hältst, solange ich fort bin,« sagte er rauh.

Anton nickte und sah seinen Vater bittend an. Er machte eine abwehrende Handbewegung, und Anton entfernte sich.

Anton Dungs junior fuhr nicht direkt nach Paris, sondern erst nach Berlin, und zwar logierte er sich in dem Hotel ein, wo Alfred gewohnt hatte. Die Adresse hatte er sich ja notiert.

Er ruhte sich erst ein wenig und durchblätterte dann die Fremdenlisten vom Frühjahr an. Ganz richtig, hier stand ja Alfred Dungs verzeichnet. Er blätterte zurück und blätterte vorwärts. Aber unter all den Namen fand er keinen, den er irgendwie mit seinem Sohn in Verbindung bringen konnte. Das hieß ja nun noch nicht viel. Es konnte sich zufällig zwischen Alfred und einem der Namen eine Beziehung ergeben haben, von der er nichts wußte. Jedenfalls wurde er aus diesen Listen nicht klüger. Er hatte damit gerechnet, etwa auf den Namen seiner Frau zu stoßen oder irgendeines der vielen Menschen, von denen er wußte, daß sie mit ihnen gesellschaftlich oder geschäftlich zu tun hatte. Er war ja auch heute noch über ihren Verkehr einigermaßen orientiert, und er wußte auch, daß sie sich immer noch an mancherlei Spekulationsgeschäften beteiligte. Das hatte ihr schon als junge Frau im Blute gesteckt, so unangenehm und unsympathisch es ihm gewesen war.

Am nächsten Tage siedelte er in den Kaiserhof über und ließ sich auch hier die Fremdenlisten geben. Aha, da stand ja seine Frau, und auch der unzertrennliche Vicomte, dieser alte Narr, fehlte nicht, ohne den sie überhaupt nicht mehr leben konnte. Es stimmte schon alles aufs schönste. Sie waren in derselben Zeit hier gewesen wie Alfred. Und dann stieß er auf die Namen der Kufferaths. Er wußte, daß Alfred sie kannte. Er wußte, daß sie tüchtige Geschäftsleute waren, wenn er sich auch nie darum gekümmert hatte, was sie eigentlich trieben. Nun, das ließe sich ja leicht in Erfahrung bringen. Wenn ihn nicht alles trog, hatte er nun die Fäden in der Hand, die ihm den Sohn aus seinem Einfluß fortgezogen hatten. Wie unglaublich dumm, daß er nicht früher daran gedacht hatte. Wer weiß, ob es jetzt nicht schon zu spät war, Alfred zurückzugewinnen. Nun, versuchen würde er es jedenfalls, und noch in derselben Nacht fuhr er nach Paris.

*

Der älteste von Anton Dungs' Söhnen sah sich zum ersten Male allein verantwortlich an der Spitze des großen Unternehmens stehen. Ein merkwürdiges Gefühl, über dem sogar die Sorge um den so heftig erzürnten Vater zurücktrat, das ihn in den ersten Stunden, nachdem er das Schloß verlassen hatte, beherrschte. Er fürchtete allen Ernstes, den Vater könne der Schlag treffen, wenn er sich so weiter aufrege. Aber der Vater fuhr ab, und da er am andern Tage nichts von sich hören ließ, weder telephonisch noch telegraphisch, war anzunehmen, daß er sich wieder gefaßt hatte und das Schlimmste überstanden war.

So begab sich denn Anton an diesem Morgen getrost zur Fabrik in dem angenehmen Gefühl, Alleinherrscher zu sein, und dies Gefühl verstärkte sich mit dem Tage, da er von dem Vater einen Brief erhielt, in dem er mitteilte, er komme jetzt der ganzen Affäre auf die Spur, werde aber wohl noch acht bis zehn Tage in Paris bleiben, wenn Anton ihn nicht dringend nötig habe.

Darauf antwortete Anton, es gehe soweit ganz gut, und er werde seinen Vater sofort benachrichtigen, wenn man seiner nicht länger entbehren könne. Er hoffe aber, das werde in den nächsten acht bis zehn Tagen nicht unbedingt nötig sein. Im übrigen gäbe er nochmals zu bedenken, ob der Rat nicht doch erwägenswert sei, eine Aussöhnung mit Mama herbeizuführen.

Darauf erhielt Anton keine Antwort mehr. Der Vater hatte es ihm wohl übelgenommen, daß er nochmals auf diesen Punkt zurückgekommen war. Aber Antons Selbstgefühl regte sich, nun er Alleinherrscher war. Er hatte das ja noch nie auskosten dürfen. Er war dabei zu verständig, um irgend etwas von Wichtigkeit auf eigene Verantwortung hin zu unternehmen. Aber in einem so großen Betriebe verging kein Tag, wo nicht diese oder jene Entscheidung zu treffen war, und bisher war keine, auch die geringste nicht, getroffen worden, ohne daß man nicht wenigstens erst telephonisch bei Herrn Anton Dungs junior angefragt hatte. Der Sohn wollte es selbst nicht anders. Nicht weil er sich solche Entscheidungen nicht zutraute, sondern einfach deshalb, weil es immer so gewesen war. Jetzt war es auf einmal anders. Es tat sehr wohl. Man war doch längst kein Kind mehr. Nun bekam er doch endlich auch zu spüren, daß man erwachsen war.

Den Tag über blieb er auf der Fabrik, wie er das sonst auch getan hatte. Und in den ersten Tagen ging er von der Fabrik direkt nach Hause, wie er es von jeher gewohnt war.

Er war den Menschen gerne aus dem Weg gegangen, denn man gab ja doch nicht allzuviel auf seine Meinung und sein Urteil. Er war ja nur der Sohn von Anton Dungs junior und weiter nichts. Das bedeutete in den Augen der Fernerstehenden vielleicht nicht wenig, aber hier inmitten all der Industriellen war es recht wenig, solange er in ihren Augen kein selbständiger Kaufmann war, sondern eben nur der erste Angestellte seines Vaters.

Aber nach einigen Tagen behagte es ihm nicht mehr, allein zu Hause zu sitzen. Er hatte tüchtig gearbeitet, er hatte hier und da eine Anordnung getroffen, die ihm gefiel, und die er für gut und klug hielt. Er fühlte plötzlich das Bedürfnis, andere Menschen zu sehen, um von ihnen zu hören, was sie trieben und wie sie tätig waren.

Er besuchte also abends das Bürgerkasino, wohin er früher nur ging, wenn er mußte, das heißt: wenn sein Vater es wünschte. Aber er hatte sich immer wie das fünfte Rad am Wagen gefühlt. Da verkehrten Leute, die nicht älter waren als er und doch schon selbständige Fabrikbesitzer waren, Altersgenossen und Schulkameraden, die ihn ein wenig mitleidig von der Seite ansahen.

Jetzt war das anders. Man wußte, daß Anton Dungs junior auf Reisen war, und daß er seinem Aeltesten die Leitung überlassen hatte. Gewiß, er war ein tüchtiger Mensch, aber unselbständig, sehr unselbständig, wie es bei einem solchen Vater nicht wundernahm. Wenn dieser ihn aber jetzt ruhig gewähren ließ und nicht den Generaldirektor Loh zum Vertreter bestimmte, wie es früher zuweilen geschehen war, so hielt er augenscheinlich selbst von seinem Aeltesten mehr, als man angenommen hatte.

Schon deshalb beachtete man jetzt Anton im Bürgerkasino mehr als früher ... Jeder der Großindustriellen interessierte sich nun für Anton und wünschte sich ein Urteil über ihn zu bilden und selbst zu sehen, ob Anton Dungs junior gut daran getan, seinen Aeltesten mit seiner Stellvertretung zu betrauen. So wurde Anton reichlich ins Gespräch gezogen, und wenn man ihm auch etwas gar zu deutlich auf den Zahn fühlte, so daß Anton leicht merkte, weshalb man sich plötzlich für ihn so lebhaft interessierte, so freute sich Anton gerade darüber, denn er wußte ja, daß er in geschäftlichen Fragen seinen Mann stand; und das war im Bürgerkasino die Hauptsache. Nach der geschäftlichen Schätzung richtete sich im wesentlichen auch die gesellschaftliche. Ein amüsanter Erzähler, ein guter Tänzer und dergleichen, das war ja ganz nett als Zeitvertreib und für die Damen, aber die Hauptsache war eben doch auch hier die geschäftliche Tüchtigkeit.

Nun, in der Beziehung sagte Anton den Herren recht zu. Er trat bescheiden auf, hatte aber feste Ansichten, die er wohl zu begründen wußte, und konnte sogar lebhaft und eindringlich werden, wenn es sich um die Fragen handelte, die hier jedermann beschäftigten: Kuxe, Eisen, Kohle. Anton Dungs junior hatte nicht übel daran getan, sich von seinem Aeltesten vertreten zu lassen, das mußte man sagen. Man nahm ihn ernst, man begann mit ihm für die Zukunft zu rechnen, man fragte ihn um seine Meinung, auch wenn es sich um wichtigere Dinge handelte, und nicht nur, wie es zuerst gewesen war, wenn es um Kleinigkeiten ging.

Im Bürgerkasino traf er nun auch mit Hugo Momm einige Male zusammen. Der lange, hagere Herr, der sich gern ein wenig feierlich gab, so recht ein Gegensatz zu Anton Dungs junior, interessierte sich noch ein wenig mehr als die andern für Anton. Herrn Momms beide Söhne waren noch klein und kamen noch für geraume Zeit für das Geschäft nicht ernstlich in Betracht. Helene war sein einziges Kind, das erwachsen war. Da nun Hugo Momm mancherlei Pläne gegen Anton Dungs junior schmiedete, so mußte ihm daran liegen, zu erfahren, wes Geistes Kind dieser Anton eigentlich war.

Man kannte einander rein gesellschaftlich von Jugend auf, man verkehrte ja auch hier und da gesellig miteinander, wenn es die Gelegenheit gerade so mit sich brachte, aber sonst wußte man nicht viel voneinander. Für das ganze Bürgerkasino wurde es nun ein recht pikantes Schauspiel, Hugo Momm und Anton häufiger beieinander zu sehen. Man wußte ja, daß die Dungs und die Momms auf manchen Gebieten Gegner und Konkurrenten waren, und man war gespannt, wie es Hugo Momm in seiner feierlichen Art gelingen werde, Anton auszuhorchen. Aber Anton hielt sich tapfer und klug. Er blieb stets zuvorkommend gegen den feierlichen Herrn Momm, aber verstand es zugleich, mit vielen Worten nichts zu sagen. Und dann war da noch etwas, weshalb man diese beiden mit besonderen Augen betrachtete. Helene Momm war ja nun doch ein erwachsenes Mädchen, das unter die Haube gehörte, und das natürlichste wäre gewesen, wenn einer der Dungs sie geheiratet hätte. Eine Zeitlang hatte man geglaubt, Alfred werde Helene Momm heiraten. Aber der war ja nun rein wie vom Erdboden verschwunden. Also würde es nun vielleicht etwas zwischen Anton und Helene werden. Er war der Aelteste, und wenn er sich bisher auch nicht um die Mädchen viel gekümmert hatte, so würde er doch wohl nicht ewig Junggeselle bleiben wollen. Er hatte ja doch auch sozusagen die Verpflichtung, für Nachwuchs zu sorgen, denn ein Werk wie das Dungssche läßt man doch nicht in fremde Hände kommen, solange es sich irgend vermeiden läßt. Und der Aelteste des Hauses war doch von jeher der nächste dazu, daran zu denken und dafür zu sorgen. Das gehörte sich so.

Als das Bürgerkasino den nächsten Abend mit Damen veranstaltete, war man in der ganzen Stadt gespannt, ob sich Anton einfinden und mit Helene Momm tanzen würde. Anton stellte sich ein und tanzte auch gleich mit Helene Momm, wie man voller Befriedigung feststellte.

Daß dies Ereignis so schnell eintrat, daran war Helene Momm freilich mehr schuld als Anton Dungs, aber das wußte man nicht.

Schwester Emma hatte nämlich die ganze Zeit über Helene Momm mit den merkwürdigsten Ansichten über Alfred Dungs' Schicksal in den Ohren gelegen. Sie hatte ihr erzählt, es habe einen fürchterlichen Krach zwischen dem alten Herrn Dungs und Alfred gegeben, sie wisse das aus bester Quelle, und nur deshalb sei Anton Dungs junior nach Paris gereist. Man solle zwar darüber nicht sprechen, aber sie wisse ganz genau Bescheid. Alfred Dungs habe sich in ein armes Mädchen verliebt und wolle es durchaus heirateten. Das wolle der Vater unter keinen Umständen zugeben, was man ihm gewiß nicht übelnehmen könne. Aber Alfred, der ja überhaupt nicht sei, wie es sich gehöre, bestände auf seinem Willen, und nun habe der Vater ihn enterbt. Jawohl, enterbt!

»Ja aber, mein Gott, Schwester Emma, das geht doch nicht so von einem Tag zum andern, das weiß ich doch auch!«

»Bei Anton Dungs junior geht das schon,« behauptete Schwester Emma, und soviel sie wisse, sei Alfred daraufhin nach Amerika ausgerissen, um sich dort eine neue Existenz zu gründen und dann das arme Mädchen hinüberzuholen, denn die müsse ihn wohl rein verhext haben.

Schwester Emma sprach immer wieder von diesem armen Mädchen, denn sie hielt es für ihre Pflicht, Helene Momm klaren Wein einzuschenken, damit sie nicht etwa immer noch glaube, Alfred werde zurückkehren und sie heiraten. Daran war ja gar nicht mehr zu denken nach allem, was sich ereignet hatte, und Helene Momm sollte nur so schnell wie möglich jeden Gedanken an ihn aus ihrem Herzen reißen.

»Fritz, packe meinen reinen Kragen ein, ich reise nach Paris‹! So hat er gesagt und auf den Tisch gehauen!« erzählte Schwester Emma.

»Ist denn Alfred Dungs in Paris?«

»Der?« Schwester Emma lachte. »In Amerika ist er, wie ich doch schon gesagt habe. Oder glaubst Du mir nicht mehr, Helene?«

Helene Momm beteuerte hoch und heilig, daß sie Schwester Emma jedes Wort glaube, das sei doch selbstverständlich. Aber sie wisse nur nicht, was das alles gerade mit Paris zu tun habe?

Schwester Emma wußte es auch nicht, aber das durfte sie unter keinen Umständen zugeben, denn sonst hätte ihr Helene überhaupt nicht geglaubt, auch das mit dem armen Mädchen nicht, was doch die Hauptsache war.

Schwester Emma machte zunächst einmal ein ganz geheimnisvolles Gesicht, und dann lächelte sie und dann stieß sie Helene an, um Zeit zu gewinnen, und fragte mehr gedehnt: »Das weißt Du wirklich nicht?«

Helene wurde ganz beunruhigt.

»Wohnt denn nicht Frau Anton Dungs junior in Paris?«

»Das ist richtig,« sagte Helene.

»Und sieht ihr denn nicht Alfred Dungs besonders ähnlich, hat er nicht auch so etwas ... etwas ... Spanisches?«

Helene nickte bestätigend.

»Nun siehst Du. Das ist doch alles sehr einfach. Frau Anton Dungs junior hat nämlich ihrem ungeratenen Sohn helfen wollen, und davon hat Herr Anton Dungs junior Wind bekommen und ist nach Paris gereist, um ihr das zu verbieten. Was sagst Du nun?«

Herrn Anton Dungs junior war derlei schon zuzutrauen, das mußte Helene zugeben. Der arme Alfred! Er tat ihr sehr leid, und sie hätte ihm gerne geholfen, wenn sie nur gewußt hätte, wie sie das anstellen könne. Und mochte er auch das arme Mädchen liebhaben, das war doch für sie gewiß kein Grund, ihn im Stich zu lassen, wenn sie ihm helfen konnte. Im Gegenteil, wo sie doch wußte, daß er ein armes Mädchen liebte, konnte niemand etwas Schlimmes dabei finden, wenn sie für Alfred Dungs eintrat und sich darum kümmerte, was aus ihm geworden sei, und ob man nicht etwas für ihn tun könne.

Aus solchen Erwägungen heraus war denn auch Helene Momm an dem Abend mit Damen in das Bürgerkasino gegangen, denn Schwester Emma hatte ihr berichtet, Anton Dungs werde auch da sein. Sie waren ja auch noch Schulkameraden gewesen, da konnte sie sich schon bei ihm nach Alfred erkundigen.

Es wurde Helene nicht leicht, zu dem Abend mit Damen ins Bürgerkasino zu gehen, wo doch das Trauerjahr kaum herum war und ihr das Herz wirklich nicht noch Tanz und Lustigkeit stand. Aber ihr Vater war sehr damit einverstanden, als sie ihn deshalb fragte. Er meinte sogar, es sei hoch an der Zeit, daß sie einmal wieder unter Menschen käme. Und dann tat sie es doch auch eines anderen wegen, dem man vielleicht nützlich sein konnte.

So war Helene Momm denn mit ihrem Vater in das Bürgerkasino gegangen und hatte die erste Gelegenheit benützt, um mit Anton Dungs in ein Gespräch zu kommen; und da sie doch nicht gleich von Alfred anfangen konnte, zog sich das Gespräch etwas in die Länge. So geschah es, daß sie gleich mit ihm tanzte, denn sie war noch nicht zu ihrem Ziel gelangt, und daß man nun im Bürgerkasino der Meinung war, aus Anton Dungs und Helene Momm werde wohl ein Paar werden.

Anton Dungs war kein guter Tänzer. Aber das schadete nichts, denn Helene Momm war an schlechte Tänzer gewöhnt, und außerdem war ihr das Tanzen heute Nebensache.

Anton fühlte sich auch ihr gegenüber viel freier, als es sonst jungen Mädchen gegenüber der Fall war. Er war ja nun ein selbständiger Mensch, der bewies, was er konnte. Hugo Momm respektierte ihn deshalb. Weshalb sollte er sich da noch vor seiner Tochter genieren? Dazu lag doch wirklich kein Grund mehr vor.

»Wie geht es Deinem Bruder?« hauchte Helene während des Tanzens.

Anton hielt einen Augenblick an, denn tanzen und sprechen zu gleicher Zeit war ihm ein bißchen viel auf einmal. Aber das Paar wurde so heftig gestoßen, daß sich Anton mit seiner Partnerin schleunigst wieder in Bewegung setzte. »Es geht ihm gut,« stammelte er. »Ausgezeichnet sogar, denn er ist ein fleißiger Student und will eine ganz neue Wissenschaft vom Stahl begründen.«

Anton lachte vergnügt, aber Helene lachte nicht mit. Was ging sie Adam an. Sie meinte den anderen Bruder.

»Das freut mich, daß es Adam so gut geht,« sagte sie. »Und was macht Alfred?«

Nun hörte Anton wieder auf zu tanzen und führte Helene Momm zu einer Bank, damit man sich vernünftig unterhalten könne, wenn ihr das schon lieber war als tanzen. Ihm war es jedenfalls lieber.

»Man hört so vielerlei in der Stadt über ihn,« sagte Helene, »und da wir doch zusammen zur Schule gingen…«

Anton zeigte plötzlich ein sorgenvolles Gesicht. Am liebsten hätte er ihr sein Herz ausgeschüttet, denn es mußte gut tun, aber es war ja Helene Momm, die Tochter von Hugo Momm, da mußte man vorsichtig sein. Er seufzte nur. Das sagte nicht viel und verpflichtete zu nichts.

Helene blickte ihn aufmunternd an.

»Was erzählt man sich denn?« fragte Anton vorsichtig.

Helene hätte ja nun auch am liebsten nicht viel gesagt, denn schließlich war Anton doch der Aelteste von Anton Dungs junior, und man konnte nicht wissen, wie er es aufnahm. Aber ihr Mitleid mit Alfred war denn doch stärker als alles andere und riß sie hin, ihm zu erzählen, was man in der Stadt von Alfred spreche, wobei sie nicht daran dachte, daß weniger die Stadt als Schwester Emma so sprach. Anton hörte aufmerksam zu. Eigentlich war es sehr nett von Helene Momm, so offen zu ihm zu reden und das alles zu sagen. Das war gar nicht, als ob sie Hugo Momms Tochter sei, die sich gerade vor einem Dungs zurückhalten müßte. Es gefiel ihm sehr gut, daß sie so offen war, und dann war es auch gut, zu wissen, was eigentlich die Stadt über Alfred sagte.

Da Helene so offen war, hatte er wohl keinen Grund, noch länger allzu verschlossen zu bleiben, und er berichtete ihr, was er wußte, und hielt auch nicht mit seiner Meinung hinter dem Berge, daß er Alfred nicht ganz unrecht geben könne, wenn er auf und davon sei. Es sei wirklich nicht immer leicht mit seinem Vater. Jetzt, wo er einmal ohne ihn arbeite, sähe er das so recht.

Daß Anton seinen Bruder nicht einfach verdammte, gefiel nun wieder Helene Momm sehr gut, und daß es offenbar nicht ganz so schlimm stand, wie man sich erzählte, erleichterte sie sehr.

Nun war bei Anton das Eis gebrochen und er dachte weniger an Alfred als an sich selbst, wenn er nun Helene Momm ausführlicher erzählte, wie schwer es oft mit seinem Vater sei.

Helene Momm hörte aufmerksam zu und meinte, das verstehe sie gut, denn auch mit ihrem Vater sei oft kein leichtes Auskommen. Sie seien hier wohl alle so, wenigstens die Väter.

Anton erklärte es ihr. Das liege eben daran, daß diese Väter ihr Geschäft selbst und ohne fremde Hilfe hochgebracht hätten. Deshalb verließen sie sich nur auf sich selbst und glaubten, sie allein verständen etwas von ihrem Geschäft und könnten es auf der Höhe halten, wie sie es hochgebracht hätten. Daß die Kinder auch noch da seien und auch etwas gelernt hätten, daran dächten sie nicht.

Helene Momm, die viel gelesen hatte, solange ihre Mutter noch lebte, setzte Anton auseinander, das sei überall so in der Welt, dieser Kampf zwischen Vätern und Söhnen. Das interessierte Anton sehr und wunderte ihn nicht wenig, und er sah mit Respekt auf Helene, die das alles wußte. Ein nettes und vernünftiges Mädchen, mit dem sich reden ließ. Er verriet ihr, wie er mit dem Gedanken umgehe, seinen Vater zu bitten, sowie er aus Paris zurück sei, ihm irgendeine der Fabriken zur selbständigen Leitung zu übertragen. Entweder das Stammwerk hier, was er aber wohl nicht tun würde, oder eins der Schwesterwerke in der Nähe, denn wie ein fünftes Rad am Wagen möge er sich auch nicht länger fühlen.

Helene nickte eifrig und beifällig und ließ Anton reden. Es freute sie, daß er so offen zu ihr war, gerade zu ihr, der Tochter von Hugo Momm. Sie wußte das zu schätzen. Aber noch lieber wäre es ihr gewesen, er hätte noch etwas über Alfred gesagt. Selbst direkt danach fragen, das ging nun leider nicht, wo er doch so ausführlich von sich selbst sprach.

Als Anton geendet hatte, war er sehr zufrieden mit Helene Momm, die so gut zuhören konnte. Die jungen Mädchen waren sonst doch wirklich nicht so. Und dann verabredeten sie gleich noch einen späteren Tanz miteinander.

»Wir brauchen ja nicht immer zu tanzen,« meinte Helene, »ich tue das heute auch gar nicht sehr gerne, wo doch meine Mutter kaum ein Jahr tot ist. Wir können uns ja zwischendurch ein wenig unterhalten.«

Anton war das sehr recht, und er fand es sehr hübsch, daß Helene Momm so pietätvoll war und ihre Mutter nicht vergaß.

Anton tanzte nun auch mit anderen jungen Mädchen, wie es sich gehörte. Aber er fand, es war doch ein großer Unterschied zwischen ihnen und Helene Momm. Helene tanzte mit anderen jungen Männern, wie es sich gehörte, aber sie fand ebenfalls, es sei doch ein Unterschied zwischen ihnen und Anton Dungs, mit dem sie wenigstens über Alfred reden konnte.

Als dann der verabredete Tanz kam, freuten sich beide und tanzten eigentlich nur der Form wegen ein bißchen, um sich dann wieder auf eine Bank zu setzen und zu plaudern.

»Hat denn Alfred gar nichts von sich hören lassen, hat er auch Dir keine Nachricht gegeben?« fragte Helene.

Anton lächelte geheimnisvoll.

»Er hat Dir geschrieben?« sagte Helene.

Anton lächelte wieder und sagte, gestern habe er in seiner Privatwohnung eine Postkarte von Alfred vorgefunden, und er wolle sie ihr zeigen, wenn sie ihm verspreche, mit niemand darüber zu reden.

Das versprach Helene, und Anton zog eine Postkarte aus seinem Gehrock, die recht zerknittert war. So, als hätte Anton sie seit gestern immer bei sich getragen.

Helene las, äußerlich ganz ruhig, die Postkarte, während ihr Herz aber bedenklich laut klopfte, und dann hielt sie die Karte noch einen Augenblick in der Hand, bis sie sich ruhiger fühlte. Sie gab Anton die Karte zurück und meinte, es müsse doch auch für ihn eine rechte Beruhigung sein, daß Alfred so munter schreibe und sich offenbar ganz wohl fühle.

Anton sagte, darin habe Helene ganz recht, und er hoffe, sich bald auch wohler zu fühlen, wenn er sich erst selbständig gemacht habe. Das war nun einmal das Thema, das ihm unausgesetzt im Kopfe herumging.

Als es dann Zeit wurde, nach Hause zu gehen, begleitete Anton Herrn Hugo Momm und seine Tochter noch ein Stück, denn sie wohnten ja gar nicht weit auseinander, und Hugo Momm schien das nur recht zu sein.

Am andern Morgen stellte sich Schwester Emma schon recht früh ein, denn sie war sehr neugierig, wie der Abend mit Damen im Bürgerkasino wohl verlaufen war. Helene erzählte ihr denn auch alles ganz ausführlich. Nur von Alfred Dungs sprach sie nicht.

»Hat denn Anton Dungs nicht von seinem Bruder gesprochen?« fragte Schwester Emma verwundert. »Das gehört sich doch nicht, daß Anton ihn ganz vergißt, wo er nun allein im Glück sitzt.«

Helene sagte, Anton habe über seinen Bruder gesprochen, aber nicht viel.

»Das kann ich mir denken,« sagte Schwester Emma, »viel Staat ist ja nicht mehr mit ihm zu machen.«

Da wurde Helene zornig und sagte, es gehe ihm sehr gut, und es sei gar kein Grund vorhanden, daß sich Anton seines Bruders schäme.

»So? Woher weißt Du denn das?«

Sie wisse es, und mehr dürfe sie nicht sagen.

Er sei ja wohl Kellner geworden oder so etwas in New York, habe sie gestern abend gehört, meinte Schwester Emma.

Das sei nicht wahr, das sei einfach gelogen! rief Helene Momm empört. Wie man nur so etwas sagen könne! Es gehe ihm sehr gut und er kaufe große Zuckerplantagen.

»Zuckerplantagen?« sagte Schwester Emma erstaunt, als habe sie nicht recht gehört.

»Jawohl, Zuckerplantagen!«

»Da ist er wohl gar unter die schwarzen Heiden gegangen!« rief Schwester Emma entsetzt. »Das sieht ihm ähnlich!«

Helene Momm schwieg, denn sonst hätte sie Schwester Emma ganz unangenehme Dinge gesagt. Sie war ja wirklich unausstehlich heute.

»Da hat er wohl sein armes Mädchen schon bei sich?« fragte Schwester Emma. »Mitten unter den Wilden?«

Davon wisse sie nichts, entgegnete Helene Momm kühl. Wie konnte Schwester Emma nur denken, sie werde mit Anton Dungs über so etwas reden.

Diesmal gingen die beiden sehr viel weniger herzlich auseinander als sonst, und sie mieden einander in den nächsten Tagen.

Sie ist ja wohl rein nicht mehr bei Verstand, daß sie dem Alfred Dungs, dem Taugenichts, noch so das Wort redet, dachte Schwester Emma indigniert. Helene Momm aber fand, sie habe nie geglaubt, daß Schwester Emma so häßlich über einen Menschen reden könne, bloß weil es Alfred Dungs sei. Und was das arme Mädchen anlange, so sei es sicher nicht zu bedauern, wenn Alfred Dungs es liebhabe.

Helene Momm wurde nun doch wieder recht traurig, wenn sie daran dachte, daß sie nun wahrscheinlich miteinander sehr glücklich seien. Sie kannte natürlich auch die Frau Oberst von Beetzow und wußte schon durch Schwester Emma, daß es sich um eine Schwester der Frau Oberst handle. Sie hätte wohl ganz gerne einmal bei Gelegenheit die Frau Oberst nach ihrer Schwester gefragt. Aber die Frau Oberst war so ganz anders als die Leute hier, da traute sich Helene Momm nicht. Hingegen wußte sie es so einzurichten mit ihren Besorgungen in der Stadt, daß sie zuweilen in der Nähe von Anton Dungs' Privatwohnung vorbeikam. Vielleicht würde er ihr einmal begegnen und sie ansprechen, so daß sie wieder etwas Neues über Alfred und seine Braut, wie sie sie jetzt nannte, erfuhr.

Aber sie begegnete Anton Dungs nicht und hörte auch sonst nichts von ihm, denn ihren Vater mochte sie nicht nach ihm fragen. Er sah ihn ja wohl häufiger im Bürgerkasino und sprach dann wohl auch das eine oder andere Wort mit ihr über ihn am anderen Morgen. Aber er sprach nur von ihm als Geschäftsmann, und daß er sich tüchtig herausmache und Anton Dungs junior mehr Glück mit ihm habe als Verstand, wenn man bedenke, wie wenig Bewegungsfreiheit er bisher seinem Aeltesten gegönnt habe. Ueber Alfred verlor der Vater nie ein Wort. Es war ja wohl fast wie eine Schande für die ganze Stadt, daß er sich nicht mehr sehen ließ.

Helene Momm war wieder einmal bei Anton Dungs' Wohnung vorübergegangen, denn sie hatte so das Gefühl, als müsse sie ihn heute treffen. Sie war recht niedergeschlagen, daß ihr Gefühl sie getäuscht hatte, und da sie doch einmal unterwegs war, ging sie gleich noch ein paar Schritte weiter dem Bahnhof zu, und hier traf sie Anton Dungs, wie er sehr eilig dem Bahnhof zustrebte. Als er sie sah, kam er über die Straße und begrüßte sie.

»Du arbeitest zu viel, Anton,« meinte Helene. »Man sieht es Dir an. Du solltest Dich ein wenig schonen.«

Anton erklärte, das sei es nicht, die Arbeit mache ihm nichts, die sei gesund, aber sein Vater komme jetzt zurück aus Paris und habe ihm telegraphiert, er möge ihn von der Bahn abholen. Das sei es, weshalb er nicht gut aussähe, denn nun werde es wohl nicht ohne Streit abgehen, wenn er seinem Vater erkläre, er wolle nun auch sein Teil Arbeit für sich, für das er allein verantwortlich sei.

Anton sprach kein Wort über Alfred, also würde er wohl nichts Neues von ihm gehört haben. Und da Helene merkte, wie zerstreut er war und es eilig hatte, nach dem Bahnhof zu kommen, verabschiedete sie sich schnell von ihm und wünschte ihm nur noch alles Gute.

Anton bedankte sich dafür, denn gute Wünsche könne er brauchen, zog den Hut und machte, daß er zum Bahnhof kam.

Frisch und guter Dinge sprang Anton Dungs junior aus seinem Waggon und schüttelte seinem Aeltesten kräftig die Hand.

»Nun, wie geht es?«

»Ganz gut geht es,« sagte Anton zurückhaltend.

»Es ist doch nichts passiert?« fragte der Vater hastig und besorgt.

»Du meinst in der Fabrik?«

»Wo denn sonst?« fragte Anton Dungs junior.

»Da ist alles seinen guten Gang gegangen,« erwiderte Anton. »Deshalb brauchst Du Dir keine Sorgen zu machen.«

»So ist es recht. Es war ja auch wohl eine stille Zeit,« meinte der Vater befriedigt.

Nicht ohne Widerstreben mußte Anton das zugeben.

Anton Dungs lachte leise und verschmitzt. »Es war wirklich gut, daß ich nach Paris fuhr.«

Anton schwieg.

»Sie hatten das wirklich recht geschickt angefangen, Adele und Alfred.«

»Hast Du sie gesehen?«

»Ich werde mich hüten! Nein, so dumm bin ich nicht. Daß sie vor der Zeit Wind bekommen. O nein! Das könnte ihnen passen!«

Anton Dungs junior rieb sich behaglich und eilig die Hände. Er machte wieder ein ganz verschmitztes Gesicht. »Ich sage Dir, wer zuletzt lacht, der lacht am besten, und nun lache ich doch zuletzt.«

8. Kapitel

Lotte von Karst war ein wenig blaß und recht ernst geworden, was ihr Vater mit großer Unruhe und mit Mißbehagen bemerkte. Er hatte ja gerade die unbesorgte Frische und Fröhlichkeit an ihr besonders geliebt. Aber er machte keine abfälligen Bemerkungen darüber, trotzdem ihm diese Zurückhaltung nicht leicht fiel. Es war ja, wenn man es recht betrachtete, kein Wunder, daß sie allmählich ihre Frische und Fröhlichkeit verlor. Was war das für ein vertrackter Brautstand, den sie führte! Er hatte es ja immer gedacht und auch oft genug gesagt, daß es gar nichts taugt, wenn sich Menschen aus verschiedenen Gesellschaftsschichten ineinander verlieben oder gar einander heiraten wollen. Das hatte sie nun davon; und nun, wo es zu spät war, machte er sich heftige Vorwürfe, den beiden auch nur so weit entgegengekommen zu sein. Daß er auf seine alten Tage noch so schwach geworden war! Wenn ihm das jemand vorausgesagt hätte! Nie und nimmer hätte er das geglaubt. Aber Lotte war nun einmal sein Verzug. Er kannte sie ja und wußte, wenn sie sich einmal etwas in den Kopf gesetzt hatte, dann ließ sie nicht so leicht davon. Da hatte er Schwachkopf lieber gleich nachgegeben, statt sie wieder zur Raison zu bringen und, wenn das nicht gelang, seine väterliche Autorität auszuspielen. Wenn er nun diesen Herrn Dungs einfach aus dem Hause geworfen hätte und Lotte einfach verboten, auch nur an ihn zu denken? Es wäre immer noch besser gewesen als der Zustand, in dem sie sich nun befand. Sie hätte ihm gezürnt, sie wäre böse mit ihm gewesen und hätte eine Zeitlang geschmollt oder dergleichen. Aber mit der Zeit wäre sie wohl wieder gut geworden, hätte die Dummheit vergessen, – und jetzt? Jedenfalls hätte sie sich jetzt nicht mehr mit Sorgen um diesen Herrn Dungs herumschlagen müssen, der nun schon fast ein Jahr lang fort war und nur selten von sich hören ließ.

Gewiß, Java ist weit, und er saß ja auch nicht in der Hauptstadt, von wo ein etwas geordneter Postverkehr möglich gewesen wäre. Er saß ja auf dem Land mitten unter den Wilden, weit, weit ab von jedem europäischen Verkehr. Aber dann hätte er sich eben nicht verloben sollen. Das tut man unter solchen Umständen doch nicht, wenn man ein gewissenhafter Mensch ist. Was er sich eigentlich dabei dachte? So springt man doch nicht mit einer Karst um!

Aber der Alte ließ nichts laut werden von all diesen Gedanken, gar nichts. Nur wurde seine Stimmung dabei nicht besser, und die Arbeiter und Bauern fanden, daß es offenbar nicht mehr ganz richtig mit ihm war im Kopf, weil er mit ihnen gar so viel spektakelte und man ihm gar nichts mehr recht machen konnte.

Dabei war die Ernte in diesem Jahr so gut ausgefallen wie schon lange nicht mehr. Auch der Alte hätte also allen Grund gehabt, zufrieden zu sein. Aber wenn einem die Jahre zu Kopf steigen, dann ist eben nichts mehr zu machen.

Auch mit Hans von Karst war eine Veränderung vor sich gegangen, seitdem er Alfred Dungs kennen gelernt hatte. Aber da sein Vater sowieso schon mürrisch und unzugänglich war, wagte er nicht, mit ihm davon zu reden, obwohl es allmählich Zeit wurde. Er sollte nämlich zum Herbst bei den »Maikäfern« eintreten, wo die Karsts seit altersher gedient hatten. Er wollte aber nicht, ihm schien es viel reizvoller zu sein, wie Alfred Dungs ins Ausland zu gehen und dort etwas zu werden. Es behagte ihm gar nicht auf seiner Klitsche, und es erschien ihm fürchterlich, wohl gar immer auf ihr bleiben zu müssen wie sein Vater. Da war doch das Leben eines großen Kaufmanns ganz etwas anderes. Die Welt sehen, sich mit fremden Völkern herumschlagen, das wäre nach seinem Geschmack gewesen. Und wenn nun Alfred Dungs sein Schwager wurde, so würde ihn der vielleicht in Java gebrauchen können. Er hatte sich alles, was er nur über die niederländischen Kolonien erreichen konnte, gekauft und studierte eifrig über solchen Büchern. Je mehr er sich hineinlas, um so verlockender erschien ihm sein Plan. Ein Glück nur, daß sich der Alte so gar nicht um ihn kümmerte in all der Zeit.

Sowie Alfred Dungs zurück war, würde er mit ihm reden. Bis dahin hieß es, fleißig arbeiten und den Mund halten, denn dem Alten würde er wohl für verrückt gelten, wenn er ihm mit seinen Plänen käme.

Die eigentliche Schuld an dieser Wandlung hatte aber gar nicht Alfred Dungs, sondern die Dengerns, namentlich der Graf, sein Schwager, der sich auf seine freiheitlich-fortschrittliche Gesinnung sehr viel zugute tat und so viel davon zu reden wußte, wie töricht es vom Adel sei, die jetzige Konstellation in Deutschland nicht zu nützen und sich mit aller Kraft auf die Industrie zu werfen. Henckel-Donnersmarck und Fürst Fürstenberg mußten bei solchen Gesprächen herhalten als Exempel, wohin man es bringen könne, wenn man modern sei und zugreife wie sie. Das war doch ein anderes Leben, als einige Jahre Leutnant spielen und dann auf seiner Klitsche versauern; zumal in einer Zeit, wo es keine Kriege mehr gäbe, wie wenigstens Graf Dengern behauptete; eine Behauptung, für die er ja die Entwicklung der letzten vierzig Jahre für sich hatte. Und wenn der alte Karst dann ärgerlich auf den Russisch-Japanischen Krieg und dergleichen hinwies, so lächelte der Graf ein wenig impertinent und behauptete, das seien reine Geschäftskriege und weiter nichts. Andere Kriege würde es überhaupt nicht mehr geben. Solche Geschäfts- und reine Kolonialkriege als Soldaten mitzumachen, sei aber gar nicht die Aufgabe eines modernen Adels, das sei seiner gar nicht würdig. Es sei seiner viel würdiger, bei solchen Kriegen die Geschäfte zu machen und sie nicht andern zu überlassen. Graf Dengern liebte dergleichen ungewöhnliche Aperçus und versteifte sich um so heftiger auf ihre Wahrheit, je einseitiger sie klangen, und je mehr sie von den andern bekämpft wurden.

Wenn Alfred Dungs nur endlich wiederkäme.

Hans von Karst hätte sehr gerne mit Lotte über seine Pläne und Absichten gesprochen, aber er traute sich auch ihr gegenüber nicht recht. Er wußte nicht genau, ob sie nicht mehr der Ansicht ihres Vaters huldigte als der ihres Schwagers, den sie seit einiger Zeit gar nicht mehr leiden mochte. Und dann würde sie ihn beim Vater verklatschen.

Hans von Karst trat ans Fenster. Natürlich, Lotte machte sich schon wieder auf dem Hof zu schaffen, um nur ja den Briefträger zuerst abzufangen. Der war ihr ja nun schon lange die wichtigste Persönlichkeit in der ganzen Gegend, der alte Landbriefträger Schrenk, der es mit seinen Siebensachen gar nicht eilig hatte. Endlich kam er durchs Hoftor gehumpelt, aber Lotte tat, als habe sie es gar nicht bemerkt.

Der alte Schrenk ging direkt auf sie zu, grüßte militärisch und händigte ihr die Post aus. Es war diesmal nicht viel, nur ein paar Zeitungen und ein Brief. Auf seine Augen konnte sich Hans von Karst verlassen.

Lotte schien der Post auch keine größere Bedeutung beizumessen, denn sie schlenderte mit ihr recht langsam ins Haus.

»Es ist nur ein Brief von Ise gekommen,« sagte sie zu ihrem Vater, der ihr entgegenkam.

»An mich oder an Dich?«

Erst jetzt sah Lotte genauer zu und sagte: »An Dich.«

»Dann wollen wir doch gleich einmal sehen, was los ist.« Der Alte nahm sie mit in sein Zimmer, setzte sich eine gewaltige Hornbrille auf und öffnete den Brief.

»Soll ich ihn Dir vorlesen?« fragte Lotte.

»Er ist ja nicht sehr lang,« meinte der Alte, »das bringe ich noch selber zustande.«

Er begann zu lesen und sagte: »Du, sie werden versetzt, schreibt sie. Sie scheinen sehr glücklich darüber zu fein. Nach Berlin sollen sie kommen.«

»Sie hat sich da unten nie wohl gefühlt,« sagte Lotte leise.

»Hör' mal, das hier scheint besonders für Dich bestimmt: Es interessiert Lotte vielleicht, zu hören, daß der älteste Dungs sich mit Helene Momm verlobt hat. Hier ist die ganze Stadt voll davon. Lotte wird Dir erklären können, warum. Sie interessierte sich ja einst ein wenig für diese Familie, und ich bin auch schon so verbauert, daß ich davon schreibe, denn es ist das größte Ereignis seit langem.«

»Wann werden sie denn voraussichtlich versetzt?« fragte Lotte.

»Ise nimmt an, zum Herbst.«

Lotte versuchte zu lächeln. »Dann hast Du uns alle ja wieder ganz in der Nähe.«

Der Alte legte die Hornbrille beiseite und sagte: »Interessiert Dich das mit diesem Anton Dungs?«

»O ja, er ist ja der ältere Bruder von Alfred.«

Der Alte seufzte. »Ich wollte, die ganze Gesellschaft interessierte Dich nicht mehr!«

»Aber, Papa!«

»Nun ja, was hast Du davon?«

»Alfred schrieb neulich, er werde nun bald wieder hier sein.«

»Ich weiß. Aber was dann, Lotte?«

»Wir werden ja sehen, Papa!«

»Ise schreibt fast ein wenig ironisch über die Dungs, findest Du nicht auch?«

»Sie nimmt an, ich habe Alfred Dungs längst vergessen, Papa, deshalb tut sie das.«

»Leider hat sie ja wohl nicht recht?«

»Nein, Papa, sie hat nicht recht. Aber ich bin froh, daß sie es nicht weiß. Was sie mich sonst wohl schon geplagt hätte dies ganze Jahr über!«

»Und Dengerns haben wir auch nicht informiert,« sagte der Alte vorwurfsvoll.

»Hatte ich nicht recht, als ich Dich damals darum bat? Sie waren durchaus nicht nett zu Alfred Dungs, als sie merkten, er sei nicht mehr ein Herz und eine Seele mit seinem Vater.«

»Dann hätte ich in ihnen doch eine Hilfe!« meinte der Alte.

Lotte lächelte müde. »Du meinst, eine Hilfe gegen mich, nicht wahr?«

»Du reibst Dich ja auf, Lotte, das ist er ja gar nicht wert!«

»Wie kannst Du das sagen, Papa!«

Sie trat zum Fenster und rief: »Ein Telegraphenbote!«

»Die sind doch seit einem Jahr nichts Neues mehr hier, daß Du Dich so zu verwundern brauchst!« knurrte der Alte.

Sie sah ihn fragend an.

»Also geh' schon und hol' Dir Dein Telegramm. Wir anderen kriegen ja doch keine.«

Lotte lief aus dem Zimmer und kam schon nach einer Minute ganz atemlos wieder herein. »Er ist schon in London!« rief sie und war hochrot.

»Na also, da werden wir ja bald den Vorzug haben,« knurrte Herr von Karst.

»Es steht alles gut, telegraphiert er,« sagte Lotte und fiel ihrem Vater weinend um den Hals und küßte ihn immer wieder.

Mein Gott, wie leidenschaftlich, wie erregt das dumme Ding ist, dachte der Alte. Das ist ja schrecklich.

Hans klopfte an und trat ein. »Ich sah den Telegraphenboten,« sagte er wie zur Entschuldigung.

Lotte schlang nun die Arme um ihren Bruder und küßte ihn. »Er ist schon in London,« sagte sie, »er wird also bald hier sein.«

»Dann gratuliere ich herzlich,« entgegnete der Bruder. »Das war wirklich nicht mehr länger zum Ansehen, Lotte!«

»Aber ich habe doch gar nichts gesagt!« sagte Lotte mit lachendem Gesicht, während ihr noch die Tränen in den Augen standen.

»Eben deshalb war es nicht mehr zum Ansehen!« antwortete der Bruder.

»Er hat ganz recht,« knurrte der Alte.

»Wie gut Ihr zu mir seid, und wie viel Geduld Ihr mit mir gehabt habt die ganze Zeit,« meinte Lotte ganz beschämt.

»Was soll man machen, wenn man Dich so sieht,« sagte Hans, packte sie und schwang sie im Kreise. »Jetzt hört das aber auf, jetzt bist Du wieder die lustige Lotte.«

»Ich bin ja so glücklich!« stammelte sie.

Der Alte war doch ein wenig konsterniert. Die ganze Zeit war sie so ruhig gewesen, und nun diese Leidenschaftlichkeit. Wie konnte sie nur, gerade sie, ihr Herz so völlig verlieren. Der Alte ächzte vernehmlich.

»Papa, geh', sei lieb. Nun wird ja alles gut.«

Der Alte brummte etwas und verließ sein Zimmer. Er hatte im stillen doch gehofft, sie werde Vernunft annehmen, wo der Mensch nun schon fast ein Jahr fort war. Er hatte gehofft, sie werde ganz von selbst einsehen, daß dies auf die Dauer einfach nicht ging, und deshalb sei sie so blaß und still geworden. Und nun war es doch die alte Geschichte. Durfte er nun noch seine väterliche Autorität dagegen in die Wagschale werfen? Er hatte doch wieder eben erst ganz deutlich mit ansehen müssen, wie tief es bei ihr saß.

Am Nachmittag kam schon wieder ein Telegramm.

»Telegraphiere ihm, er soll das gefälligst lassen, er macht uns ja lächerlich.«

»Aber Papa, das Telegramm ist ja gar nicht von Alfred Dungs!«

»So? Von wem denn?«

»Von seiner Mutter.«

»Das wird ja immer schöner!« rief der Alte ernstlich erzürnt. »Kann die Dame nicht schreiben, wenn sie Dir etwas zu sagen hat? Wir sind hier doch nicht in einem Handelskontor!«

Lotte trat zu ihm und streichelte ihn. »Aber, Papa, warte doch mit Deinem Aerger, bis Du erst weißt, weshalb sie telegraphiert.« Sie lächelte ihn an.

»Du bist, weiß Gott, schon wieder gerade so … so dreist wie früher,« sagte Herr von Karst und versuchte, recht böse dreinzusehen, was ihm aber nur schlecht gelang.

»Sie telegraphiert nämlich, sie sei unterwegs hierher.«

»Was?« Herr von Karst sprang auf. »Kommt uns denn die ganze Familie über den Kopf? Das wird ja immer schöner!«

Hans von Karst amüsierte sich köstlich über die Art seines Vaters. Wie wild er tat, und war von Lotte doch um den Finger zu wickeln. Wie sie das nur anstellte? Es war einfach fabelhaft. Aber gerade deshalb tat er so wild. Er wußte, daß es ihm nichts nützte.

»Was mag das nun wieder für eine Dame sein?« stöhnte Herr von Karst.

»Ich weiß es wirklich nicht, Papa.«

»Und wann wird sie hier sein?«

»Das weiß ich auch nicht, Papa.«

»Dann hätte sie das doch vor allem telegraphieren sollen, wenn sie schon telegraphiert!« Der Alte brummte etwas von Weibern, die nicht wüßten, was sich gehöre. Aber Lotte tat einfach so, als ob sie es nicht hörte.

»Ich gehe nicht auf die Bahn, darauf kannst Du Dich verlassen,« sagte Herr von Karst, »wenn sie nicht einmal den Zug angibt …«

Lotte schwieg.

»Und Du läufst mir auch nicht zu jedem Zug, verstehst Du? Sie soll gefälligst mitteilen, wann sie ankommt, wenn sie uns schon beehren will.«

»Das tut sie wohl auch noch,« beschwichtigte Lotte.

»Also noch ein Telegramm zu erwarten!« stöhnte Herr von Karst.

Aber es kam kein Telegramm, sondern am anderen Morgen gegen elf Uhr fuhr ein sehr mondaines Auto, ausgestattet wie ein Boudoir, ein wenig ächzend über die bösen Wege langsam in den Hof. Das war hier noch ein seltener Anblick, und so stand denn vor dem Tore die ganze Jugend der umliegenden Dörfer, und auf dem Hof sammelte sich alles, was irgend abkommen konnte von Knechten und Mägden, ebenfalls in einem Augenblick um das fauchende Ungeheuer.

»Man meint, die Komödianten kämen!« brummte Herr von Karst und hängte sich weit zum Fenster hinaus.

»Aber Papa, Du mußt doch mit hinunter kommen!« sagte Lotte erregt.

»Fällt mir ja gar nicht ein!« brummte der Alte, »erst will ich wissen, was sich da eigentlich aus den Decken und Tüchern heraus entwickelt. Vorläufig sieht es noch aus wie eine Vogelscheuche, und Du weißt, alte Weiber kann ich nicht leiden.«

Mit dem Papa war wirklich nichts anzufangen, und so eilte denn Lotte schleunigst auf den Hof, wo Hans von Karst gerade an das Auto trat.

» *Un moment, monsieur*, gleich sind wir so weit,« sagte Madame Adele, warf die letzte Decke von sich und ließ sich von ihrem Diener Jean die Schleier vom Hut lösen.

»Angenehme Wege haben Sie,« meinte sie derweil zu Hans von Karst. »Ich bin wirklich froh, den Vicomte daheimgelassen zu haben.«

Hans von Karst verbeugte sich. Das schien ja wirklich eine kuriose Dame zu sein.

Nun stand auch Lotte am Wagenschlag.

» *Bon jour, ma petite*, einen Augenblick noch, gleich bin ich so weit. Jean, klopfe die Decken aus, sie haben es nötig, und Jacques soll sofort die Maschine nachsehen, hören Sie?«

Der Chauffeur nickte.

»Es wäre kein Wunder, wenn sie streikte und den Kampf mit diesen horriblen Wegen endgültig aufgäbe.«

Hans von Karst half der Dame, die nun sehr stattlich aussah, galant aus dem Wagen. Madame Adele blieb einen Augenblick prüfend vor Lotte stehen, dann faßte sie Lotte an der Schulter, zog sie näher zu sich und küßte sie auf beide Wangen.

»Alfred hat mir viel von Ihnen erzählt, aber Sie sind eigentlich noch hübscher, als ich erwartet habe.« Madame Adele küßte Lotte auf die Stirn. Lotte küßte ihr die Hand.

»Ihren Arm, bitte,« wandte sie sich an Hans von Karst. So schritten sie, Madame Adele in der Mitte, dem Hause zu. Der Alte war vom Fenster verschwunden.

»Darf ich mir erst einmal bei Ihnen die Hände waschen, *petite*?«

Lotte nahm Madame Adele mit auf ihr Zimmer.

Kaum waren sie dort, zog Madame Adele Lotte auf ihren Schoß. » *Pauvre petite*, Sie haben viel Kummer gehabt. Das arme Herz! Aber nun ist das vorbei. Nun werden wir alle sehr vergnügt sein. Anton Dungs junior« – sie verzog den schönen Mund – »er soll es büßen, daß er schuld ist an so viel Sorgen.«

Madame Adele machte ein wenig Toilette und erzählte Lotte derweil, wie sie schon längst vorgehabt habe, sie aufzusuchen, aber bisher nicht dazu gekommen sei.

»Ich war sehr eifersüchtig, *ma petite*.«

Lotte lächelte leise. Eine originelle Dame, diese Mutter Alfreds.

Madame Adele erzählte weiter, wie sie dann den Besuch aufgeschoben habe, bis sie wußte, daß Alfred auf dem Heimweg sei.

»Es tut mir so leid, wenn ich traurige Menschen sehe, *petite*, und Sie sind gewiß recht traurig gewesen, daß er so lange fortgeblieben ist, nicht wahr?«

Eine Antwort Lottes wartete sie gar nicht ab, sondern bemerkte, nun sei sie hier, um Lotte zu entführen. Alfred müsse nämlich von Antwerpen gleich nach Maastricht fahren, wo die Kuferaths ihr Domizil hätten, und dorthin wolle sie ihm nun die Braut bringen, damit er gleich eine hübsche Ueberraschung habe.

Lotte erschrak ein wenig.

»Sie brauchen sich gar nicht zu fürchten, *petite*, ich bin ja bei Ihnen.«

»Aber mein Papa,« wandte Lotte zaghaft ein.

»Ihr Papa? Ist er sehr alt und altmodisch?«

Lotte lächelte.

»Alte Männer sind mir im allgemeinen nicht sehr sympathisch, namentlich, wenn sie nicht Franzosen sind.«

Nun mußte Lotte lachen. Alfreds Mutter war wirklich recht originell, und es reizte sie, trotzdem es sich gewiß nicht schickte, aber es ging nicht anders, sie mußte es sagen: »Papa mag übrigens ältere Damen im allgemeinen auch nicht sehr gerne.«

»So, so, da hat er recht, das gefällt mir an ihm. Dann werde ich schon mit ihm fertig werden,« erwiderte Madame Adele.

Lotte küßte Madame Adele, um Verzeihung bittend, die Hand.

»Aber, *petite*, ich liebe es sehr, wenn man offen zueinander ist, wo es not tut, und jetzt tut es doch not, damit ich bei Ihrem Papa erreiche, worauf es mir ankommt. Da müssen wir schon offen sein und zusammenhalten, nicht wahr?«

Lotte fand Madame Adele, die immer noch mit ihrer Toilette beschäftigt war, außerordentlich nett. Aber wie ihr Vater sie finden würde, davor fühlte sie doch ein leises Bangen.

»Also, *ma petite*, nun gehen wir gleich in die Höhle des Löwen, nicht wahr? Ich meine, zu Ihrem Papa. Ich habe keine Angst vor ihm, Sie brauchen gar nicht so ängstlich dreinzusehen. Ich war mit Anton Dungs verheiratet, das dürfen Sie nicht vergessen. Schlimmer wird Ihr Papa auch nicht gut sein können.«

Lotte lachte laut und von Herzen. Es ging wirklich so etwas Angenehm-Natürliches und Keckes von Madame Adele aus.

» *Allons, petite!*«

Herr von Karst erhob sich steif und förmlich von seinem Stuhl und musterte die Dame sehr kritisch unter seinen dichten Brauen hervor.

Madame Adele ließ sich eine ganze Weile ruhig betrachten und streckte ihm die Hand hin. » *Mon cher baron*, nun werden Sie wohl wissen, wie ich aussehe, denke ich. Ich für meine Person freue mich, Sie kennen zu lernen, was Sie Ihrerseits aber noch gar nicht zu sagen brauchen.«

Herr von Karst küßte ihr, leise lächelnd, die Hand.

»Ich glaube, Madame...«

»Bitte, sagen Sie noch nichts, *Monsieur le baron*, Sie bereuen es sonst gleich wieder, denn ich werde Ihnen gleich sehr unangenehm sein müssen.«

Er sah sie fragend und verwundert an.

»Ich will Ihnen nämlich Ihre Kleine entführen,« sagte Madame Adele, direkt auf ihr Ziel losgehend.

Der Alte machte mit eins wieder ein sehr zugeknöpftes Gesicht.

»Sehen Sie, ich wußte es ja, man soll nichts übereilen, auch ein Kompliment nicht,« meinte Madame Adele seelenruhig.

Um die Lippen des Alten zuckte es wieder verräterisch.

»Es ist wohl am besten, wir setzen uns, *cher baron*, im Sitzen wird man nicht so leicht heftig. Man echauffiert sich nicht gerne in einem bequemen Stuhl, nicht wahr?«

Man nahm Platz, und Madame Adele setzte Herrn von Karst kurz auseinander, daß sie Lotte mit nach Maastricht zu nehmen gedenke, und erklärte ihm auch, aus welchen Gründen sie das für zweckmäßig halte.

Der Alte war einfach konsterniert über die Art dieser resoluten Dame, die die unglaublichsten Dinge in einer Weise vorbrachte, als handle es sich um das Selbstverständlichste von der Welt. Er hatte einige Mühe, um nicht heftig zu werden und grob. Aber etwas an der Art dieser Dame machte ihn wehrlos. Er war im allgemeinen mehr gefürchtet als geliebt. Daß diese Dame so gar keine Furcht zeigte, das machte ihn wehrlos.

Da er nicht grob werden konnte, meinte er ein wenig boshaft, Madame Adele möge ja vielleicht von ihrem Standpunkt aus nicht unrecht haben, aber das sei doch wohl ein französischer Standpunkt, und er sei nun einmal ein Deutscher und könne es nicht gutheißen, daß Lotte einen solchen Schritt tue, der ihm einfach unpassend vorkomme.

Madame Adele wandte sich an Lotte: »Sehen Sie, *ma petite*, was habe ich Ihnen gesagt? Genau so dachte ich es mir. Die Deutschen sind gar zu schwerfällige Leute.«

Der alte Karst meinte, das sei immer noch besser als das Gegenteil.

»Sie meinen leichtfertig, nicht wahr?« Wie Madame Adele ihn anblitzte.

Der Alte nickte bestätigend.

»Sehen Sie, *cher baron*, nun sagen wir uns schon Bosheiten. Dann haben wir das Schlimmste hinter uns. Und nun entschuldigen Sie mich einen Augenblick, und Ihr Sohn wird so liebenswürdig sein, mich in den Hof zu begleiten. Ich möchte nämlich meinen Chauffeur anweisen, nach Berlin zurückzufahren. Ich fahre dann heute abend mit der Bahn, wenn Sie mich durchaus schon heute wieder los sein wollen. Jedenfalls möchte ich mich nicht noch einmal Ihren Wegen hier aussetzen.«

Hans von Karst sprang auf, und Madame Adele rauschte an seinem Arm hinaus.

Lotte saß geduckt und ein wenig erschreckt auf ihrem Stuhl.

»Dem Jungen hat sie ja nun glücklich schon den Kopf verdreht!« brummte der Alte.

Lotte schwieg.

»Das ist ja ein ganz unglaubliches Frauenzimmer!« knurrte der Alte.

Lotte schwieg.

»Sie fällt uns ja ins Haus wie ein alter Feldwebel im Manöver!«

Er trat ans Fenster. »Und da draußen kommandiert sie jetzt wie'n Regimentskommandeur. So sage doch auch ein Wort, Lotte.«

Aber Lotte schwieg.

»Wie denkst Du denn eigentlich über ihren Vorschlag?«

»Aber, Papa, das kannst Du Dir doch denken!«

»Höchste Zeit, daß man den Sargdeckel über mir zuklappt,« brummte der Alte.

»Aber, Papa, ich bitte Dich.« Sie trat zu ihm.

»Es ist doch wahr!« rief Herr von Karst indigniert.

»So, *cher baron*, da wären wir wieder. Mein Kompliment, Ihr Sohn ist ein perfekter Kavalier.«

»Den Kopf haben Sie ihm verdreht,« knurrte der Alte.

»Ach, wirklich? Wie nett ist das.« Sie reichte Hans von Karst die Hand.

»Sie meinen sicher, ich solle mich darüber nicht mehr freuen, *cher baron*, nicht wahr? Ich sei nicht mehr jung genug dazu. Aber wissen Sie, darin bleiben wir Frauen immer jung. Wir lassen uns alle gerne ein wenig den Hof machen, auch wenn wir graue Haare bekommen. Alter schützt vor Torheit nicht, sagen Sie es nur, *cher baron*. Es steht deutlich auf Ihrem Gesicht geschrieben. Uebrigens, Sie könnten ja mitfahren, wenn Ihnen das lieber ist.«

»Ich?« Der Alte war sehr entsetzt. »Womöglich im Auto, nicht wahr? Damit meine alten Knochen vollends aus dem Leim gehen.«

»Wir fahren bis Aachen mit der Bahn. Von da ist es nur noch ein ganz kleines Stück mit dem Auto, ganz ungefährlich.«

»Ich danke bestens,« knurrte Herr von Karst.

»Dann geben Sie uns vielleicht Ihren Sohn mit, *cher baron*, wenn ich Ihnen nicht Schutz genug bin für Ihre Kleine.«

Hans von Karst strahlte.

»Daraus wird nichts,« sagte Herr von Karst energisch, und sein Sohn ließ betrübt den Kopf hängen.

Eine Weile schwiegen alle, dann meinte Madame Adele: »Also schön, *cher baron*, Sie haben meine Attacken bis jetzt erfolgreich zurückgeschlagen, das muß ich leider zugeben. Ich hatte das nicht erwartet. Sie halten das vielleicht für ein Kompliment für sich. Aber wir können ja einen Waffenstillstand eintreten lassen, wenn es Ihnen recht ist. Denn nun hätte ich eine Bitte an Sie.«

Herr von Karst ermunterte sie unsicher.

»Ich meine es ganz ehrlich, *cher baron*, ich möchte mir Ihr Gut ein wenig ansehen unter Ihrer Anleitung. Sie meinen, dahinter steckt eine Kriegslist? Ich versichere Sie, das ist nicht der Fall. Sie werden kein Wort von mir über Maastricht zu hören bekommen.«

Herr von Karst erhob sich und verließ mit Madame Adele das Zimmer.

»Das ist ja ein Prachtstück von einer Dame!« sagte Hans von Karst begeistert. »Darauf kannst Du Dich verlassen, die kriegt auch den Alten noch herum.«

»Meinst Du wirklich?«

»Darauf lege ich jetzt schon jeden Eid ab. So was Resolutes mag er, und sehr hübsch ist sie eigentlich doch auch. Oder findest Du nicht?«

»O ja, gewiß,« antwortete Lotte.

»Mehr braucht's doch bei dem Alten nicht,« behauptete der Bruder. »Ich ärgere mich nur darüber, daß ich nicht mit darf, ich hätte sehr gerne jetzt schon mit Alfred Dungs gesprochen.«

»Du?« fragte Lotte erstaunt.

Und nun setzte er seiner Schwester zu deren Entsetzen auseinander, was er vorhabe.

»Um Gottes willen, Hans, das ist fürchterlich für Papa!«

»Ich stecke mich hinter die resolute Dame, die wird es ihm schon mundgerecht machen,« sagte Hans.

»Mein Gott, Junge, auch das noch! Das ist zu viel für ihn!«

»Du brauchst Dich gar nicht aufzuregen, Lotte, ich werde ihm schon nicht mit der Tür ins Haus fallen, schon Deinetwegen nicht, darauf kannst Du Dich verlassen!«

»Wie kannst Du nur auf so eine Idee kommen?«

»Aber, Lotte, ich verstehe Dich nicht. Du willst einen Kaufmann heiraten, Du hast also doch gewiß keine Vorurteile, oder wie ich den Unsinn sonst nennen soll, und nun tust Du so?«

»Aber Papa wird mich auch dafür verantwortlich machen,« sagte Lotte verzweifelt.

»Wenn er schon jemand verantwortlich machen will, dann soll er dem Dengern damit kommen,« erklärte Hans gereizt. »Der predigt ja nichts anderes, wenn er hier ist.«

Hans erhob sich, nahm seine Schwester am Arm und ging mit ihr hinaus.

»Du scheinst Dir Alfreds Mutter zum Vorbild zu nehmen,« meinte Lotte.

»Tue ich auch. Und ich werde schließlich auch noch durchsetzen, was ich will.«

Lotte schüttelte traurig den Kopf. Der arme, alte Vater, was der noch alles erleben mußte!

»Solange das mit Dir und Alfred Dungs nicht ganz in Ordnung ist, rede ich kein Wort,« beruhigte Hans seine Schwester. »Meinst Du, ich wäre ein solcher Egoist? Ich wollte Euch die Situation verderben? So dumm bin ich schon nicht. Alfred Dungs kann mir ja bei meinem Vorhaben nur nützlich sein und helfen.«

Lotte sah ihren Bruder verwundert von der Seite an. Wie hatte sich der denn mit einemmal verändert? Nun ging ja schon wirklich alles aus den Fugen.

Bei Tisch meinte Madame Adele lächelnd: » *Cher baron*, Sie haben mich bei unserem Gang auf Herz und Nieren geprüft wie der liebe Gott, und als wäre ich ein kleines Mädchen, das zur ersten Kommunion vorbereitet werden soll; und ich will Ihnen nur gestehen, das war auch ein Grund, weshalb ich gerne für eine Weile mit Ihnen allein sein wollte. Ich dachte mir doch, daß es so ähnlich kommen würde, und ich verdenke Ihnen das als Papa auch gar nicht. Aber ich habe doch wirklich kein Wort über Maastricht gesagt, nicht wahr? Ich hatte es auch gar nicht nötig. Und nun sagen Sie mir offen und ehrlich, bin ich so schlimm, daß Sie mir Ihre Kleine nicht anvertrauen können?«

Der alte Karst lachte. »Sie sind mir wirklich zu schlau, Ihnen bin ich nicht gewachsen.«

»Sie brauchen sich dessen nicht zu schämen, *cher baron*, kein Mann ist einer Frau gewachsen auf die Dauer.«

Herr von Karst seufzte ein wenig kläglich. »Sie sind wirklich gefährlich, ich hätte mich lieber gar nicht auf den Gang einlassen sollen. Wenn meine Frau noch lebte...«

»Wenn Ihre Frau lebte, *cher baron*, brauchten wir uns nicht miteinander so zu quälen. Ihre Frau würde mir unbedingt recht geben, denn Frauen empfinden in solchen Dingen natürlicher.«

»Aber was wird man sagen...«

Madame Adele unterbrach ihn sofort. »Holland ist weit, *cher baron*. Ich möchte wirklich wissen, wer da etwas sagen sollte!«

»Müssen wir uns denn sogar beim Essen...,« seufzte Herr von Karst.

»Sie haben ganz recht, *cher baron*, ich schweige schon, und damit Sie mich recht bald wieder los werden, werde ich der Kleinen nach Tisch packen helfen. Das wird am besten sein, und wir verlieren kein Wort mehr darüber.«

»Aber!...

»Wir wollen doch bei Tisch nicht mehr davon sprechen, nicht wahr?«

Herr von Karst ließ Messer und Gabel sinken. »Sie sind wirklich...«

»Sagen Sie es nur, *cher baron*, mein Mann hat es auch immer gesagt...«

»Ich ...ich strecke die Waffen, ich kann nicht mehr.«

» *Merci bien, baron*.« Sie hielt ihm lächelnd die Hand hin. »Sie können wirklich ganz scharmant sein, wenn Sie nur wollen.«

»Offengestanden, ich wollte gar nicht...«

»Aber, *cher baron*, machen Sie sich doch nicht schlechter, als Sie sind. Sie werden mir doch nicht meine erste Bitte abschlagen? Daran haben Sie doch nie im Ernst gedacht? *Oh non*, so sind auch die Deutschen nicht.«

»Also reden wir nicht mehr davon,« sagte Herr von Karst.

»Sie haben ganz recht, *cher baron*, ich danke Ihnen nochmals.«

Was sollte er anfangen? Er küßte ihr die Hand, brummte etwas und gab nach.

Noch an demselben Abend fuhr Lotte mit Alfreds Mutter nach Berlin. Herr von Karst hatte dagegen Einwendungen erhoben, aber auch das half ihm nichts. Madame Adele sagte, sie bliebe gerne noch länger hier, denn es gefalle ihr jetzt sehr gut, aber der *cher baron* müsse doch einsehen, es ging nicht wohl an, wenn die Ueberraschung, um derentwillen sie doch vor allem hierher gekommen sei, gelingen sollte. Aber sie käme gerne einmal wieder, wenn es dem *cher baron* recht sei. Daraufhin lud Herr von Karst sie sogar feierlich ein, denn er behauptete, Madame Adele habe eine Art, die einen frisch erhalte und nicht alt werden lasse. Das könne er brauchen. Sie waren im besten Komplimentemachen, als der Telegraphenbote schon wieder erschien. Diesmal mit einer Depesche von Alfred. Herr von Karst konnte beim besten Willen einen Fluch nicht unterdrücken. Aber Madame Adele nahm das durchaus nicht übel, sondern fand, der *cher baron* sei nun wirklich hinreichend gequält worden, und sie gab dem Boten gleich eine Depesche an Alfred mit, in der sie ihn bat, das nun gut sein zu lassen, da sie hier sei, alles in schönster Ordnung fände und dafür sorgen wolle, daß er Lotte, sobald es irgend ginge, wiedersähe.

»Ist es so recht, *cher baron?*«

»Ich danke Ihnen,« sagte Herr von Karst. So weit war es schon mit ihm gekommen.

Vater und Sohn brachten die beiden zur Bahn, und als der Stationsvorsteher herankam, weil man nun wirklich abfahren müsse, küßte Herr von Karst seine Lotte noch schnell auf die Wange und Madame Adele schon wieder die Hand.

Als die beiden Damen in Berlin ankamen, fuhren sie sogleich zum Kaiserhof, wo sie übernachteten. »Wenn es so schön draußen ist, fahre ich des Nachts nicht gerne, *petite*. Es ist Dir doch recht?«

Lotte umarmte ihre neue Mama, wie sie Madame Adele jetzt nannte.

»So ist es recht, *petite*. Nun werde ich auch gar nicht mehr eifersüchtig sein.«

In aller Herrgottsfrühe beim schönsten Sonnenschein machten sie sich dann nach Aachen auf den Weg, und sie hatten sich so viel zu erzählen, und Madame Adele war so munter und wußte so viel amüsante Geschichten, daß sich Lotte wie in einer neuen, sehr hübschen Welt vorkam und die Bahnfahrt keinen Augenblick langweilig fand.

In Aachen waren Jean und Jacques schon bereit zur Weiterfahrt nach Maastricht.

»Aber wie können sie denn schon hier sein?« fragte Lotte verwundert.

Madame Adele lächelte verschmitzt. »Ich habe sie gleich nach hier geschickt mit dem Zug. Ich wußte ja doch, daß Dein Papa nachgeben würde. Ich mochte es nur nicht gleich sagen. Die Männer nehmen das leicht übel, nicht wahr? Man muß auf ihre Eigenheiten auch ein bißchen Rücksicht nehmen, wenn es nichts schadet.«

»Aber bist Du denn gar nicht müde, Mama? Wollen wir nicht erst ein wenig ausruhen?«

» *Oh, ma petite*, wo denkst Du hin! Ich müde? Wenn ich müde bin, sterbe ich. *Oh non, ma petite*.«

So ging es denn von Aachen im Automobil gleich weiter über Vaals und Gulpen durch fruchtbares holländisches Flachland nach Maastricht. Die Wiesen standen im saftigsten Grün, das Buschwerk entfaltete die ersten Blätter, die noch so jung und zart waren, die Sonne spiegelte sich in den Gräben, hinter denen man schon das Vieh zur Weide gelassen hatte. O, wie jung und reizend war die Erde! Und wie sauber und adrett die kleinen holländischen Dörfer und Städte. Wie aus der Spielzeugschachtel gerade herausgenommen. Und überall vor den kleinen Fenstern auf blütenweißen Brettchen erste Frühlingsblumen, die bei dem leichten Wind, der vom Meere her kam, leise mit den bunten Köpfen nickten.

»Wie ist es hier hübsch!« sagte Lotte leise und überwältigt.

Madame Adele streichelte leise ihre Hand. Das Kind war wirklich rührend. Was würde sie noch für Augen machen, wenn sie erst mehr von der Welt sah, der schönen, weiten, weiten Welt. Wie war Alfred darum zu beneiden, ihr das alles noch zeigen zu können.

Das Auto fuhr langsamer durch eine größere, sehr regelmäßige, sehr saubere Stadt, die, nach manchem alten Haus zu schließen, trotz ihrer peinlichen Sauberkeit auch schon recht alt sein mußte.

»Jetzt mache Deine hübschen blauen Augen recht weit auf, *ma petite*, wir sind in Maastricht und gleich bei der Maatschappij Kufferath. Du verstehst das Wort nicht? Ich meine die Handelsgesellschaft Kufferath. Von den Kufferaths habe ich Dir doch schon genug erzählt.«

Lotte nickte und sah mit großen Augen um sich.

»Nun geht es über die schöne, alte Steinbrücke nach Wijk. Siehst Du, das da unten, das ist die Maas. Nun sind wir gleich da. Ich bin nur neugierig, was sich meine drei Bären zu unserem Empfang ausgedacht haben. Du wirst Dich wundern, was das für lustige Bären sind!«

Madame Adele richtete sich halb auf im Wagen. »Siehst Du dort die drei schmucken lustigen Häuser hart an der Maas? Da wohnen die drei Kufferaths. Wundert mich nur, daß niemand von ihnen zu sehen ist. Sonst lungert doch immer einer im Fenster. Sie haben sich sicher etwas Besonderes ausgedacht.«

Der Wagen fuhr in einem scharfen Bogen vor den drei schmucken Häusern, von denen jedes aussah wie das andere, vor. In demselben Augenblick aber fing ein Musikkorps gewaltig an zu blasen.

Madame Adele lachte laut und hielt sich die Hände vor die Ohren. »So ein Spektakel! So ein Spektakel!«

Die Kinder liefen auf der Straße zusammen und lachten und schrien hurra! Jetzt tauchten im Hintergrund auch die drei Kufferaths auf, schwenkten gewaltige Taschentücher und schrien durcheinander. Vor lauter Blechmusik konnte man aber nichts verstehen. Man sah nur die lachenden Gesichter, die winkenden Arme. Madame Adele hatte auch ihr Tüchlein gezogen und winkte heftig. Die Musik blies einen Tusch, und die drei Kufferaths stürzten herbei. Lotte war ganz verwirrt.

» *Mais, voyez donc*, Ihr tötet mich ja!« rief Madame Adele lachend. »Au, Monsieur Joseph, ich bin doch kein zwanzigjähriges Mädchen, daß Sie mir durchaus auf den Fuß treten müssen? *Mais, mes amis*, was fangt Ihr mit mir an? Schämt Ihr Euch nicht? Ich bin doch nicht allein!«

Aber das half Madame Adele gar nichts, die Kufferaths hatten sich ihrer nun einmal bemächtigt und trugen sie fast zu den Häusern.

»Jetzt ist es genug, Ihr Bären, sonst werde ich böse!«

Aber schon wieder setzte die Musik ein und machte einen solchen Lärm, daß sich Madame Adele nicht mehr durch Worte verständlich machen konnte. Sie winkte nur heftig, daß Lotte näher käme, was sie denn auch tat.

Madame Adele zog Josua Kufferath näher heran und rief ihm zu, die Holländer seien gewiß prächtige Menschen und ausgezeichnete Kaufleute, aber schlechte Musikanten, er solle ihnen endlich die Blaserei verbieten.

Da stürzten sie alle drei zu den Musikanten und bedeuteten ihnen, daß es nun genug sei. Schmunzelnd zogen sie ab.

Erst jetzt gelang es Madame Adele, den Brüdern Lotte von Karst vorzustellen.

Sie drückten ihr kräftig und kameradschaftlich die Hand und sagten ihr alle zugleich, wie sie Bescheid wüßten und sich freuten, sie auch hier zu haben, und was das wieder für eine glänzende Ueberraschung sei, die sich Madame Adele da ausgedacht habe. Es sei auch schon ein Telegramm von Herrn Dungs da, und mit dem letzten Schnellzug von Antwerpen werde er eintreffen.

» *Mais, mes amis*, Ihr macht das Kind ja ganz wirbelig im Kopf. Seht Ihr das denn nicht? Sie weiß ja nicht, ob sie lachen oder weinen soll? Ruhe, wenn ich bitten darf, man versteht ja sein eigenes Wort nicht. Ihr seid ja noch schlimmer als Eure holländische Musik! Wohin geht es denn jetzt mit uns, daß wir uns den Staub ein wenig von den Kleidern schütteln?«

Die drei Brüder geleiteten die beiden Damen nun feierlich zu einem der drei Häuser, Jakob trat auf die Schwelle und erklärte in einer kleinen Rede, weil sie sich so gefreut hätten, daß

Madame Adele wieder einmal da sei und auch noch einen Gast mitgebracht habe, so hätten sie den beiden Damen dies Haus eingeräumt und wohnten jetzt selbdritt in den beiden andern.

»Sind Sie nicht reizend?« fragte Madame Adele Lotte lächelnd. »Wir danken Euch, Ihr Kavaliere, und nehmen Euer Anerbieten um so lieber an, *mes amis*, weil Ihr in meinem Haus wenigstens nicht solchen Spektakel machen werdet, Ihr Bären!«

Jakob und Joseph blieben zurück, und Josua machte die Honneurs, denn es war sein Haus, das er den Damen abgetreten hatte...

Es war das reine Museum, vollgepfropft mit den schönsten chinesischen und javanischen Dingen. So viel Schönes hatte Lotte noch nie beieinander gesehen.

»Also, *mon ami*, eine halbe Stunde wollen wir uns nun von Euerm Spektakel erholen. Wenn wir so weit sind, melden wir uns.«

Josua nickte und empfahl sich.

»Wie nett sie für alles gesorgt haben, sieh nur! Es sind doch prächtige Bären!«

Eine Stunde später saß man in dem zweiten Haus, das Jakob Kufferath gehörte, gemütlich beim Vesper. Der Lärm der Brüder hatte sich ein wenig gelegt, denn während sie allein gewesen, war einer über den anderen mit Vorwürfen hergefallen, er habe sich viel zu geräuschvoll benommen, das Trommelfell von Fräulein von Karst sei dem nicht gewachsen, sie habe augenscheinlich Nerven, und jeder forderte den anderen kategorisch auf, hinfort darauf gefälligst Rücksicht zu nehmen. So gaben sich denn alle drei redlich Mühe, zart und leise zu sein, was ihnen gewaltige Anstrengungen kostete, denn es galt ja noch eine ganze Menge zu beraten, worüber jeder seine eigene Meinung besaß.

Vor allem: wer sollte Alfred Dungs abholen? Es war ganz klar, daß die Sache so angelegt werden mußte, daß er möglichst von der Anwesenheit seiner Braut überrascht wurde. Es herrschte also darüber Einigkeit, daß jedenfalls Lotte von Karst ihn nicht abholte.

Aber sollten die Brüder alle zusammen ihn abholen oder nur einer von ihnen? Und wenn nur einer, welcher? Und sollte dann Madame Adele mit zur Bahn fahren oder zu Hause bleiben?

Darüber stritten sie hin und her, ohne viel Spektakel dabei zu machen, bis Madame Adele meinte, am angemessensten sei es wohl, wenn sie allein ihren Sohn von der Bahn abhole und die Kufferaths ihn hier im Hause erwarteten.

Die Brüder waren im ersten Augenblick durchaus nicht erbaut von dieser Lösung. Sie fanden, Alfred Dungs sei doch auch in ihrem Interesse so lange fort gewesen, und schon deshalb gehöre es sich, daß sie ihn schon auf der Bahn begrüßten, oder wenigstens einer von ihnen.

»Ihr seid wirklich schwer von Begriff, *mes amis*, daß ich Euch das noch lange erklären muß. Ich, seine Mutter, will ihn die ersten Minuten für mich allein haben, denn dann ist er ja doch nicht mehr für mich allein da. Nimmst Du mir das sehr übel, *ma petite*?«

Lotte lächelte.

Die Kufferaths erklärten, nun seien sie einverstanden und würden Alfred Dungs also daheim erwarten. Wie solle es denn nun aber mit der Braut werden?

Josua Kufferath schlug vor, sie solle sich hier irgendwo verstecken, hinter einem Vorhang oder so, und, wenn man dann beim Weine saß, plötzlich hervortreten.

»Daß er an der Ueberraschung erstickt,« meinte Madame Adele ruhig. »Man merkt, daß Ihr nicht verlobt seid, Ihr Bären.«

Jakob hatte sich eine noch wildere Sache ausgedacht. Bei den alten Römern brachte man doch ganze Menschen in einem Blumenkorb verborgen auf den Tisch. Etwas Aehnliches könnte man vielleicht auch ausprobieren.

Madame Adele lachte Tränen. »Wie sie mit Dir umspringen, *petite*, was sagst Du zu ihnen?«

Joseph meinte: »Fräulein von Karst sitzt eben einfach hier am Tisch, wenn er hereinkommt, als ob gar nichts Besonderes dabei wäre.«

»Und Ihr führt dann Indianertänze dazu auf, nicht wahr, *mes amis*? Aber es ehrt Euch, daß Ihr unter allen Umständen bei diesem Wiedersehen dabei sein wollt. Daraus wird nichts, *mes amis*. Ein Brautpaar will in solchem Augenblick allein sein, nicht wahr, *ma petite*? Ich schlage daher vor, Lotte geht einfach in unser Haus, ich steige mit Alfred davor ab und schicke ihn hinein. Alles weitere geht uns nichts an, das geht nur die beiden an.«

Die Kufferaths machten zuerst lange Gesichter, denn sie hätten sich das gar zu gerne mitangesehen. Aber Madame Adele zuliebe ließen sie sich schließlich ihren Vorschlag gefallen unter der Voraussetzung, daß das Brautpaar dann noch bei ihnen erschiene, und man noch gemeinsam ein Glas Sekt auf sein Wohl tränke.

Damit waren diese, den Kufferaths so schwer erscheinenden Fragen glücklich alle gelöst, und man kam in ein ruhigeres Gespräch, das sich bald um das drehte, was Alfred in Java erreicht hatte. Die Kufferaths waren mit allem, was er unternommen, sehr einverstanden. Aus seiner Korrespondenz ging hervor, daß er den riesigen Besitz gerade noch rechtzeitig den Engländern abgejagt und außerdem noch einen Distrikt von Bedeutung für die Maatschappij Kufferath, der er nun selbst angehörte, hinzuerworben hatte.

Die drei Brüder sprachen mit großem Respekt von Alfred Dungs und seinem Geschick und seiner Tüchtigkeit, was für Madame Adele und Lotte eine große Freude war.

Es war schon recht spät, als die beiden Damen sich in ihr Haus begaben, weil es Zeit war, daß sich Madame Adele für die Bahn zurechtmachte.

Kaum waren sie allein, fiel Lotte Madame Adele um den Hals und weinte herzbrechend.

»Aber, *ma petite*, wer wird so aufgeregt sein!«

»Ich weiß nicht,« schluchzte Lotte, »es ist alles so hübsch, und Alfred wird ja nun gleich hier sein, aber ich habe plötzlich solche Angst, solche Angst, sage ich Dir.«

»Angst?«

»Ich weiß nicht, wie ich es anders nennen soll. Es könnte doch jetzt alles so schön werden, nicht wahr? Aber Du sollst sehen, ich fühle es…«

»Was fühlst Du denn, *petite*?«

»Ich habe so eine trübe Ahnung, ich weiß selbst nicht. Mama, Du glaubst nicht, wie bang mir zumute ist!«

»Auf Ahnungen gebe ich nicht viel, mein Kind. Es war etwas zuviel für Dich, die Reise hierher und die Art der Kufferaths, Du bist an so etwas nicht gewöhnt. Ich verstehe das ganz gut.«

»Ihr meint alle, nun sei alles gut, ich möchte es ja auch glauben, aber ich kann nicht, ich kann nicht!« Sie war ganz verzweifelt. »Auf einmal kann ich es nicht mehr glauben …Ich … ich habe solche Angst vor …vor…«

»Du meinst wahrscheinlich Anton Dungs?«

Lotte nickte und hielt die Tränen mit aller Gewalt zurück. »Es kam plötzlich so über mich. Sei mir nicht böse!«

Madame Adele streichelte das verzweifelte Mädchen. »Ihn werden wir auch noch klein kriegen.«

Draußen tutete das Auto.

»Und nun sei verständig, *petite*, und sei vergnügt und freue Dich, nicht wahr?«

Lotte nickte.

»Immer hübsch in der Gegenwart bleiben, wenn sie schön ist, *petite*, und sie ist doch jetzt gewiß schön?«

Lotte trocknete ihre Augen.

»Du bist doch eine Soldatentochter, und das heißt doch etwas bei Euch in Deutschland, nicht wahr?«

Lotte lächelte.

Madame Adele nickte ihr noch einmal aufmunternd zu und verließ dann das Haus. Dem Chauffeur sagte sie leise, damit es nur ja niemand außer ihm hören könne, auf dem Rückweg von der Bahn solle er so langsam fahren, wie es ihm irgend möglich sei.

Der Chauffeur nickte, und Madame Adele lächelte. Das wollte sie wenigstens davon haben, daß sie die Mutter war.

» *Oh, mon petit*, wie braun Du geworden bist und schlank!« Sie herzte und küßte ihren Sohn und schloß ihn immer wieder in die Arme.

Alfred Dungs hatte nur mit einem schnellen Blick den Perron abgesucht, als vermisse er etwas, und gab sich dann ganz der Freude des Wiedersehens mit seiner Mutter hin.

Das Auto schlich nur so durch die Straßen.

Madame Adele hatte dabei kein gutes Gewissen und behauptete zwischen zwei Liebkosungen, die Wege seien hier so schlecht, deshalb habe sie den Chauffeur gebeten, langsam zu fahren.

Alfred Dungs nickte nur. Es kam ihm jetzt doch wirklich nicht auf eine halbe Stunde an.

Nun saßen sie eine ganze Weile stumm Hand in Hand. Es war so viel zu erzählen, daß man es auf dieser Fahrt doch nicht abmachen konnte, so langsam das Auto auch fuhr. Sie hatten so viel auf dem Herzen, daß sie alle beide plötzlich lieber schwiegen und sich nur fest bei den Händen hielten.

»Sieh nur, wie sie alles erleuchtet haben Dir zu Ehren,« meinte die Mutter leise, als sie der Maatschappij Kufferath näher kamen. »Sie wollten alle drei mit zum Bahnhof, Dich gleich zu begrüßen, aber ich wollte lieber mit Dir allein sein dieses erste halbe Stündchen. Nun werden sie ja doch gleich mit ihrem Spektakel anfangen. Sie sind stolz auf Dich und ich auch.«

»Wie war es bei Karsts?« fragte Alfred hastig. »Du warst ja bei ihnen, wie Du mir telegraphiertest.«

»Lotte ist wohlauf und munter, *mon petit*, sie freut sich sehr, Dich so bald wiederzusehen. Ihr Vater ist ein amüsanter Kauz, viel weicher, als es im ersten Augenblick aussieht. Wir haben uns gut verstanden.«

»Das ist mir wirklich sehr lieb.« Alfred drückte seiner Mutter wieder die Hand.

Wie wir nebeneinander herreden, dachte Madame Adele, so steif und dumm. Aber er denkt ja wirklich nur an Lotte, dieser verliebte Junge.

»So, da sind wir,« sagte Madame Adele und stieg mit Alfred aus. »Die Kufferaths haben sich in dem Haus nebenan versammelt. Ich habe ihnen verboten, auf die Straße zu kommen, damit Du erst in Ruhe Toilette machen kannst.«

Sie traten zusammen in das Haus. Madame Adele schlug laut das Herz.

»Warte, *mon petit*, so, hier hinein.« Sie öffnete eine Tür.

Mitten im Zimmer stand Lotte.

Alfred stand einen Augenblick fassungslos, als traue er seinen Augen nicht. Dann war er mit einem wilden Sprung bei ihr und riß sie in seine Arme, so ungestüm, so leidenschaftlich. Gar nicht wie ein Dungs benahm er sich, ganz wie ein Südländer.

»Fred, mein Fred!« Heute wich sie vor seiner stürmischen Leidenschaftlichkeit nicht zurück.

Madame Adele machte leise die Tür zu, hier war sie überflüssig, vollkommen überflüssig.

Ganz langsam und leise verließ sie das Haus und fühlte, wie sie zitterte. So eine Torheit! Als ob sie es anders erwartet hätte! Sie war doch nur die Mutter! Einen Augenblick stand sie auf der Straße still, bis sie sich wieder in der Gewalt hatte. Mein Gott, sie gönnte es ihrem Jungen doch, daß er so glücklich war. Was war ihr nur?

» *Oh mon petit, mon cher petit,*« murmelte sie leise, und die Augen wurden ihr feucht. Wie er glücklich war, wie braun und hübsch er war!

An der Tür des Nachbarhauses machte sie wieder für einen Augenblick halt. Gern wäre sie jetzt den Kufferaths aus dem Wege gegangen.

Ach was! Sie warf den Kopf zurück. Ich bin doch nicht sentimental! Sie öffnete geräuschvoll die Haustür, und schon umringten sie auch die Brüder und redeten auf sie ein, alle zugleich.

Madame Adele nahm sie lächelnd mit in das Speisezimmer und erzählte ihnen, wie sie Alfred gefunden habe.

»Wird er noch lange da drüben bleiben?« fragte Josua ein wenig ungeduldig.

»Sie sind wohl nie verliebt gewesen?« meinte Madame Adele.

Josua schüttelte sich. Nein, Gott sei Dank nicht. Das fehlte ihm gerade noch. Es mußte doch einfach nach allem, was man darüber hörte, fürchterlich sein. Natürlich habe er auch schon ein Mädel gern gehabt...

»Sogar mehr als eine,« warf Jakob hier ein.

Aber doch immer mit Maßen, so daß man Herr seiner selbst blieb.

Madame Adele lächelte und nickte. Bei Jakob und Joseph war es gewiß nicht viel anders gewesen. Sie sah sich ihre drei Bären amüsiert an.

»Solange man noch mehrere lieben kann, darin haben Sie ganz recht, Josua, so lange ist es noch nicht gefährlich.«

»So muß es auch bleiben,« sagte Jakob ganz ernsthaft. »Denken Sie nur, wenn uns hier in unser hübsches Junggesellenleben eine Liebe dazwischenkäme? Das geht doch einfach nicht. Da ginge ja alles kaputt. Na, wir passen aber auch nicht schlecht aufeinander auf, Madame Adele, daß so etwas nicht vorkommt.«

»Das kann ich mir denken, Ihr Bären, das sieht Euch ähnlich!«

»Wo habe ich denn meinen Kopf!« rief Joseph plötzlich, lief fort und kam nach wenigen Augenblicken mit einem Brief zurück. »Er lagert schon ein paar Tage hier, deshalb habe ich nicht daran gedacht.«

»Das hätte ich wahrhaftig auch vergessen!« rief Josua. »Und es ist doch wahrscheinlich wichtig für Alfred Dungs, es ist offenbar ein Brief von seinem Vater.«

»Zeigen Sie einmal,« sagte Madame Adele hastig.

Man gab ihr den Brief, der in einem gewöhnlichen Kuvert der Firma Anton Dungs junior steckte. Sie kannte ja diese Kuverts zur Genüge.

»Der Alte hat erfahren, was aus seinem Sohn geworden ist, und wird froh darüber sein,« sagte Joseph.

»So? Meinen Sie wirklich?« Madame Adele war ganz blaß geworden, und die Kufferaths musterten sie betroffen.

»Den Brief behalten Sie bis morgen, Joseph, und sprechen heute zu meinem Sohn nicht darüber. Morgen ist immer noch Zeit, ihn zu öffnen. Wenn von Geschäften die Rede ist, nicht wahr? Heute wollen wir das lassen. Und wie ich Herrn Anton Dungs junior kenne, wird in dem Brief nur von Geschäften die Rede sein.«

Joseph war so bestürzt über das Aussehen von Madame Adele und die Art, wie sie sprach, daß er den Brief schnell einsteckte.

»Reden wir heute nicht mehr darüber, nicht wahr, *mes amis*?«

Die Kufferaths nickten und dachten verwundert: wie kann denn nur Madame Adele auf einmal alt aussehen und gar nicht wie sonst?

9. Kapitel

Der Nachtisch war abserviert worden, man saß bei einer Tasse Kaffee und die Herren hatten sich eine Zigarre angezündet, da sagte Madame Adele: »Monsieur Joseph, Sie haben ja noch einen Brief an meinen Sohn, ich denke, Sie geben ihn jetzt.«

Alfred sah verwundert auf seine Mutter. »Was sind denn das für geheimnisvolle Dinge?«

Lotte blickte ängstlich auf die Mama, die gar nicht so wohl aussah wie sonst.

Joseph brachte den Brief. »Was? Von unserer Firma?« Alfred wollte ihn öffnen, aber seine Mutter hinderte ihn daran.

»Ueberlege einen Augenblick, *mon petit*, was dieser Brief wohl enthalten könnte?«

»Das weiß ich wirklich nicht,« sagte Alfred verwundert. Ein Jahr lang hatte er zwischen Chinesen und Malaien gesteckt und sich wacker mit ihnen herumgeschlagen. Mein Gott, ein Brief von der Firma, was konnte das viel bedeuten?

»Glaubst Du vielleicht auch, daß Dein Vater Dir in diesem Briefe gratuliert?«

Alfred lachte. »Mein Vater mir gratulieren? Nein, Mama, das glaube ich wirklich nicht! Das sähe ihm gar nicht ähnlich.«

»Ich bin der Meinung, der Brief wird etwas Unangenehmes enthalten, *mon petit*, und ich wollte nicht gern, daß es Dich zu sehr überrascht, deshalb mache ich Dich daraus aufmerksam.«

»Mein Gott, Mama, warum so umständlich! Das werden wir gleich wissen.«

Er öffnete das Kuvert und las. Er wurde blaß und las noch einmal. »Das ist wirklich! … Na, ich will nichts weiter sagen!« Er reichte seiner Mutter den Brief. » *Cette bête noire, cette bête d'or*!« sprudelte sie.

Lotte erhielt den Brief und las:

Herrn Alfred Dungs,
Maatschappij Kufferath,
Maastricht (Holland).

Unser Herr Anton Dungs junior läßt Ihnen mitteilen,
baß er sämtliche Forderungen an Sie aufgekauft hat. Sollten Sie es nicht vorziehen, dieserhalb mit unserem Herrn
Anton Dungs junior bis zum 1. Juli in persönliche Unterhandlungen einzutreten, so wird sich unsere Firma erlauben, die Forderungen einzuklagen. In größter Hoch-
achtung

Seiffert, Justizrat.

Lotte sah ängstlich von Alfred auf Madame Adele, die ihren Vorrat an französischen Kraftausdrücken, die sie gegen Anton Dungs junior schleuderte, noch nicht erschöpft hatte. Sie verstand nicht recht die Bedeutung dieses Briefes, und weshalb sich Madame Adele deshalb so erregte.

Alfred sagte zu den Kufferaths: »Auf Wunsch meiner Mutter habe ich Ihnen seinerzeit, als wir in Unterhandlungen eintraten, nicht mitgeteilt, daß ich in Unfrieden mit meinem Vater auseinander ging.«

Madame Adele fiel ein: »Es war doch auch ganz gleichgültig und eine reine Familienangelegenheit, nicht wahr? Eine Privatsache. Das Pflichtteil ist ihm auch heute noch sicher.«

Alfred sagte: »Mit Hilfe meiner Mutter und des Vicomte habe ich mir dann den nötigen Kredit für unser Geschäft auf Java verschafft. Doch darüber brauche ich Ihnen nichts zu sagen, das wissen Sie ja. Und nun lesen Sie bitte diesen Brief.«

Er reichte Josua Kufferath das Schreiben.

Der las es, unterdrückte nur mühsam einen Fluch und gab es an Joseph.

»Donnerwetter!« sagte Joseph und gab es an Jakob.

Jakob Kufferath pfiff bedeutungsvoll durch die Zähne und legte den Brief mitten auf den Tisch.

Die Männer sahen sich prüfend an.

»Danach bleibt mir nichts anderes übrig, als von der Sache zurückzutreten,« sagte Alfred, und die wenigen Worte kamen mühsam und stockend heraus.

Oh, mon petit, so weit sind wir noch lange nicht!« rief Madame Adele. »Das werden wir uns erst noch reiflich überlegen und vor allem die Juristen fragen. So eilig werfen wir die Flinte nicht ins Korn. Das könnte Anton Dungs so passen!«

»Das hätte ich wirklich nicht für möglich gehalten,« meinte Joseph und sah voller Bedauern auf Alfred, den er sehr gern hatte.

»Ein Kaufmann! Allen Respekt!« meinte Josua nicht ohne Bewunderung.

»Aber ich verstehe gar nicht, bitte erkläre mir doch!« wandte sich Lotte voller Sorge an Alfred.

Alfred erklärte ihr, was das zu bedeuten habe. Wenn nämlich sein Vater das wahr mache, was in dem Brief steht, und die Forderungen an ihn einklage, so sei sein kaufmännischer Kredit ruiniert und damit die ganze Sache auf Java, die ihn dies ganze Jahr gekostet habe.

»Daß ich daran nie gedacht habe!« sagte Alfred und blickte verzweifelt auf seine Mutter.

»Man ist doch kein Teufel, man ist doch ein Mensch! Wer denkt an so etwas? Wir hätten uns doch sonst gerade so gut dagegen sichern können, daß die Forderungen verkauft werden konnten. Auf das bißchen mehr Geld wäre es doch auch nicht angekommen!«

»Deshalb muß eben unter allen Umständen vermieden werden, daß es zur Klage kommt,« sagte Josua mit Nachdruck.

»Sie wollen mir allen Ernstes zumuten, ich soll mit meinem Vater unterhandeln?« fuhr Alfred auf. »Jetzt nach diesem ...diesem Streich?«

»Pardon, Herr Dungs, das war von mir sozusagen nur laut gedacht. Man überlegt, was man tun könnte, und da ist das für mich, wie Sie zugeben werden, immer noch das Nächstliegende.«

»O, es gibt noch ein Recht in Deutschland!« rief Madame Adele.

»Daran zweifeln wir gewiß nicht,« meinte Jakob. »Aber das Recht muß erstritten werden, und Anton Dungs kann die Entscheidung, wenn sie für ihn nicht günstig steht, immer wieder hinausschieben durch immer neue Einwendungen. Oder er appelliert an eine höhere Instanz. Das kann sich bei solchen Summen jahrelang hinziehen. Er kann es aushalten, ihm macht es nichts, aber wir? ...«

Alle schwiegen und sahen aneinander vorbei. Wenn Anton Dungs das wahr macht, und Alfred Dungs nicht rechtzeitig nachgibt, dann ist es aus, dachten die Kufferaths. Sie waren selbst viel zu gewiegte Geschäftsleute, um auch nur einen Augenblick darüber im unklaren zu sein. Auch Alfred Dungs mußte das einsehen, wenn er erst ruhiger war.

Man machte allerhand Vorschläge herüber, hinüber, aber es geschah eigentlich nur, um überhaupt etwas zu sagen. Im Ernst glaubte niemand daran, auch Alfred nicht.

Josua erhob sich. »Das ist wirklich ein Streich!« sagte er. » *A la bonheur!* An dem haben wir alle zu kauen. Verflucht noch eins!«

»So ein Fuchs!« polterte Madame Adele.

Alfred lachte grimmig. »Hier heißt es, zu Kreuze kriechen oder...« Er nahm den Brief, der immer noch mitten auf dem Tisch lag, zerriß ihn und schleuderte ihn in die Ecke.

Joseph sprang sofort hin und sammelte die Fetzen. »Ich verdenke Ihnen das wahrhaftig nicht, Dungs, aber schließlich ist das Skriptum doch zu wertvoll, um einfach fortgekehrt zu werden. Ich werde es wieder zusammenleimen, denn ich denke, wir finden doch noch einen Ausweg.«

Auch Alfred erhob sich nun und meinte, jetzt habe wohl jeder das Bedürfnis, sich zurückzuziehen oder ein wenig zu sammeln.

Man nickte, und die Kufferaths waren froh, nicht länger hier sitzen zu müssen.

»Wir haben ja auch Zeit genug, um alles in Muße zu überlegen, es eilt ja nicht,« meinte Madame Adele, und ging mit den Kufferaths, denn sie merkte ihrem Sohne an, daß er mit Lotte allein zu sein wünschte, was ihm gewiß nicht zu verdenken war.

»Gehen wir hinüber zu Dir?« fragte Alfred.

Lotte nickte, und die beiden begaben sich in das Haus nebenan, wo sie ungestört waren.

Lotte setzte sich an ein Fenster, und Alfred nahm ihr gegenüber Platz. Wie anders war heute alles als gestern!

Nun brach es aus Alfred hervor. Fast ein Jahr war er fortgewesen, viel länger, als er selbst angenommen hatte. Aber wenn er sich schon einen neuen Lebensweg suchte, dann sollte er auch gut sein, daß sie beide sicher auf ihm gehen konnten. Gerade auch die Rücksicht auf Lotte hatte ihn so lange draußen festgehalten. Es ging ja um sein Lebensglück, er riß Lotte ja ohnehin aus ihrem Lebenskreis und allen gewohnten Verhältnissen. Als Ersatz mußte er ihr dann doch wenigstens eine ganz sichere, unerschütterliche Existenz bieten. Mit aller Kraft hatte er ausgeholten, was ihm nicht immer leicht wurde, denn von Lotte erhielt er ja noch spärlicher Nachrichten als sie von ihm. Wie manches Mal war er im Begriff, abzureisen, indem er sich einredete, er habe ja längst alles getan, was man nur irgend von ihm erwarten konnte. Aber immer wieder hielt er an sich und blieb, denn bald erschien ihm hier eine Frage doch nicht geklärt genug, bald sah er, daß er durch längeres Bleiben dort noch einen Vorteil erringen konnte. Und so war er wirklich erst abgereist, als er sich mit gutem Gewissen sagen konnte, daß nicht nur das Geschäft gut sei, das er abgeschlossen, sondern auch sicher und solide, soweit nur ein solches Geschäft das irgend sein kann. Guten Mutes konnte er nach Deutschland zurückkehren, guten Mutes vor die Kufferaths treten und Lotte eine Zukunft bieten ... Eine Zeile von Anton Dungs genügte, und es war mit all den schönen Hoffnungen vorbei.

Lotte unterbrach ihn nicht, denn sie sah ja, wie es ihn drängte, sein Herz auszuschütten, und es war doch ein Trost, daß er gerade ihr gegenüber das Bedürfnis dazu fühlte. O, ihre Ahnungen gestern! Wie seltsam das war!

Alfred sprach und sprach, und nun merkte Lotte, daß er um eine bestimmte Sache sich herumsprach, ihr mit all den vielen Worten aus dem Wege gehen wollte.

Sie nahm seine Hand. »Fred, Du glaubst doch nicht, daß ich Dich um etwas bitten würde, wovon ich weiß, daß es Dir gegen die Ehre geht?«

Er sah sie unruhig an.

»Wenn Du sagst, Du kannst jetzt nicht nachgeben und Dich mit Deinem Vater aussprechen, so glaube ich Dir doch und werde Dich gewiß nicht bitten, es dennoch zu versuchen.«

»Meine tapfere Lotte!«

Und nun erleichterte Lotte ihr Herz. Seit dem Tage, da sie mit ihrer Schwester Ise gereist war, kam sie von dem Vorwurf gegen sich selbst nicht los, unweiblich und unschicklich gehandelt zu haben. Hatte sie sich denn in Wahrheit nicht Alfred aufgedrängt? Hatte Ise nicht ganz recht getan, wenn sie ihr deshalb Vorhaltungen machte? Und nun rächte sich das. Im Grunde war doch sie schuld, daß sich Alfred seinem Vater entfremdet hatte.

»Er wollte mich mit Helene Momm verheiraten!« Alfred lachte spöttisch. »Glaubst Du, dazu hätte ich mich hergegeben? Dazu bin ich mir zu gut, und Helene Momm ist mir für solchen Schacher zu schade. Und glaubst Du wirklich, es wäre nicht auch ohne Dich zu dem Krach gekommen? Ich hätte mich für dies Geschäft bedankt, auch wenn ich Dich nie im Leben gesehen hätte.«

»Ich bitte Dich, Fred, sprich nicht so.«

»Es ist doch aber so!«

»Nun ja, aber Ise hat mir geschrieben, Helene Momm habe sich mit Deinem Bruder verlobt.«

»Was?«

»Ise würde es gewiß nicht schreiben, wenn es nicht wahr wäre. Dafür ist sie viel zu vorsichtig.«

»Mit Anton?«

Lotte nickte.

»Und das hat man mir nicht einmal mitgeteilt? Das ist ja reizend!« Er ging erregt durch das Zimmer.

Lotte sprach weiter. Nun habe er in Java drüben eine Tätigkeit gefunden, die ihm zusage, an der er Freude habe. Ohne sie könnte ihm niemand die Freude daran nehmen, auch Anton Dungs nicht. Wenn er allein wäre, könne er ja einfach als Angestellter der Kufferaths wieder hinübergehen und würde sicher leicht sein gutes Brot finden.

Alfred stand vor ihr und sah sie sprachlos an. Was hatte sie da eben gesagt? Er als Angestellter der Kufferaths? Er mußte lachen. Er, ein Dungs? O nein, das gab es denn doch nicht!

Lotte ließ sich nicht stören und fuhr fort in ihren Selbstvorwürfen.

»Aber, Kind,« unterbrach sie Alfred, »so nimm doch Vernunft an. Du erzählst eben, daß mein Bruder sich mit Helene Momm verlobt hat. Ich wünsche ihnen beiden alles Gute. Es wird auch bei Anton etwas Besseres sein, das ihn seine Abneigung gegen die Ehe überwinden ließ, als geschäftliche Erwägungen, wie sie mein Vater liebt. Nun ist mir doch aber Helene Momm, wenn ich mich so ausdrücken soll, nicht mehr im Wege, und wenn mir mein Vater trotzdem diesen Brief schrieb, so mußt Du doch einsehen, daß Du wahrhaftig nichts mehr mit dem ganzen Konflikt zu tun hast. Es handelt sich bei ihm doch immer nur darum, daß ich nicht tue, was er will, und um nichts anderes. Er will, ich soll parieren unter allen Umständen, ich tue das nicht, das ist der Kern der Sache. Daß ich außerdem Lotte von Karst liebhabe, das hat er längst vergessen, wenn er es je ernst genommen hat. Du brauchst Dir also wirklich keine Vorwürfe zu machen.«

Lotte mußte zugeben, daß Alfred in diesem Punkt nicht unrecht hatte, und das war immerhin angenehm.

Nach einer Weile sagte Lotte: »Ich habe Dir gesagt, daß ich Dich nicht bitte, etwas zu tun, was Dir widerstrebt, also nimmst Du mir eine Frage gewiß nicht übel. Was versteht denn wohl Dein Vater unter persönlichen Verhandlungen, was denkt er sich dabei, und was bezweckt er Deiner Meinung nach damit?«

»Das ist sehr einfach,« antwortete Alfred, »er denkt, wenn ich erst wieder bei ihm bin, wird er mich schon klein kriegen, und gelingt es ihm nicht, so wird er mir zeigen, daß es ihm mit seiner Drohung ernst ist, und daß ich dann nicht nachgebe, das kann er sich einfach nicht vorstellen, denn angenehm ist es natürlich auch für ihn nicht, schmutzige Wäsche vor der Oeffentlichkeit zu waschen, und es ist seine schmutzige Wäsche, nicht meine. Die öffentliche Meinung wird vermutlich zu mir stehen. Aber was nützt mir das? Mit meinem Kredit ist es dann trotzdem aus.«

»Also muß das wirklich unter allen Umständen vermieden werden,« sagte Lotte energisch.

Madame Adele trat ins Zimmer, entschuldigte sich, daß sie störe, aber es sei zu wichtig, was ihr da eben eingefallen wäre. »Wir werden die Forderungen eben an Herrn Anton Dungs junior bezahlen, dann hat er das Nachsehen.«

»Du sagst das so einfach, Mama. Es handelt sich doch nicht um einige tausend Mark.«

»Ich werde uns neuen Kredit verschaffen, der Vicomte, auch die anderen Freunde helfen, es wird schon gehen.«

»Das ist möglich, das bezweifle ich durchaus nicht. Aber Du vergißt eins: die Zinsen. Das wüchse mir über den Kopf, das kann ich unmöglich auf die Dauer zusammenbringen. Und dann? Dann ist der Zusammenbruch erst recht schlimm. Auch trifft er dann nicht nur mich, sondern auch Dich. Nein, das geht wirklich nicht. Ich bin doch kein Spieler, Mama, und auch Du selbst bist ein viel zu guter Kaufmann, um nicht einzusehen, daß das nicht geht.«

»Aber, *mon petit*, es bleibt uns doch gar nichts anderes übrig, wir müssen es wenigstens versuchen, wenn Herr Anton Dungs am Ende nicht doch triumphieren soll.«

»Es wird uns schon noch etwas Besseres und weniger Gefährliches einfallen,« tröstete Alfred. »Du sagtest ja vorhin selbst, daß wir noch Zeit haben.«

Madame Adele sah von einem zum andern und fragte vorwurfsvoll: »Habt Ihr Euch gezankt?«

Alfred und Lotte lächelten. Nein, das hatten sie gewiß nicht getan.

»Warum macht Ihr denn solche Gesichter?«

»Aber, Mama,« meinte Lotte, »dazu ist die Situation doch wirklich ernst genug.«

»Dazu ist sie nie ernst genug, daß man sich die gute Laune verderben läßt!« behauptete Madame Adele mit Leidenschaft.

»Du tust es ja selbst, Mama,« sagte Alfred.

»Ich bin alt, Ihr aber seid jung, für Euch schickt sich das einfach nicht.«

»Also, Lotte, zeigen wir Mama ein vergnügteres Gesicht.«

»Nicht mir, sondern Euch, Euch selbst!« sagte Madame Adele.

Die gute Mama, wie besorgt sie war!

»Wenn ich wüßte, daß es einen Zweck hätte, führe ich selbst zu diesem *bête*. Es wäre mir schon eine rechte Erleichterung, ihm einmal gründlich meine Meinung zu sagen. Aber Euch würde es nur schaden, fürchte ich.«

Alfred lächelte. »Das fürchte ich auch, Mama.«

»Aber man kann doch nicht einfach die Hände in den Schoß legen und abwarten, bis er die Schlinge zuzieht. So gottergeben bin ich nicht, das halte ich nicht aus!«

»Sollst Du auch gar nicht,« erwiderte Alfred. »Ich denke, wir fahren vor allem einmal nach Berlin und konsultieren einige Juristen.«

»Dann wollen wir gleich fahren,« schlug die Mutter vor. »Untätig hier sitzen, das ist unerträglich.«

Alfred trat zu seiner Mutter und küßte sie. »Nicht gar zu eilig, Mama. Erst muß ich mich doch noch ein wenig mit den Kufferaths auseinandersetzen. Bleiben wir noch bis morgen oder übermorgen.«

»Die Kufferaths tun, was ich will,« behauptete Madame Adele.

»Das ist möglich, das glaube ich Dir, Mama. Aber das sollen sie gar nicht, sie sollen auf ihren eigenen Vorteil bedacht sein, das ist ihre Pflicht. Aber ich kann ihnen zeigen, daß es vorläufig auch ihr eigener Vorteil ist, wenn sie noch eine Weile warten, und darum allein kann es sich jetzt handeln.«

»Ich fahre dann mit Euch?« fragte Lotte.

»Das ist doch selbstverständlich, *ma petite*.«

»Ich werde dann zu meinem Vater gehen,« sagte Lotte leise.

»Muß das wirklich sein, Lotte?«

»Ja, Alfred, das muß sein.«

»Aber Du sagst ihm doch nichts, daß die Dinge nicht zum besten stehen? Wir brauchen ihn doch nicht damit zu beunruhigen, nicht wahr?«

Lotte lächelte trüb. »Nein, Mama, das ist wirklich nicht nötig.«

»So ist es recht, *petite*, und nun lasse ich Euch wieder allein, wenn Ihr mir versprecht, nicht länger so unglückliche Gesichter zu machen. Sonst bleibe ich.«

Lotte und Alfred versprachen es ihr, und so verließ die Mutter sie wieder, nachdem sie ihnen noch einige gute Ratschläge gegeben hatte, die darauf hinausliefen, sich ihres Lebens und Zusammenseins zu freuen, denn das sei trotz allem die Hauptsache.

*

Eine halbe Woche später stand Lotte von Karst, diesmal aber ohne ihre Schwester, wieder auf dem Balkon jenes altmodischen Hotels, wo sie vor einem Jahre Ausschau gehalten nach Alfred Dungs.

Es roch nach Kohlen wie damals, und der Wind wirbelte den Staub in die Luft. Dort drüben lag wie damals das kuriose Haus der alten Frau Dungs. Wäre sie am Leben geblieben, wäre es gewiß nicht so weit gekommen, die alte Frau Dungs hätte schon eine Lösung ohne Katastrophen gefunden, worauf es jetzt hinauslief.

Lotte mußte immer wieder nach dem kleinen, kuriosen Haus blicken, als suche sie dort Hilfe und Trost. Aber das war ja Torheit. Die alte Frau Dungs war tot und konnte niemand mehr helfen, auch Lotte nicht.

Wie sie so allein über der engen öden Straße auf dem Balkon stand, da kam Lotte eigentlich erst so recht zum Bewußtsein, was sie sich vorgenommen hatte, und sie wurde ganz mutlos. Wie konnte sie auch nur einen Augenblick im Ernst glauben, ihr würde es gelingen, Anton Dungs umzustimmen? Es war doch wirklich der reine Wahnwitz!

Lotte trat in das Zimmer zurück. Heute sang hier kein Kanarienvogel und keine Schwester war da, die ihr zwar Vorwürfe machen würde, aber doch mit ihr fühlen. Ganz allein war sie und ganz allein auf sich angewiesen. Weder Alfred noch seine Mutter wußten etwas von ihrem Vorsatz.

Ganz plötzlich in Maastricht war ihr dieser Gedanke gekommen und hatte sie nicht mehr losgelassen. Aber sie durfte natürlich nicht davon sprechen, denn Alfred würde nie zugelassen haben, daß sie hierher fuhr.

Recht unglücklich und verzagt saß sie auf dem alten Sofa und traute sich einfach nicht, das auszuführen, was sie sich vorgenommen hatte. Hier in dem alten Hotelzimmer, allein und verlassen von allen Menschen, inmitten dieser fremden Stadt, die so gar nichts Freundliches und für ihre Pläne Aufmunterndes hatte, – nein, es war wirklich ein unsinniger Einfall, der sie hierher getrieben.

Aber sollte sie nun wirklich bei Nacht und Nebel wieder fortfahren, wie sie gekommen war, ohne auch nur einen Versuch gemacht zu haben, das auszuführen, was sie sich vorgenommen hatte?

Lotte schlug die Hände vor das Gesicht und konnte sich zu keinem Entschluß aufraffen ... Da saß nun in derselben Stadt ihre Schwester und ihr Schwager, und auch sie durften nicht wissen, daß sie hier war. Was sie vorhatte, das war ja noch viel schlimmer als unweiblich und unschicklich in ihren Augen, das war einfach geistig anormal. Sie hörte ordentlich, wie ihr Schwager das sagen würde. Heutzutage wurde mit einem solchen Wort ja alles abgetan, was man nicht gleich verstand.

Lotte von Karst erhob sich wieder. Was wollte sie doch eigentlich? Ach so, ja, vor allem wollte sie mit Helene Momm sprechen. Sie war ja auch ein junges Mädchen, sie war ja auch mit einem Dungs verlobt, sie würde ihr vielleicht helfen können.

Lotte von Karst wollte schon auf den Knopf der elektrischen Klingel drücken, da fiel ihr gerade noch ein, draußen war ja kein Offiziersbursche, der ihre Befehle ausführen würde und sie bei Helene Momm anmelden.

Und wieder ging Lotte unentschlossen durch das Zimmer. Einen Hoteldiener schicken? Was sich der wohl denken würde? Was das dann wohl für ein Geschwätz gäbe? Und wenn nun Helene Momm gar nicht hier war? Sie konnte doch verreist sein, was dann? Oder sie konnte sie gar nicht annehmen. Was wußte sie denn von Lotte von Karst? Sie kannte wohl nicht einmal den Namen. Aber vielleicht war das ein Glück, dem sie es verdankte, wenn sie überhaupt angenommen würde?

Lotte machte sich zum Ausgehen fertig. So ging das nicht weiter. Die Qual solcher Fragen war schlimmer als alles andere. Und es handelte sich doch einfach um ihr Glück. Das würde doch Helene Momm verstehen können.

Sie trat auf die Straße. ›Ich habe mir einen Führer gekauft und das Gelände studiert, Frau Oberst,‹ klang es ihr plötzlich mit ihrer eigenen Stimme in den Ohren. Hatte sie damals, vor einem Jahr, nicht so zu ihrer Schwester gesprochen? Nun, es kam ihr wenigstens heute zugute, so daß sie ohne Schwierigkeiten das Haus fand, wo Helene Momm wohnte, die Tochter von Hugo Momm.

Ein Dienstmädchen öffnete und führte Lotte in ein einfaches Empfangszimmer. Also ist sie wenigstens zu Hause, dachte Lotte und ging unruhig auf und ab. Den Tisch, der mit einer grünen Plüschdecke bedeckt war, die Stühle, die mit grünem Plüsch überzogen waren, die wenigen Stiche sentimentalen Inhalts an den Wänden, die grüne Tapete mit dem Goldmuster, das alles sah sie ganz genau, aber wie durch einen Schleier.

Helene Momm erschien. Sie sah blaß aus und bat Lotte, Platz zu nehmen, indem sie hinzusetzte: »Ich glaube, Sie zu kennen, Sie waren doch vor einem Jahre hier, nicht wahr?«

Lotte nickte. Noch brachte sie kein Wort über die Lippen, die leise bebten. Wie eine Bettlerin kam sie sich vor. Helene Momm sah das und wurde sehr verlegen.

»Entschuldigen Sie bitte,« sagte Lotte leise, und sie griff zu ihrem Taschentuch und fuhr damit an die Augen, denn sie wollte und durfte jetzt nicht weinen.

Helene Momm wurde ganz rot und fragte plötzlich: »Wie geht es Alfred?«

Und nun ging es doch nicht anders, Lotte saß auf ihrem Stuhl und weinte; weinte leise und hilflos in ihr Taschentuch.

Helene Momm rang vor Verlegenheit und Mitgefühl die Hände.

Lotte fuhr sich energisch über die Augen. »Zu dumm, nicht wahr?«

Helene Momm lächelte verlegen.

Jetzt hatte sich Lotte wieder einigermaßen in der Gewalt und sprach von Alfred, und wie es ihm ging.

»Darf ich ganz offen sein?« fragte sie.

Helene Momm nickte.

Nun sprach Lotte auch von Anton Dungs junior, und wie er seinen Sohn Alfred augenscheinlich ruinieren wolle, und was er zu diesem Zweck unternommen habe.

Helene Momm hörte aufmerksam zu. Davon wußte sie ja gar nichts, davon hatte ihr Bräutigam kein Wort zu ihr gesagt. Sie teilte das Lotte mit.

»Dann weiß es Ihr Bräutigam wahrscheinlich auch nicht,« sagte Lotte bitter, »da hat er es ihm wohl gar nicht gesagt.«

Helene Momm wurde unruhig und ängstlich und sagte Lotte, daß Anton Dungs junior schon die ganze Zeit über fürchterlich verstimmt sei. Es sei kaum noch ein Auskommen mit ihm.

»Gönnt er Ihnen vielleicht auch Ihre Verlobung nicht?« fragte Lotte herb und bitter.

O nein, das war es nicht, damit war er durchaus einverstanden, setzte Helene Momm mit Eifer auseinander. Aber Anton wolle nun auch seinen selbständigen Wirkungskreis innerhalb des ganzen, großen Werkes haben, und das wolle seinem Vater nicht in den Kopf. So gebe es fast jeden Tag Zank und Streit, und ihr Vater dürfe sich nicht einmal hineinmischen, denn das vertrage Anton Dungs junior schon gar nicht. Es sei einfach schrecklich. Natürlich könne ihr Bräutigam jederzeit bei ihrem Vater eintreten, aber das ginge doch nicht. Dann gäbe es offenen Kampf zwischen den beiden Familien, was keiner zum Segen gereichen könne. Anton Dungs junior wisse natürlich genau, daß sein Aeltester schon deshalb nichts gemeinsam mit Hugo Momm unternehmen würde, und deshalb sei er auch so unnachgiebig.

»Will er denn alle Welt sich zum Sklaven machen?« rief Lotte empört, und Helene Momm wurde ganz blaß vor Schreck.

»Sprechen wir bitte leiser,« bat Helene Momm. »Es ist nicht nötig, daß uns jemand hört.«

Lotte fuhr sich mechanisch nach dem Halse. Was für eine Atmosphäre war das, in der die Menschen hier lebten, eng, stickig, rußig, und Anton Dungs thronte darüber wie ein Moloch, der alles fraß, was ihm nicht gehorchte und sich gegen seinen Willen auflehnte. War er denn ein Gott? Was bildete er sich eigentlich ein?

Helene Momm wurde rot und blaß vor Aufregung über Lottes Zorn. So etwas sagte man doch nicht, man traute sich kaum, Aehnliches zu denken. Vergaß sie denn ganz, wo sie war, daß sie im Reiche Anton Dungs' war?

»Ich werde ihm das ins Gesicht sagen!« rief Lotte außer sich. »Einer muß es ihm einmal sagen!«

Helene Momm hob bittend und beschwörend die Hände.

Lotte brach ab und blickte verzweifelt und stumm vor sich hin.

Helene Momm beugte sich vor und nahm ihre beiden Hände in die ihren. Mehr konnte sie nicht tun. Das war eine Braut für Alfred Dungs, das war die rechte, so tapfer und mutig. Ach wie klein kam sich Helene Momm in diesem Augenblick vor, und wie gerne hätte sie Alfred geholfen.

»Ich werde mit Anton sprechen, er kommt zu Tisch zu uns,« sagte Helene Momm. »Ich bitte Sie, unternehmen Sie nichts, ehe Sie mit ihm gesprochen haben. Ich werde ihn bitten, gleich nach Tisch Sie zu besuchen. Ich bitte Sie, denken Sie daran, daß nichts Gutes dabei herauskommt, wenn Sie den alten Dungs reizen, und Sie wollen doch etwas Gutes erreichen für sich ... und für Ihren Bräutigam!«

Lotte nickte stumm. Sie war mit ihrer Kraft zu Ende.

Helene Momm sah sie an, und dann ging sie schnell hinaus und sagte, sie werde sofort wieder hier sein.

Sie kam mit einem Tablett zurück, auf dem sich ein Glas Wein und ein Butterbrot befanden.

»Ich bitte Sie, essen Sie einen Bissen und trinken Sie einen Schluck,« bat Helene Momm, und Lotte tat es. Ihr wurde wirklich etwas wohler.

»Und, nicht wahr, heute abend kommen Sie zu mir? Ich bin ganz allein. Mein Vater ist verreist. Ich bitte Sie darum, Sie müssen mir schon den Gefallen tun.«

Lotte nickte mechanisch. Sie war so voll von ihrem Vorsatz, unter allen Umständen Anton Dungs junior zu sprechen, daß es ihr gar nicht weiter auffiel, wie außerordentlich nett Helene Momm zu ihr war, trotzdem sie sich doch gar nicht näher kannten.

Schon kurz nach zwei Uhr erschien Helenens Bräutigam bei Lotte.

»Nun wollen wir einmal ganz ruhig und verständig miteinander sprechen,« sagte Anton, nachdem er Lotte kräftig die Hand geschüttelt hatte. »Wir sind ja sozusagen verwandt und haben alle doch nur das eine Interesse, dasselbe Interesse.«

Er geht mit mir um wie mit einer Kranken, dachte Lotte, ich muß auf seine Braut einen recht merkwürdigen Eindruck gemacht haben.

»Sie halten mich wohl für geistig anormal?« fragte Lotte und hatte Mühe, nicht zu lachen, worüber sie heftig erschrak, denn das war ja wirklich nicht geistig normal.

Anton sah sie einen Augenblick verwundert an, schüttelte leise den Kopf und meinte vorwurfsvoll: »Wie können Sie so etwas denken? Ich habe selbstverständlich bisher keine Ahnung davon gehabt, was mein Vater Alfred schreiben ließ, und ich mißbillige das durchaus wie Sie. Ich werde heute noch mit meinem Vater darüber reden, darauf dürfen Sie sich verlassen, und auch mit meiner Meinung nicht hinter dem Berg halten.«

Lotte lächelte schwach. »Ich danke Ihnen, Herr Dungs, ich danke Ihnen herzlich. Was müssen Sie von mir halten?«

Anton versicherte eifrig, daß er ihr Verhalten durchaus verstehe und billige, ja bewundere, und daß er sich nur freuen könne, daß Alfred so ein Mädchen gefunden habe.

Lotte lächelte wieder. Ihr war so seltsam zumute. Sie hörte alles nur wie durch einen Vorhang, wie aus einer Ferne. Sie erschrak. Sie würde doch nicht krank werden, doch jetzt nicht?

»Fühlen Sie sich nicht wohl?« fragte Anton besorgt.

»O durchaus!« antwortete Lotte.

»Erzählen Sie mit doch bitte von Alfred. Ich habe so lange nichts von ihm gehört. Eine Karte hat er mir einmal aus Java geschickt, dann nichts mehr. Ich denke, er wird sehr viel Arbeit gehabt haben dort drüben?«

Lotte nickte und erzählte. Ach, und das tat sehr wohl, und Anton hörte so hübsch ruhig zu. Darüber wurde sie selbst ganz ruhig.

»Ich werde versuchen, meinem Vater sein Vorhaben auszureden,« sagte Anton nach einer Weile.

»Wie kann man nur gegen sein eigen Fleisch und Blut so hart und ungerecht sein,« sagte Lotte heftig.

Anton versuchte ihr das verständlich zu machen, aber Lotte schüttelte immer nur den Kopf. »Wenn jemand in Not ist, hilft man ihm, das tut selbst ein Feind. Aber ein Vater stößt den eigenen Sohn doch nicht aus bloßem Eigensinn ins Elend.«

»Ich bitte Sie, er nimmt doch gar nicht an, daß es so weit kommen wird!«

»Wer gibt ihm ein Recht, das nicht anzunehmen? Alfred hat doch bisher so gehandelt, daß sein Vater wissen muß, er kann jetzt nicht nachgeben. Das wäre doch einfach ehrlos!«

»Aber es handelt sich doch um Vater und Sohn und nicht um einander fremde Menschen. Da mögen Sie von ehrlos reden, aber das geht in diesem Falle doch nicht.«

»Er hat sich seinem Sohne gegenüber schlimmer benommen als ein Fremder,« beharrte Lotte und war davon nicht abzubringen. »Wenn ihm das einer einmal sagt, muß er es doch selbst zugeben, das ist doch klar.«

Damit war Lotte wieder bei dem Punkt angelangt, auf den es ihr ankam, und Anton hatte alle Mühe, ihr das Versprechen abzuringen, daß sie mit ihren Versuchen, Anton Dungs junior zu sprechen, wartete, bis er mit ihm geredet hatte, daß sie wenigstens nicht schon heute etwas derartiges versuchte.

»Ja, ich will heute noch warten, das verspreche ich Ihnen, aber länger kann ich wirklich nicht warten; und zwar einfach deshalb nicht, weil ich nicht weiß, ob ich nicht übermorgen schon krank bin und das Bett hüten muß. Das alles hat mich ganz elend gemacht, verstehen Sie das?«

Anton nickte voller Teilnahme. »Ich bitte Sie, auch um Alfreds willen, schonen Sie sich.«

Lotte nickte mechanisch, aber achtete offenbar kaum noch auf das, was er sagte. Wie geistesabwesend blickte sie vor sich hin.

»Sie sind ja heute abend bei meiner Braut. Vielleicht komme ich noch auf einen Sprung vorbei?«

»Bitte, tun Sie das, Herr Dungs.«

Lotte erhob sich, und auch Anton stand auf.

»Ich danke Ihnen vielmals, Herr Dungs.«

Anton wollte schon zur Tür hinaus, da hielt sie ihn nochmals zurück durch die Frage: »Jetzt können Sie es mir ja sagen, Herr Dungs, nicht wahr, es gehört sich nicht, wie ich mich benehme?«

Anton redete ihr gut zu.

»Was würden Sie sagen, wenn Ihre Braut so etwas täte?«

Anton behauptete, daß er sich nur freuen würde, wenn seine Braut in allen Lagen so für ihn einträte.

»Aber ich versichere Ihnen, Herr Dungs, meine Schwestern, meine Schwäger und auch mein Vater denken nicht so wie Sie.«

Anton behauptete, darin täusche sie sich sicherlich.

Lotte lächelte matt. »Bemühen Sie sich nicht, ich weiß es besser, Herr Dungs. Aber das schadet nun nichts mehr, das ist jetzt Nebensache, nicht wahr? Die Hauptsache ist, daß Alfred glücklich wird, und daß er nicht seine Arbeit aufgeben muß, für die er schon ein ganzes Jahr lang seine Kraft ausgegeben hat, und die ihm lieb ist.«

Anton blieb noch eine Weile, bis es ihm so vorkam, als ob Lotte nun wirklich ruhiger geworden sei, und dann begab er sich sofort in die Fabrik. Sein Vater richtete ja auch dieses Mädchen zugrunde, wenn das nicht bald ein Ende nahm mit seinem Starrsinn. Dazu hatte er doch schon gar kein Recht.

Am Abend fand sich Lotte rechtzeitig bei Helene Momm ein, die schon in Sorge war, denn ihr Bräutigam hatte ihr aus der Fabrik telephoniert und gemeint, es stehe seiner Meinung nach nicht gut um Lotte, und am besten wäre es, sie brächte es zustande, daß Lotte die Nacht über bei ihr bliebe und nicht wieder in das Hotel zurückkehre, denn er fürchte, sie sei krank, alle die Aufregungen der ganzen Zeit hätten sie gar zu sehr mitgenommen.

Wenigstens hat sie einen ganz guten Appetit, dachte Helene Momm, als sie mit Lotte bei Tisch saß, und wurde etwas ruhiger.

Nach Tisch nahm Helene Momm sie mit in ihr Zimmer.

»Nicht wahr, Sie bleiben noch recht lange bei mir?« sagte Helene Momm. »Ich freue mich so, mit Ihnen noch recht lange beisammen zu sein.«

Lotte nickte. Natürlich bleibe ich hier, bis Anton kommt, dachte Lotte, das hat er mir doch versprochen. Ich muß doch wissen, was sein Vater gesagt hat.

Helene Momm, der es in Gegenwart Lottes, die vor sich hinsah und nichts sprach, wieder ein wenig unheimlich zumute wurde, begann von sich zu erzählen, was ihr gewiß nicht leicht wurde.

Zuerst erzählte sie von ihrer Mutter und deren schwerer Krankheit, bis ihr plötzlich zum Bewußtsein kam, daß das doch wohl nicht gerade ein beruhigendes Thema für sie und ihren Besuch war. Sie schwieg betroffen.

Lotte sah auf und sagte: »Ich habe eigentlich gar keine Mutter gehabt. Sie starb, als ich noch ganz klein war. Meine Schwester Ise behauptet immer, deshalb fehle es mir auch an der rechten Kinderstube, und deshalb machte ich solch dumme Streiche.«

Lotte schwieg und lauschte. Es dauerte lange, bis Anton kam. Das war kein gutes Zeichen.

Helene Momm erzählte von Alfred Dungs, den sie ja von klein auf kannte, das würde Lotte von Karst doch gewiß interessieren. Was er für ein wilder Junge gewesen sei, und wie viel dumme Streiche er ausgeheckt habe, die ihm aber nicht sonderlich übelgenommen wurden, da er ein Dungs war, ein Sohn von Anton Dungs junior.

Lotte hörte lächelnd zu und sagte: »Das glaube ich, daß er ein wilder Bub war, das sieht ihm ganz ähnlich.«

Helene Momm erzählte, was sie nur von Alfred Dungs wußte. Ach, Lotte von Karst wußte ja glücklicherweise nicht, wie schwer ihr das wurde, und wie das weh tat, daß gerade sie seiner Braut davon sprechen mußte.

Es schellte. Lotte sprang auf. »Das ist er!«

»Wer?« fragte Helene Momm erschrocken.

»Anton. Er kommt von seinem Vater, er wollte mit ihm über Alfred reden, er versprach mir, dann noch hierher zu kommen.«

Es war Anton, der eilig ins Zimmer trat, seine Braut flüchtig begrüßte und einen besorgten Blick auf Lotte warf.

»Sie brauchen nicht so ängstlich dreinzusehen, Herr Dungs, ich habe es gar nicht anders erwartet, als daß Sie bei Herrn Dungs nichts erreichen würden.« Lotte hatte wieder dies leichte, fatale Lächeln im Gesicht, das Anton so beunruhigte.

»Auf den ersten Hieb fällt keine Eiche,« erwiderte Anton und lachte. »Aber wir werden ihn schon klein kriegen.«

»Hat er Ihnen wenigstens gesagt, was er sich bei den persönlichen Unterhandlungen denkt?« fragte Lotte.

»Aber gewiß. Setzen wir uns doch.«

Alle drei setzten sich.

»Es ist genau, wie ich Ihnen schon sagte, er nimmt ganz bestimmt an, daß Alfred es nicht bis zum Alleräußersten kommen lassen wird.«

Lotte besaß in diesem Augenblick ganz ungewöhnlich empfindliche Sinne für alle Nuancen der Worte Antons. So fiel ihr denn sofort auf, daß er vom Alleräußersten gesprochen hatte, während bisher doch nur vom äußersten die Rede gewesen war. Das mußte einen besonderen Grund haben, und sie fragte: »Was ist denn dann das Aeußerste, nach dem noch das Alleräußerste kommt?«

»So dürfen Sie meine Worte aber wirklich nicht auf die Goldwage legen. Dabei habe ich mir wirklich nichts Besonderes gedacht.«

Lotte lächelte. »O ja, Herr Dungs, dabei haben Sie sich etwas ganz Bestimmtes gedacht, das weiß ich ganz genau.«

Anton wurde ganz verwirrt. Dies junge Mädchen war ja von einer ganz gefährlichen und unheimlichen Spitzfindigkeit.

»Was das Alleräußerste ist, wozu es unter keinen Umständen kommen darf, das wissen wir ja.« Lotte nickte.

»Bloß damit Sie sehen, daß ich Ihnen wirklich nichts verschweige, und damit Sie mir vertrauen, sage ich Ihnen, obwohl es unsinnig ist und sich Alfred nicht darauf einlassen wird, ich täte es auch nicht, daß mein Vater bereit wäre, die Forderungen an Alfred auszuhändigen, wenn er ... nein, es ist wirklich ungeheuerlich, was er sich in seiner Wut ausgedacht hat!«

»Sagen Sie es nur, ich fürchte mich nicht.« Lotte lächelte.

Anton sprang auf. »Es ist wirklich eine Zumutung. Also, er würde auf die Klage verzichten, wenn Alfred auf sein Pflichtteil verzichtet.«

Helene Momm sprang nun auch auf. »Das ist unmenschlich!« entfuhr es ihr. »Das tut der schlimmste Feind dem anderen nicht an!«

»Das tun wohl nur Blutsverwandte einander an,« sagte Lotte und lächelte.

»Es kann natürlich gar keine Rede davon sein, daß er sich darauf einläßt,« begann Anton von neuem.

»Was heißt denn das eigentlich?« fragte Lotte. »Sie müssen schon entschuldigen, aber ich verstehe von kaufmännischen Dingen so gar nichts.«

»Das würde heißen,« antwortete Helene Momm für Anton, der sich nicht dazu entschließen konnte, so sehr schämte er sich für seinen Vater, »daß Alfred auf zwei Drittel seines Vermögens verzichtete, um etwa ein Drittel zu gewinnen.«

»Also ein sehr schlechtes Geschäft,« meinte Lotte und lächelte.

»Dabei handelt es sich nur um das Pflichtteil,« erklärte Helene Momm weiter, »nicht um sein Erbteil, das unter friedlichen Verhältnissen, wie ich annehme, größer sein würde.« Sie blickte fragend auf Anton, der zustimmend nickte.

»Auf so etwas geht kein Mensch ein, der auf Selbstachtung hält,« sagte Anton erregt, »es war natürlich auch nur eine Bosheit, mir das zu sagen, denn mein Vater denkt ja gar nicht daran, daß Alfred darauf einginge. Er will ihn damit nur kränken, weil er sich durch ihn gekränkt fühlt, weil er ihm nicht verzeihen kann, daß er seine Gaben in den Dienst einer anderen Sache gestellt hat.«

»Also bleibt eben doch nur das Alleräußerste, wie Sie es vorhin nannten,« sagte Lotte.

»Dazu wird es aber nicht kommen, so lange ich da bin!« rief Anton.

»Wie wollen Sie es denn verhindern, Herr Dungs?«

»Das weiß ich im Augenblick noch nicht!« rief Anton.

»Sehen Sie, Sie wissen es noch nicht, und die andern wissen es auch nicht, aber ich weiß es, sehen Sie, ich weiß es ganz genau.«

»Wollen Sie es uns nicht sagen?«

»Aber gewiß, nur müssen Sie mir zuerst sagen, ob ich morgen Ihren Vater mit Sicherheit sprechen kann.«

Helene Momm wurde kreidebleich.

»Sie brauchen keine Angst zu haben, Helene, ich tue ihm nichts, das brauchen Sie nicht zu befürchten. Aber ich weiß, wenn er mich angehört hat, wird er anders denken. Er muß, ich gehe nicht früher wieder von ihm fort. Also sagen Sie mir, Herr Dungs, wo treffe ich Ihren Vater am sichersten morgen.«

Anton suchte nach Ausflüchten, denn es war doch ganz unmöglich, daß sie in dieser seltsamen Verfassung mit seinem Vater sprach, der weiß Gott gereizt und unerträglich genug war. Man mußte ihr das unter allen Umständen ausreden.

»Es ist wirklich sehr schwer, Ihnen darauf eine zuverlässige Antwort zu geben. Denn, sehen Sie, wenn sich mein Vater nicht sprechen lassen will, ich glaube, eher dringen Sie noch bis zum Kaiser vor als bis zu ihm.«

Lotte lächelte nur.

Anton warf seiner Braut einen auffordernden Blick zu. »Wissen Sie, ich werde Ihnen telefonieren, sowie ich weiß, daß mein Vater zu Tisch nach Hause geht, da erreichen Sie ihn immer noch am sichersten und können ganz ungestört mit ihm reden.«

»Und heute nacht bleiben Sie bei mir, Sie tun mir den Gefallen,« fiel Helene Momm ein. »Es ist doch gemütlicher hier als im Hotel.«

Lotte lächelte nur. Für wie dumm sie mich halten, dachte sie. Als ob ich den Blick nicht gesehen hätte, den sie sich zuwarfen. Sie halten mich einfach für krank und meinen, sie dürften mich nicht aus den Augen lassen, deshalb reden sie so. Und wenn ich wirklich hierbleibe, dann lassen sie mich morgen einfach nicht aus dem Haus, denn sie wollen ja durchaus nicht, daß ich mit Anton Dungs junior spreche, und das ist doch das einzige, was noch helfen kann. In Lotte stieg ein großes Mißtrauen gegen die beiden auf. Warum waren sie eigentlich so dagegen, daß sie mit Anton Dungs junior sprach? Sie wollten am Ende wohl gar nicht im Ernst, daß es wieder gut wurde mit Alfred?

»Nicht wahr, Sie bleiben bei mir?« bat Helene Momm wieder.

»Was sollen Sie denn jetzt noch in das Hotel zurück?« sagte Anton.

»Ich danke Ihnen sehr, Sie sind zu freundlich, Helene, aber ich gehe doch lieber ins Hotel. Ich fühle mich nicht ganz wohl, ich möchte mich gleich schlafen legen, ach, und lange, lange schlafen. Sie besuchen mich vielleicht morgen früh, Helene? Und wenn Herr Dungs dann so freundlich fein will, mir zu telephonieren, so wäre ich ihm sehr dankbar. Ich warte dann so lange im Hotel.«

Helene und Anton sahen sich unruhig an. Nun sprach Lotte von Karst ja eigentlich ganz ruhig und verständig.

»Wenn Sie es durchaus so haben wollen,« meinte Helene Momm unsicher.

»Ich komme dann morgen nach dem Frühstück gleich zu Ihnen,« sagte Lotte, »dann brauchen Sie sich erst gar nicht in das Hotel bemühen, und dann warte ich hier bei Ihnen, wenn es Ihnen nicht zu lästig ist, bis Herr Dungs mir telefoniert.«

Sie reichte Helene Momm die Hand. »Wie viel Unbequemlichkeiten ich Ihnen mache.«

Helene Momm war ganz gerührt.

»Und Herr Dungs ist vielleicht so freundlich, mich bis zum Hotel zu begleiten.«

Anton Dungs war sofort dazu bereit, und unterwegs sprach Lotte so verständig und heiter zu ihm, daß er dachte: ich habe mich getäuscht, sie ist ja ganz gesund und vernünftig, und den Besuch bei meinem Vater werde ich ihr morgen auch noch ausreden.

Anton fühlte sich recht erleichtert, als er sich von Lotte verabschiedete.

Als Lotte in ihrem Zimmer war, lächelte sie wieder. Jetzt sah Anton Dungs sie ja nicht mehr, jetzt konnte sie sich wieder gehen lassen.

Sie ging zu Bett und dachte darüber nach, wie sie es wohl am besten anfing, Anton Dungs junior allein zu sprechen, denn eine andere Hilfe gab es nun nicht mehr. Wenn sie in die Fabrik ging, konnte er sich verleugnen lassen, und wenn er erst wußte, daß sie ihn sprechen wollte, konnte er ihr leicht aus dem Wege gehen. Er brauchte ja nur zu verreisen zum Beispiel. Er würde das wohl auch tun, wenn er erst wußte, daß Lotte von Karst da war und er nun nachgeben mußte, ob er wollte oder nicht. Sie mußte ihn also überraschen, so daß er ihr gar nicht mehr entfliehen konnte. Aber in der Fabrik konnte sie ihn nicht überraschen, das war klar. Nun, Anton hatte vorhin doch gesagt, daß er zu Tisch nach Hause gehen werde, also würde sie sich eben in die Nähe dieses Hauses begeben und dort warten, bis er käme. Das war doch wirklich einfach. Und dann würde sie schon dafür sorgen, daß er ihr nicht entwischte. Er konnte doch auch gar nicht einfach fortlaufen, das wäre doch zu lächerlich gewesen vor ihr, einer Dame. Und selbst wenn er den Versuch machen sollte, sie war jedenfalls viel schneller auf den Beinen. Fast hätte sie laut gelacht, so deutlich sah sie das Bild vor sich, wie Anton Dungs Reißaus nahm in den Wald und sie hinter ihm her. Ach nein, das würde er schon nicht tun, sondern er würde sie mit ins Haus nehmen, weil er einfach mußte, und dann würde sie mit ihm sprechen.

Stunde um Stunde lag Lotte da und sprach mit Anton Dungs junior. Er machte Einwendungen, und sie widerlegte sie, eine Einwendung nach der anderen. Immer neue Einwürfe fand sie, aber alle hielten ihr nicht stand. Und schließlich bekam Anton Dungs diesen merkwürdigen Gesichtsausdruck, der so gar nicht zu ihm paßte, und den sie doch schon an ihm gesehen hatte, ganz hilflos sah er drein. Bei welcher Gelegenheit war das nur gewesen, als er so hilflos und fast kindlich aussah? Sie besann sich hin und her, aber es wollte ihr nicht einfallen. Jedenfalls würde er auch jetzt plötzlich so aussehen, und damit hatte sie gewonnenes Spiel.

Ab und zu fiel Lotte in einen kurzen, unruhigen Schlaf, aber immer wieder erwachte sie, und sofort begann auch der Disput mit Anton Dungs junior wieder und dauerte, bis er das hilflose Gesicht machte und Lotte wußte, daß sie gesiegt hatte. Dann schlief sie wieder für eine Weile ein.

Die Nacht verging, und die Sonne kam am Himmel herauf, Lotte disputierte immer noch. Aber es war nicht im geringsten beschwerlich und unangenehm, denn Anton Dungs junior verlor ja doch zum Schluß immer.

Sie sah nach der Uhr, ob es noch nicht Zeit sei, aufzustehen, aber es war noch zu früh. Eigentlich war ihr das gar nicht unangenehm, denn gerade kamen wieder neue Einwände, die Herr Dungs erhob, und die sie doch erst noch widerlegen mußte, bevor sie aufstand und wirklich zu ihm ging.

Nicht ein bißchen müde fühlte sich Lotte, als sie dann endlich aufstehen konnte. Ganz frisch und munter und guter Dinge fühlte sie sich, und sie frühstückte fast mit Heißhunger. Die nächtliche Diskussion hatte Appetit gemacht. Auch mußte sie sich recht für das stärken, was noch kommen würde. Es war erst acht Uhr. Bis die Unterredung mit Herrn Dungs vorbei war, würde sie schwerlich noch etwas zu essen bekommen. Auch ging sie natürlich nicht zu Helene Momm. Die würde sie jetzt nur stören. Nachher, wenn es vorbei war, würde sie zu ihr gehen, dann war es noch früh genug dazu.

Jetzt würde sie ihr einen Brief schreiben und sich entschuldigen, daß sie noch nicht kommen könne. Aber was sollte sie ihr schreiben?

Lotte lächelte und setzte sich an den Nebentisch, wo das Schreibzeug stand. Das war doch wirklich sehr einfach, sie schrieb Helene Momm, daß es ihr sehr gut gehe, und daß sie gar nicht mehr in Unruhe sei und deshalb vor allem ihrer Schwester guten Tag sagen wolle, die sie wohl über Tisch bei sich behalten würde. Helene Momm brauche sich also gar keine Gedanken zu machen, wenn sie erst am Nachmittag bei ihr einträfe, denn sie habe ihre Schwester nun gerade ein Jahr nicht gesehen. Und Anton solle sie auch schönstens grüßen, und die Unterredung mit seinem Vater habe wohl noch einen Tag Zeit.

Wie klar und einfach das war. Nun sollte noch einer sagen, daß sie nicht ganz gesund sei.

Sie steckte den Brief in ein Kuvert und wartete noch bis neun Uhr, bevor sie schellte, damit der Brief besorgt würde. Früher ging es doch wohl nicht gut. Und dann steckte sie noch ein Brötchen zu sich. Es ist wie bei einem Ausflug über Land, dachte Lotte und verließ das Hotel.

Aber wo lag doch das Schloß von Anton Dungs junior? Ach so, ganz richtig, natürlich, sie würde es ohne Schwierigkeiten finden. Sie war ja ein Landkind, eine Offizierstochter und hatte das Gelände studiert, Frau Oberst.

Gemächlich und guter Dinge marschierte sie drauf los. Sie hatte ja Zeit. Es herrschten hier zwar kleinstädtische Verhältnisse, so viel Geld die Leute auch verdienten, aber vor halb ein Uhr würde doch wohl auch Herr Anton Dungs junior nicht Mittag essen. Wenn sie um zwölf das Schloß erreichte, genügte das sicherlich.

Sie war natürlich schon viel früher an Ort und Stelle, aber das genierte sie durchaus nicht. Sie ließ sich in der Nähe des Einganges zum Schloß auf einem gefällten Buchenstamm nieder und verzehrte ihr Brötchen. Es vollzog sich ja alles nach Wunsch.

Jetzt saß Alfred wohl im Hotel und beriet sich mit seinen Juristen, und auch die Mama war dabei. Wie sie sich die Köpfe zerbrachen und zerquälten und doch keinen Ausweg fanden, und wie nun die Mama mit ihren französischen Flüchen loslegte, zu denen sie sich so gerne rettete, wenn es gar nicht mehr anders ging. Lotte sah die Szene so deutlich vor sich, daß sie lachen mußte.

Alfred und die Mama dachten natürlich, sie sei bei ihrem Vater. Und ihr Vater dachte, sie sei bei Alfred und seiner Mama in Berlin. Derweil saß sie hier so munter und guter Dinge wie seit Tagen nicht, hatte ein gutes Brötchen verzehrt und wartete auf Anton Dungs junior.

Sie sah nach der Uhr und suchte sich einen besseren Versteck, denn hier aus dem Buchenstamm hätte er sie schon von weitem erblickt und wahrscheinlich auch erkannt. Und dann brauchte er einfach kehrt zu machen, und sie hatte das Nachsehen. Nein, Herr Dungs, so ging es denn doch nicht.

Hier, nur wenige Schritte von dem Tor entfernt, befand sich ein Busch. Dahinter versteckte sie sich und wartete. O, die Zeit wurde ihr durchaus nicht lang, denn sie unterhielt sich schon wieder lebhaft mit ihrem Partner.

Nun ja, und da kam er ja auch wirklich. Ganz langsam und ahnungslos und dachte an gar nichts Böses. Am liebsten hätte Lotte laut gelacht, aber das durfte sie ja nicht, um ihn nicht zu verscheuchen.

Sie wartete, bis er die Hand zum Torgriff hob. Da trat sie aus dem Busch, ging gerade auf ihn zu, sagte: »Guten Tag, Herr Dungs« und hielt ihm die Hand hin. Sie hatte ja nun schon seit gestern abend spät unausgesetzt mit ihm gesprochen, und alles ließ sich genau so an, wie sie es erwartet hatte, daß sie ihn wie einen alten Bekannten begrüßte.

Anton Dungs trat einen Schritt beiseite und sah sie an. Nun erkannte er sie und hob wieder die Hand zum Torgriff.

»Ich habe mit Ihnen zu sprechen, Herr Dungs.« Lotte sah ihn freundlich an. Es war ja alles genau so, wie sie es vorausgesehen hatte.

Sie ist wohl verrückt! schoß es Anton Dungs durch den Kopf.

»Sie fürchten sich doch nicht vor mir, Herr Dungs?« fragte Lotte freundlich.

Nun machte Anton Dungs eine leichte Verbeugung, sagte kurz und schroff: »Bitte«, öffnete das Tor und ließ sie zuerst eintreten.

»Ich danke Ihnen, Herr Dungs.«

Er schritt schweigend neben ihr in das Haus. Man muß sie in eine Anstalt bringen lassen, dachte er. Sowie es geht, werde ich nach Schwester Emma telephonieren.

»Sie möchten gewiß erst essen, Herr Dungs,« meinte Lotte, als sie im ersten Stock angekommen waren. »Lassen Sie sich bitte nicht stören, ich habe Zeit.«

Immer noch stumm geleitete Anton Dungs sie in sein kleines Arbeitszimmer mit den vielen Karten. Es ließ sich leicht abschließen, und die Fenster hatten Gitter, was ihm jetzt eigentlich zum erstenmal zum Bewußtsein kam.

Sie setzten sich, und Lotte von Karst sah in diesem Augenblick, wie Anton Dungs sich sagen mußte, durchaus nicht wie eine Kranke aus.

»Was wünschen Sie?« fragte er kurz und schroff.

Lotte sah ihn verwundert an. Mit dieser einfachen Frage hatte sie nicht gerechnet, und eine große Unruhe legte sich über ihr Gesicht.

»Ich nehme an, mein Sohn hat Sie hierher geschickt?«

»Alfred weiß nicht, daß ich hier bin,« erwiderte Lotte leise. Auch diese Frage paßte nicht zu der Unterredung, wie sie sie sich ausgemalt hatte.

»Wollen Sie bitte sagen, was Sie hierher führt? Ich nehme an, Sie sind noch die Braut meines Sohnes?«

Lotte nickte.

Will sie mich zum Narren halten? dachte Anton Dungs junior und bekam einen roten Kopf.

Jetzt sah er genau so aus, wie Lotte es sich vorgestellt hatte, jetzt konnte sie reden, und sie begann zu reden, ganz ruhig und sachlich, wie sie es sich für den Anfang vorgenommen hatte.

Anton Dungs ließ sie eine ganze Weile gewähren, denn sie hatte ihn tatsächlich überrumpelt, und es war ihm nicht gleich klar, was das Ganze eigentlich sollte, wenn sie die Wahrheit sagte und nicht als Abgesandte Alfreds kam.

Lotte stutzte, denn er erhob gar keine Einwendungen. Sie sah ihn fragend an.

Sie ist entschieden geistesgestört, dachte Anton Dungs nun wieder, und ein großes Unbehagen überkam ihn.

Aber im nächsten Augenblick sprach Lotte wieder ganz verständig und klar, so klar, wie man es nur wünschen konnte. Sie setzte ihm auseinander, warum er die Forderungen an Alfred nicht einklagen dürfe.

Da habe ich mich geirrt, dachte Anton Dungs junior, die ist wahrhaftig nicht verrückt, die ist sehr klar bei Verstand.

Lotte schwieg wieder. Warum sagte er denn gar nichts? So ging es doch nicht weiter, daß sie redete und er kein Wort erwiderte, so kam doch nie der Disput zustande, in dem sie siegen würde.

Nun wurde sie lebhafter und begann, ihm Vorwürfe zu machen.

Anton Dungs traute seinen Ohren nicht. So pflegte man doch nicht mit ihm zu reden!

Lottes Vorwürfe wurden heftiger, da er immer noch nicht erwiderte. Sie mußte ihn reizen, bis er wild wurde, die Vorwürfe erwiderte, Einwendungen machte...

Anton Dungs sprang auf. »Das muß ich mir denn doch entschieden verbitten!« rief er puterrot. »Wie komme ich dazu, mir in meinem eigenen Hause solche Dinge sagen zu lassen? Sagen Sie Ihrem Bräutigam, weil er in ein fremdes Geschäft eingetreten ist und schon dadurch das meine schädigt, so gehört es sich, daß ich mich dafür schadlos halte im Interesse meines Geschäfts. Ich liefere ihm die Forderungen aus, wenn er auf sein Pflichtteil verzichtet. Ich bin es unserer Firma schuldig, so zu handeln, ich habe die Pflicht, auf ihren Vorteil bedacht zu sein.«

Lotte saß fassungslos da. Das waren keine Einwände, wie sie es erwartet hatte, das waren Gesichtspunkte, die sie nicht verstand und auch nicht widerlegen konnte ... Sie verstand überhaupt nur halb, was er sagte. Es klang wie aus weiter Ferne, und wie war denn das? Er rückte ja immer weiter von ihr fort, ganz klein wurde er, wie ein kleines Bild ganz, ganz weit fort an einer Wand.

Da Lotte keine Anstalten machte, sich zu entfernen, wie Herr Dungs nach seinem Ausfall erwartet hatte, so räumte er selbst das Feld und ging zur Tür.

Er wandte sich plötzlich nach Lotte um, die so einen seltsam gurgelnden Laut hervorgestoßen hatte. Er sah, wie sie wankte, und sprang zu. Er erreichte sie gerade noch, sonst wäre sie zu Boden gefallen. Sie war ohnmächtig geworden.

Nun machte Anton Dungs ein hilfloses, fast kindliches Gesicht, aber Lotte sah es nicht mehr.

Er legte sie auf das Sofa und schellte dem Diener.

»Telephonieren Sie sofort an Schwester Emma, sie soll sofort herkommen!« rief er dem alten Fritz zu, der verwundert an der Tür stand.

Fritz kam sehr bald zurück und sagte, Schwester Emma sei nicht zu Hause, und man wisse auch nicht, wohin sie gegangen sei.

»Dann bleiben Sie hier!« rief Anton Dungs.

Er eilte zum Telephon und ließ sich mit Helene Momm verbinden. »Komme doch bitte gleich her, Helene. Hier ist ein Fräulein von Karst bei mir, dem ist nicht wohl. Bringe sie fort von hier. Ich verstehe mich nicht auf so ein Mädchen.«

Er wartete die Antwort Helene Momms erst gar nicht ab, sondern griff nach seinem Hut und verließ eilig das Haus.

10. Kapitel

Anton Dungs junior war außer sich. Seit einem Jahr ging ja auch wirklich alles verkehrt. Mit Alfred hatte es angefangen. Er wollte und wollte nicht wieder zur Vernunft kommen. Konnte er der Firma etwas Schlimmeres antun, als einfach in eine andere Firma eintreten, den Kredit seines Namens mißbrauchen und ihn dadurch schädigen? Da war es doch nicht mehr als billig, daß man sich im Interesse der Firma am Pflichtteil Alfreds schadlos hielt. Gut, wenn er nicht wieder an den Platz zurückkehren wollte, wohin er gehörte, und wo man ihn brauchen konnte, so war kaufmännisch doch gewiß nichts einzuwerfen, wenn man den Schaden wieder dadurch gutzumachen suchte, daß man ihn zwang, auf sein Pflichtteil zu verzichten. Das war doch einigermaßen ein Aequivalent für den Verlust Alfreds, seiner Person und seiner Fähigkeiten, und für den Verlust der Millionen, die ihm der Kredit der Firma verschafft hatte, und die für sie endgültig verloren waren. Das war doch eine Rechnung mit Gegenrechnung, klipp und klar und so einfach, daß es auch ein Kind begreifen mußte. Statt dessen lag ihm Anton in den Ohren, auf solche Forderungen zu verzichten. Es sei nicht anständig und verstoße wider die guten Sitten, die Notlage eines Dritten so auszubeuten.

Anton Dungs junior verzog das Gesicht zu einem grimmigen Lächeln. All diese neumodischen, hochtrabenden Worte! Wider die guten Sitten! Das war ihm in den letzten Jahren schon häufiger vorgehalten worden. Er machte einen Kontrakt mit jemand. Punkt für Punkt wurde er durchgegangen. Er faßte den Kontrakt so günstig wie nur möglich für seine Firma ab. Der Partner las ihn Punkt für Punkt und erklärte sich einverstanden und unterschrieb. Aber wenn man dann plötzlich von seinem kontraktlichen Recht Gebrauch machte, und es dem andern nicht paßte, dann schrie er, der Kontrakt sei wider die guten Sitten. Er hätte sich doch lieber vorher den Kontrakt besser ansehen sollen, als nachher schreien. Wenn er klüger war als der andere, so konnte man ihm doch keinen Vorwurf daraus machen. Er bestand auf seinem Recht und nichts weiter. Wenn er und seine Juristen davon mehr verstanden als der andere, so war das doch dessen Schuld und nicht die seine. Wenn Alfred so dumm war, nicht daran zu denken, seine Verpflichtungen bei den Banken nicht unverkäuflich zu machen, so war es doch seine Schuld, für die er eben jetzt bezahlen mußte, wenn Anton Dungs junior die Forderungen aufkaufen und gegen ihn ausspielen konnte. Darin bestand doch nun einmal das Geschäft, daß der eine Mensch klüger war als der andere. Oder sollte heutzutage am Ende die Dummheit privilegiert werden? Aehnlich sähe das schon einer Zeit, die alles, was schwach war, hegte und pflegte, hingegen den Starken gerne Knüppel zwischen die Beine warf.

Das war genau so wie mit seinen Wohlfahrtseinrichtungen. Sie waren musterhaft. Aber er pflegte sie nicht aus sozialem Mitgefühl und dergleichen, sondern aus sehr einfachem geschäftlichen Interesse. Es rentierte sich eben, wenn man seine Leute, vom obersten bis zum untersten, gut hielt. Aber es fiel ihm nicht ein, deshalb gefühlvoll zu werden und in sozialen Redensarten zu machen. Und weil er das nicht tat, war es den Phrasendreschern wieder nicht recht. So vorzüglich all diese Wohlfahrtseinrichtungen waren, so gerne andere sie sich zum Vorbild nahmen, man rechnete sie ihm einfach deshalb nicht zum Vorzug an, weil man behauptete, sie kämen nicht aus der rechten Gesinnung.

Wieder lächelte Anton Dungs bitter. Ob er wohl heute so dastände, wenn er auf all das larmoyante Gerede Rücksicht genommen hätte? Sein Aeltester aber schien sich von derlei düpieren zu lassen. Und es war erst recht so eine neumodische Narrheit, daß er durchaus selbständig sein wollte. Konnte sich dieser junge Mensch heute nicht mit dem Bewußtsein begnügen, daß er einmal einer der wenigen unabhängigen und wirklich selbständigen Leute in Deutschland sein würde? Wenn die Fabrik nach dem Tode von Anton Dungs junior an seinen Aeltesten überging, dann war er ein König, mehr als ein König, denn für den Leiter dieser Fabrik gab es kein Parlament, keine Minister oder andere Abhängigkeiten, da gab es nur den eigenen Verstand und das eigene Gewissen als Richtschnur. War das vielleicht nichts? Und lohnte es sich daher nicht, lieber zu lernen und Erfahrungen zu sammeln, bis man sowieso Alleinherrscher wurde, statt wie ein kleiner Kommis von Selbstständigkeit zu reden und zu träumen?

Aber er mochte seinem Aeltesten so viel davon predigen, wie er wollte, er bekam einen dicken Kopf und blieb dabei, selbständig werden zu wollen.

Und nun lag da zu allem Ueberfluß auch noch dies närrische Berliner Fräulein mit einem Typhus oder dergleichen bei Helene Momm, und Helene Momm sah ihn ja fast so an, als habe er einen Mord begangen. Zu kindisch! Als ob er das kleine energische Fräulein nicht weit besser verstände als Helene Momm. Dies Berliner Fräulein, das war doch noch aus festem Holz geschnitzt. Wie sie für ihr Glück kämpfte, das ließ er sich gefallen, das imponierte ihm eigentlich. Aber war er schuld, daß sie den Typhus bekam und nun nicht weiterkämpfen konnte? Sollte er am Ende deshalb klein beigeben, weil sie krank geworden war? Damit mochte man kleinen Konfirmandenmädchen kommen, aber doch ihm nicht.

Anton Dungs erhob sich von seinem Kontorstuhl und ging in die Fabrik. Das war immer noch das beste, um allen Aerger und alle dummen Gedanken loszuwerden. Die Schornsteine stießen den Rauch in dicken Schwaden aus, in den Hallen glühte und ächzte das Eisen, in den Werkstätten hämmerte und klopfte es, aus den Hochöfen spritzten die Feuerfontänen, die Fördertürme bebten, und auf ihren Eisenplatten donnerten die Kohlenwagen, die Maschinen stampften, die Lokomotiven fauchten. Wie klein war da aller Aerger, wie wenig bedeuteten da alle dummen Gedanken. Hier war Leben, Tätigkeit und Schaffen!

Anton Dungs junior badete förmlich in all diesen Geräuschen, die ihn umgaben. Es war für ihn die wirksamste Erholung. Andere Kuren brauchte er überhaupt nicht.

Langsam, ganz langsam ließ er sich weitertragen von den Wellen dieses Lärms, der immer lauter und wilder ihn umbrandete, ein gewaltiges Orchester, das in seinen Ohren zu einer herrlichen Harmonie wurde, aus der er zugleich jedes einzelne Instrument heraushörte. Mit einer Art Wollust sog Anton Dungs all die Geräusche in sich ein. Jede Maschine hatte ihr besonderes Leben, und dem entsprach auch der besondere Lärm, den sie machte, gleichsam der Atem, der von ihr ausging. Und dieser Lärm hatte wieder seine Nuancen, an denen Anton Dungs sofort hörte, ob die Maschine in Ordnung war und alles an ihr richtig funktionierte, oder ob sich irgendein Fehler eingeschlichen hatte, der noch lange nicht zu sehen war, aber sich doch schon seinem Ohr bemerkbar machte. Schon manchem war es ganz unheimlich geworden, wenn er plötzlich stehenblieb, lauschte, den Kopf schüttelte und sagte, im Walzwerk 3 sei etwas nicht in Ordnung, die Schmiedepresse gebe nicht den richtigen Ton. Und wenn man dann hinging und genau nachsehen ließ, so stimmte es immer.

So ließ sich Anton Dungs auch jetzt von den Wogen des Lärms durch das ganze Werk tragen. Er lauschte auf jeden Ton, und es war kein Mißton darunter. Das ganze Werk war ein einziges, gesundes, kräftiges Atmen und Arbeiten. Ein großes Wohlbehagen durchflutete Anton Dungs.

Nun wandte er sich zu der neuen Schnellbahn in der neuen Riesenhalle, die erst seit wenigen Wochen in Tätigkeit war. Da hatte sein Generaldirektor in der Tat eine wertvolle Erfindung gemacht, und natürlich traf er ihn auch in der neuen Halle, strahlend von Erfinderglück.

Anton Dungs trat näher und sah mit seinem Generaldirektor den glühenden Eisenschlangen zu, die wie hurtige Blitze über die Schnellbahnen zuckten, immer länger, immer dünner wurden, sich wanden und drehten, bäumten und bogen, wilde, gefährliche Schlangen, die sich zu wehren schienen gegen den Zwang, der sie in ganz bestimmten Bahnen hielt. Für einen Augenblick hielt hier eine solche Schlange an, machte einen gewaltigen Buckel, es sah aus, als wolle sie zu einem weiten Sprung ausholen und über alle Hindernisse, die ihren Lauf beengten, hinwegsetzen. Aber schon hatte ein Arbeiter sie mit der Eisenzange beim Kopf gefaßt, ein Ruck, und sie fuhr zischend und glatt durch das Eisenloch. Dort fuhr eine solche Schlange wie der Blitz eine Laufbahn in die Höhe, immer länger, immer dünner werdend, und es sah aus, als suche sie nach rechts oder links zu entkommen.

»Es geht prächtig, nicht wahr?« meinte Generaldirektor Loh. »Besser, als selbst ich es erwartet hatte.«

Anton Dungs junior nickte zustimmend, sah noch einen Augenblick zu und meinte dann: »Also, wie wir ausgemacht, fünfzig Prozent vom Reingewinn dem Werk und fünfzig Ihnen. Diesmal mache ich schon halbpart, es ist wirklich der Mühe wert.«

Der Generaldirektor strahlte nun erst recht. Nicht nur des Gewinnanteiles wegen, mehr noch der Anerkennung wegen, die in Anton Dungs' Worten lag. Er war sehr sparsam mit anerkennenden Worten.

»Kommen Sie mit?« fragte Anton Dungs. Der Generaldirektor nickte, und Anton Dungs wandte sich ab von der Schnellbahn. Er wollte dem Ausgang zugehen, blieb aber betroffen stehen. Was war denn das, sah er recht, wer trat denn da eben in die Halle? Oder täuschte er sich? Nein, er täuschte sich nicht. Anton Dungs wich vor der Gestalt, die näherkam, einen Schritt zurück und noch einen. Generaldirektor Loh sah, was drohte, er streckte die Hand aus, die Arbeiter in der Nähe schrien auf. Aber es war zu spät. Anton Dungs war beim Zurückweichen auf die eine Laufbahn getreten, eine der Feuerschlangen fuhr ihm zischend am Bein entlang. Der Schmerz ging bis auf die Knochen. Anton Dungs taumelte, eine der Feuerschlangen machte einen Buckel und sprang ihm quer über die Brust, so daß er zu Boden fiel. Ein Vorgang weniger Sekunden. Die Maschinen waren schon abgestellt. Ruhig und unbeweglich lagen die glühenden Schlangen. Anton Dungs schwerverwundet zwischen ihnen. Der ganze Lärm der Riesenhalle war mit einem Griff verstummt, und durch die jähe Totenstille hörte man Anton Dungs stöhnen. Mehrere Arbeiter waren um ihn beschäftigt. Neben ihm kniete Madame Adele, denn sie war die Gestalt, vor der er zurückgewichen. Generaldirektor Loh war zum Telephon geeilt und machte die Aerzte mobil.

Wenige Minuten später wurde Anton Dungs auf einer Tragbahre hinausgetragen. Einen Augenblick lang sahen sich die Arbeiter in die blassen Gesichter. Dann tat der Hallenmeister einen Griff, und die Maschinen waren wieder in Bewegung. Die glühenden Eisenschlangen liefen wie der Blitz ihre Bahnen, die Halle hatte ihr gewöhnliches Leben wieder

*

Die Aerzte zeigten sich sehr besorgt. Die Wunden waren nicht tödlich, aber furchtbar schmerzhaft; und namentlich die in der Nähe des Kniegelenks konnte, wenn irgendeine Komplikation eintrat, das Bein kosten. Die Hauptsorge der Aerzte aber bestand darin, daß leicht eine Blutvergiftung hinzukommen konnte.

Als Anton Dungs wieder zu sich kam, gab man ihm vor allem eine kräftige Morphiumeinspritzung, denn ohne das hätte er nach Meinung der Aerzte die Schmerzen nicht ertragen können, und er mußte ja nun für alle Fälle bei klarer Vernunft sein, um Verfügungen treffen zu können, wenn Komplikationen eintreten sollten.

An dem Schmerzenslager saßen Anton und Generaldirektor Loh. Ganz im Hintergrund, so daß es Anton Dungs nicht sehen konnte, Madame Adele.

Anton Dungs wollte sich aufrichten, aber es gelang ihm nicht. Man hatte ihn sehr fest einbandagiert.

Einen Augenblick sah der Verwundete verwundert um sich. Was war denn eigentlich passiert? Dann blickte er fragend seinen Aeltesten und Generaldirektor Loh an. Sofort trat der alte Hausarzt vor und beruhigte ihn. Er müsse nur absolute Ruhe halten, dann werde der Unfall ohne schlimmere Störung vorübergehen, davon sei er fest überzeugt.

»Nehmen Sie das auf Ihren Eid, Doktor?«

Der Arzt redete viel, um dem Verwundeten zu beweisen, daß es mit den Verletzungen nichts Besonderes auf sich habe.

Anton Dungs verzog schmerzhaft das Gesicht. Der Arzt redete ihm zu viel und zu lange, als daß er ihm glauben konnte.

»Warum habe ich eigentlich fast gar keine Schmerzen, Doktor?«

Der Arzt erklärte es ihm, und der Kranke fragte, weshalb man ihm die Einspritzung gemacht habe. Der Arzt erwiderte, damit die Wunden nicht so schmerzten. Der Kranke fragte, ob das der einzige Grund gewesen sei. Der Arzt antwortete, man habe auch daran gedacht, daß er vielleicht noch irgendwelche Anweisungen geben wolle, denn einige Wochen würde er nun ruhig liegen müssen und sich nicht bewegen können, darauf müsse er sich gefaßt machen.

Anton Dungs machte ein nachdenkliches Gesicht. »Also so steht die Sache,« sagte er leise.

»Die Schmerzen werden größer werden, Vater, wenigstens ist das möglich, und für diesen Fall wäre es doch gut...«

Der Kranke unterbrach ihn. »Da bist Du ja nun so selbständig, wie Du es Dir nur wünschen kannst, Anton.«

»Ich bitte Dich, Vater...«

Eine Weile sah der Kranke vor sich hin. »Man soll mir Fritz schicken und den Justizrat. Jede weitere Einspritzung verbitte ich mir!«

»Das darfst Du nicht, Vater!« sagte Anton bestürzt.

»Ich verbitte sie mir!« wiederholte Anton Dungs. »Ich will mich nicht betäuben lassen, Doktor, ich will bei klarem Verstand bleiben.«

Der Arzt suchte ihm klarzumachen, daß man ihm so doch nur die unvermeidlichen Schmerzen lindern wolle, daß er deshalb durchaus bei klarem Bewußtsein bleiben werde, aber es half ihm nichts, Anton Dungs verlangte, daß nichts derart mehr unternommen werde. Er werde auch ohne die Gifte der Aerzte über die Schmerzen hinwegzukommen wissen.

Da Anton Dungs sehr erregt wurde, mußte man ihm einfach versprechen, seinen Willen zu respektieren.

»Und nun brauche ich niemand mehr als Fritz und den Justizrat, und Du, Anton, gelobst mir, nicht wieder hierherzukommen, bis ich Dich rufen lasse.«

Anton sträubte sich, aber auch darauf bestand sein Vater. Er wolle nicht, daß ihn der Sohn sähe in seinen Schmerzen und in seiner Wehrlosigkeit.

Sein alter Diener Fritz trat ein, denn man hatte längst nach ihm geschickt, wußte man doch, wie gut er sich auf die Art seines Herrn verstand.

»Da bist Du ja, Fritz, das ist recht. Wirst Du's aushalten können?«

Der alte Mann nickte heftig, und Tränen traten ihm in die Augen.

Anton Dungs sah die andern voller Ungeduld an. Sie entfernten sich. Man winkte Madame Adele zu, aber sie schüttelte ablehnend den Kopf. Sie blieb unter allen Umständen hier. Da man Anton Dungs nicht auf ihre Gegenwart aufmerksam machen wollte, denn das würde ihn sicherlich sehr aufregen, gab man nach und entfernte sich ohne Madame Adele.

Kaum waren sie draußen, winkte Anton Dungs hastig seinem alten Diener und befahl ihm, in das Kontor zu gehen. Im Schreibtisch in der Schublade links da liege ein Revolver, den solle er sofort holen.

Fritz erschrak heftig.

»Du brauchst nicht zu erschrecken,« meinte der Verwundete mit leichtem Spott, »ich will mich nicht totschießen, wahrhaftig nicht, so dumm bin ich nicht. Aber ich will mich verteidigen können, wenn sie mir doch wieder eine Einspritzung machen wollen, verstehst Du? Den linken Arm kann ich ja noch ganz hübsch bewegen, siehst Du? Sie sollen nur nicht glauben, daß ich mich nicht wehren kann, weil ich krank bin und sie mich hier festgebunden haben. Also lauf und komme gleich wieder.«

Fritz ging eilig hinaus.

Stumm und wehrlos lag der Kranke auf seinem Lager. Kein Laut kam von seinen Lippen. Stumm und steinern saß Madame Adele auf ihrem Platz. Kein Laut kam von ihren Lippen. Das war zu fürchterlich, das hätte nicht geschehen dürfen. Wie konnte sie auch erwarten, daß er so bei ihrem Anblick erschrecken würde und ganz vergessen, an welch gefährlicher Stelle er sich befand.

Fritz erschien wieder mit dem Revolver und warf einen ängstlichen Blick auf Madame Adele, die er sofort wiedererkannt hatte.

Sie legte einen Finger an die Lippen, und Fritz schwieg

»So, schieb mir das Ding hier unter die Decke, und wenn ich ohnmächtig werde oder sonstwie die Besinnung für einen Augenblick verliere, und sie mir wieder mit ihrem Zeug an den Leib wollen, dann sagst Du ihnen, daß ich jeden niederschießen würde, der es wagte, so etwas gegen meinen Willen zu tun, verstehst Du?«

Fritz nickte und setzte sich auf den Stuhl, der am Fußende des Bettes stand.

Eine Weile war es still in dem Zimmer.

»Er bleibt lange, der Justizrat,« klang es voller Ungeduld vom Bett her.

»Er wird gleich hier sein, Herr Dungs,« antwortete es vom Fußende her.

»Was ist eigentlich aus meiner Frau geworden, weißt Du das, Fritz?«

Der alte Diener schüttelte den Kopf. Seinem Herrn direkt ins Gesicht lügen, wo Madame Adele doch hier saß, das gewann er nicht über sich.

»Sie zu sehen, das hatte ich am wenigsten erwartet.«

»Ich werde mich erkundigen, Herr Dungs.«

Anton Dungs antwortete nicht, er stöhnte leise.

Justizrat Seiffert trat ein.

»Ein hübscher Anblick, nicht?« sagte der Kranke stöhnend. »Haben Sie alles bei sich?«

Der Justizrat nickte und blickte verwundert auf die Dame im Hintergrund, die er nicht kannte.

Der alte Diener griff ihn am Arm und bedeutete dem Justizrat, zu schweigen.

»Was gibt es denn, Fritz?« fragte der Kranke mißtrauisch.

Der Justizrat nickte.

»Aber gar nichts, Herr Dungs,« antwortete statt seiner der Justizrat.

»Mit dem Testament ist ja alles in Ordnung?«

»Ich möchte Ihnen noch ein paar Zeilen diktieren, als Anhang sozusagen.«

Wieder sah der Justizrat auf die fremde Dame, die sich nun erhob und leise nach der Tür schritt. Der Justizrat und Fritz stellten sich unwillkürlich so vor dem Bett auf, daß der Kranke die Dame nicht sehen konnte.

»Es ist doch noch jemand im Zimmer!« sagte Anton Dungs erregt und suchte sich aufzurichten, aber es ging nicht.

»Ich versichere Ihnen, Herr Dungs, es ist niemand mehr im Zimmer als Sie und ich und Fritz.«

»Dann phantasiere ich ja wohl schon,« sagte der Kranke unruhig, »dann ist es aber wirklich Zeit, daß Sie schreiben, Justizrat.«

Nach wenigen Minuten verließ der Justizrat das Zimmer und traf draußen die fremde Dame, die sich ihm sofort vorstellte.

Der Justizrat machte eine tiefe Verbeugung vor der ehemaligen Frau seines Chefs, wartete einen Augenblick, und da sie ihm nichts weiter zu sagen hatte, machte er noch eine tiefe Verbeugung und entfernte sich eilig, froh, daß ihn die Dame nicht in ein Gespräch verwickelt hatte. Sie war ja nur die ehemalige Frau seines Chefs.

Madame Adele ging leise vor der Tür, die in das Zimmer des Kranken führte, auf und ab. Sie lauschte, aber es war ganz still in dem Zimmer.

Anton erschien und näherte sich etwas zaghaft seiner Mutter.

Sie streckte die Hand nach ihm aus. »Daß wir uns so wiedersehen müssen. Wer hätte das gedacht.«

Er führte ihre Hand an seine Lippen.

»Wie ähnlich Du Deinem Vater bist, Anton.«

Anton konnte kein Wort erwidern, so sehr hatten ihn die Ereignisse erschüttert.

Sie nahm seinen Arm, und nun gingen sie zusammen auf und ab.

»Wie geht es Lotte?« fragte Madame Adele nach einer Weile.

Anton berichtete, daß die Krisis immer noch nicht vorüber sei, es beruhige sie aber sichtbar, daß Alfred bei ihr sei.

»Was wir plötzlich für eine Unglücksfamilie geworden sind, Anton!«

»Es wird vorübergehen, Mama,« suchte Anton zu trösten, denn Madame Adele sah fürchterlich angegriffen aus.

»Es muß vorübergehen, Anton, sonst habe ich keine ruhige Stunde mehr.«

Fritz trat aus dem Zimmer. »Er schläft,« sagte er leise.

Madame Adele huschte in das Zimmer und setzte sich auf den alten Platz und war trotz aller bittenden Gebärden ihres Sohnes nicht wieder fortzubringen.

Der Kranke stöhnte im Schlaf und stöhnte immer lauter, die Wirkung der Einspritzung war im Schwinden begriffen.

Madame Adele wich nicht von ihrem Platz. Schließlich ließ sie sich wenigstens von Fritz auf der Chaiselongue ein Lager zurechtmachen. Sie stand ja so im Hintergrund, daß Anton Dungs sie nicht sehen konnte.

Es kamen qualvolle Tage, denn der Kranke, der sich standhaft weigerte, noch irgendein Betäubungsmittel zu sich zu nehmen, hatte entsetzliche Schmerzen auszuhalten, die fast über eines Menschen Kraft gingen. Am bedenklichsten aber war es, daß er zu fiebern begann und das kranke Bein anschwoll. Die Aerzte schüttelten immer bedenklicher den Kopf. Aller Wahrscheinlichkeit nach war schon eine Blutvergiftung eingetreten. Es ließ sich nicht ganz sicher feststellen, denn die Schwellungen konnten ja auch einfach eine Folge der schweren Verwundung sein, aber das Fieber, das immer höher stieg, ließ fast mit Gewißheit darauf schließen. Wenn man das Leben des Patienten retten wollte, würde wohl nichts anderes übrig bleiben, als die Amputation des kranken Beines. Man zögerte so lange, als es irgend ging, dem Kranken davon Mitteilung zu machen. Aber schließlich sagte der Hausarzt, er müsse eine weitere Verantwortung ablehnen, wenn man nicht zu der Amputation schritte, die man ja nicht ohne Einverständnis des Kranken vornehmen durfte.

Man machte Anton Dungs die nötige Mitteilung, aber der Kranke wollte nichts davon wissen.

Die Aerzte redeten auf ihn ein, aber er blieb bei seiner Weigerung.

Der Hausarzt sagte ihm, sein Leben stehe auf dem Spiel. Er antwortete, es sei ihm immer noch lieber, zu sterben, als ein Krüppel zu werden.

Anton wurde gerufen und mußte seinem Vater zureden. Anton Dungs junior hob die Linke, die krampfhaft den Revolver hielt, und erklärte, er werde jeden über den Haufen schießen, der ihm näherkomme.

Da war nichts zu machen, man mußte ihn gewähren lassen.

Und nun kamen erst die schlimmsten Tage. Der zähe Körper rang mit Riesenkräften gegen die Vernichtung, die ihm drohte. Dieser verzweifelte Kampf hatte fast nichts Menschliches mehr, und Madame Adele hielt sich oft die Hände vor die Ohren und barg den Kopf tief, tief in die Kisten, weil sie vermeinte, diesen fürchterlichen Kampf, diesen grauenhaften Jammer nicht länger mehr hören zu können.

Die Aerzte verließen das Zimmer nicht mehr, denn es konnte ja jeden Augenblick zu Ende gehen.

Apathisch lag der Kranke da, die Krankheit schien, endlich Herr geworden zu sein über diesen zähen Körper. Aber dann begann von neuem der Kampf. Immer wieder. Einen ganzen Tag lang ging es so.

Es war Abend geworden, niemand traute sich, Licht zu machen. Der Kranke war ganz still, man hörte kaum seinen Atem. Warum den armen Körper zu neuem Kampf reizen, indem man Licht machte?

Man saß und lauschte und wartete auf das Ende.

Plötzlich erhob sich der Hausarzt leise, trat zu dem nur schwach Atmenden und fühlte seine Stirn. Die Stirn war kühl und leicht angefeuchtet.

Der Hausarzt winkte den beiden Kollegen, die hinzutraten, die Stirn befühlten und den Kopf schüttelten. Madame Adele und Anton traten auch näher. Ihnen war, als hätte der Aermste nun wohl ausgelitten.

Der Hausarzt zog Madame Adele und Anton beiseite. »Wenn es Wunder gäbe,« flüsterte er, »es ist fast wie ein Wunder, wir dürfen wieder hoffen, dieser Körper war der Stärkere, Herr Dungs schläft, ich glaube, er wird durchkommen.«

»Doktor, ist das wahr?« flüsterte Madame Adele erregt.

Der Hausarzt nickte.

Sie ergriff seine Hand und küßte sie immer wieder, und Anton mußte sie aus dem Zimmer führen, denn nun war es mit ihrer Kraft und Selbstbeherrschung zu Ende.

Der Hausarzt behielt recht. Anton Dungs schlief und schlief, das Schlimmste lag hinter ihm, er würde wieder gesunden. Die Aerzte hatten einfach nicht den Mut, das mit Bestimmtheit auszusprechen, denn es erschien ihnen gar zu unglaublich. Aber es verhielt sich dennoch so, und nach einigen Tagen machten sie Anton und seiner Mutter die Mitteilung, aller Voraussicht nach werde nichts weiter zurückbleiben als eine Schwäche in den Streckmuskeln des linken Beins, wogegen sich später aber auch noch mancherlei mit Aussicht auf Erfolg unternehmen ließe.

Nun mußte sich Madame Adele wieder stets auf ihrem Platz im Hintergrund halten, denn Anton Dungs junior, der allmählich wieder zu Kräften kam, sollte sie noch nicht sehen.

Anton wollte durchaus, daß die Mama jetzt das Krankenzimmer verließe und selbst gepflegt würde, denn sie hatte es ja fast nötiger als der Vater. Aber Madame Adele ließ sich nicht daraus ein. »Ich bitte Dich, laß mich um Gottes willen hier, es ist das beste für mich. Nur wenn ich sehe, wie er von Tag zu Tag besser wird, wird auch mir wohler. Verstehst Du das denn nicht?«

Anton verstand es ganz gut, aber er meinte, einmal tüchtig ausschlafen und aus der Krankenluft endlich einmal wieder herauskommen, das sei auch etwas wert. »Es ist so schön draußen, Mama, und Alfred und Lotte und Helene sind doch auch noch da und haben Ansprüche an Dich.«

»Später, Anton, später, das eilt ja jetzt wirklich nicht so, nicht wahr, *mon ami?*«

Anton mußte sie gewähren lassen.

Es war gegen Abend, da sagte Anton Dungs junior plötzlich ganz unruhig zu seinem alten Diener: »Jetzt brauchst Du mir wirklich nichts mehr vorzumachen, Fritz, ich dulde das nicht länger. Es ist doch noch jemand hier im Zimmer, und er war die ganze Zeit über da.«

»Aber Herr Dungs,« stotterte Fritz verlegen.

»Du hast ganz recht, Anton, es ist noch jemand hier,« sagte es da aus dem Hintergrund des Zimmers.

»Dann komme gefälligst näher,« antwortete er aus dem Bett.

Madame Adele kam näher, sehr blaß, sehr erregt.

Anton Dungs sah sie an, und ein leises, fast ein wenig verlegenes und hilfloses Lächeln glitt über sein Gesicht. »Du bist es?«

Sie stand nun dicht vor ihm.

»Steckt Dein Graf vielleicht auch noch im Zimmer?« brummte Anton Dungs junior.

Madame Adele ließ sich auf den Boden gleiten, nahm seine Hand und küßte sie. Die Tränen liefen ihr über die Wangen, während sie sagte: »Wie freue ich mich, daß Du schon wieder so grob sein kannst, Anton. Nun habe ich wirklich keine Sorge mehr um Dich.« Sie erhob sich, beugte sich über ihn und küßte ihn auf die Stirn.

»Laß das, ich bitte Dich!« sagte Anton Dungs junior verlegen und wollte sich wehren, aber es gelang ihm nicht, denn er war immer noch fest einbandagiert.

»Wie froh ich bin, daß Du einen solchen Dickkopf hast, Anton,« sagte Madame Adele und küßte ihm wieder die Stirn, denn er konnte sich ja nicht wehren. »Es ist das erste Mal, daß ich mich wirklich darüber freue, Anton, denn ohne diesen Dickkopf – weiß Gott, sie küßte ihn schon wieder – hätte man Dich amputiert und wer weiß was sonst noch mit Dir angestellt.«

»Setze Dich doch wenigstens ruhig hin,« sagte Anton Dungs und genierte sich vor seinem alten Diener.

Fritz merkte das wohl, wurde selbst ganz verlegen, machte sich allerhand im Zimmer zu schaffen, bis er glücklich in der Nähe der Tür war, und verschwand.

Anton Dungs junior lauschte plötzlich angestrengt. »Sag' mal, ich bin wohl gar nicht in meinem Hause?«

»Nein, Anton.«

»Wo bin ich denn?«

Sie setzte ihm auseinander, daß man es damals nicht gewagt habe, ihn nach Hause zu transportieren, er läge in dem kleinen Zimmer in der Fabrik, das für Unfälle vorgesehen sei.

Wieder lauschte Anton Dungs junior, und ein breites, behagliches Lächeln legte sich über sein Gesicht. »Hörst Du die Maschinen? So ist es recht. Nun höre ich sie wieder. Ah!« Er dehnte sich ein wenig, so gut es ging.

Einige Zeit schwiegen sie, dann knurrte er: »Nun kannst Du wieder zu Deinem Grafen nach Paris gehen.«

Madame Adele lächelte zum ersten Male wieder, seit langer Zeit. »Du bist wohl eifersüchtig, Anton?«

»Ich?« Er lachte grimmig. »Was geht mich das an!«

Der Hausarzt erschien und meinte, nun sei es für heute genug der Unterhaltung, man solle es damit auch nicht übertreiben.

»Glauben Sie wirklich, ich ließe mir von Ihnen noch viel sagen?« fragte Anton Dungs junior spöttisch. »Sie haben sich doch nicht gerade sehr weise benommen, Doktor, als Sie mir ein Bein abschneiden wollten. Oder irre ich mich?«

»Davon wollen wir lieber nicht reden, Herr Dungs, und was mich anlangt, ich bin wahrhaftig froh, daß ich mich geirrt habe, das kann ich Ihnen sagen.«

Madame Adele erhob sich und verließ mit dem Arzt das Zimmer. Anton Dungs junior war schon wieder ganz der Alte. Es war zweckmäßig, man ließ ihn ab und zu allein, vielleicht vermißte er sie dann leichter einmal, als wenn sie ihm immer so zahm und gefällig zur Hand saß.

Am anderen Tage fragte der Patient den Hausarzt, wie lange er wohl noch das Bett zu hüten habe?

»Je länger, um so besser,« meinte der Arzt ausweichend.

»Nun, dann kann ich ja wohl in einigen Tagen wieder aufstehen,« meinte der Patient.

Der Arzt schwieg.

»Sie könnten mir doch wenigstens eine Antwort geben, Doktor.«

»Wozu soll ich Ihnen antworten, Herr Dungs? Sage ich, was ich denke, und es paßt Ihnen nicht, tun Sie ja doch, was Sie wollen.«

Anton Dungs lächelte, wandte sich an seinen Diener und sagte: »Dann können wir ja wohl den Justizrat kommen lassen.«

»Was willst Du mit ihm, Anton?« fragte Madame Adele erschrocken.

Er sah sie ruhig an. »Ich habe ihn da neulich etwas aufsetzen lassen für den Fall, daß es mit mir zu Ende ging. Der Fall trifft nun nicht mehr zu, also auch nicht mehr das, was ich ihn aufsetzen ließ.«

»Anton!« Sie hob bittend die Hände.

»Also, Fritz, hole mir den Justizrat.«

Der Diener ging, und auch der Arzt empfahl sich.

»Anton!« sagte Madame Adele und sah ihn bittend an.

»Was willst Du eigentlich?«

»Das weißt Du doch, Anton!«

Er stützte sich auf seinen linken Arm, so daß er nun halb aufgerichtet in seinem Bette saß. »Was meinst Du eigentlich, was ich den Justizrat damals niederschreiben ließ? Oder warst Du da auch im Zimmer?«

»Ich bin hinausgegangen. Was gehen mich Deine Geheimnisse an!« antwortete Madame Adele gereizt.

»Weshalb interessierst Du Dich denn jetzt auf einmal dafür?«

»Das weißt Du so gut wie ich.«

»Du scheinst anzunehmen, ich habe meine Ansicht über Alfred geändert und dem Ausdruck gegeben?«

»Das hoffte ich allerdings,« sagte Madame Adele erregt.

»Da irrst Du Dich eben.«

»Das sehe ich. Leider!« Sie sprang auf und wollte das Zimmer verlassen.

»Werde doch nicht wieder wild, Adele, bleibe doch hier, bis der Justizrat kommt.«

»Ich meine, Du warst doch wirklich krank genug, und Du hattest Zeit genug, über das alles einmal nachzudenken, Du warst doch wahrhaftig kein Engel!«

Er lächelte dünn. »Hast Du das je von mir erwartet?«

»Nein, gewiß nicht!«

»Das freut mich, denn ich habe Dich immer für eine kluge Frau gehalten.«

Sie schwieg.

»Warum schweigst Du, Adele?«

»Es hat ja doch keinen Zweck, mit Dir zu reden. Du bist und bleibst, wie Du einmal bist.«

»Du hast mich sozusagen aufgegeben?«

Sie schwieg wieder.

»Sei doch nicht so stumm, Adele!«

Sie rang die Hände voller Qual, und dann stürzte es aus ihr hervor, und es gab kein Halten mehr. Auch die französischen Kraftausdrücke fand sie wieder und bedachte ihn reichlich damit.

Er sah sie aufmerksam an, während sie tobte und durch das Zimmer raste. Sie war wahrhaftig immer noch wie als ganz junges Mädchen und als junge Frau. Nicht im geringsten hatte sie sich geändert. Und gerade diese tolle Leidenschaftlichkeit, dies vulkanische Temperament hatte ihm so gefallen, hatte es ihm angetan, daß er sie nicht vergessen konnte.

Plötzlich ließ er sich wieder in die Kissen zurückfallen, er war ganz blaß geworden. Madame Adele sah es, aber sie bereute es durchaus nicht, daß sie so heftig geworden war. Es ging ja doch wirklich über Menschen Begreifen, wie er sich benahm.

Sie trat an das Bett, in dem er wehrlos lag. O, wie wohl das tat, daß er endlich einmal still-halten mußte, ob er wollte oder nicht. Alles mußte herunter, was sie auf dem Herzen hatte, nichts sollte ihm erspart bleiben. Wo er Alfred doch nicht schonen wollte, Brauchte sie ihn auch nicht zu schonen. Und so ein harter, ungalanter Mensch wollte sich über den Vicomte lustig machen, der im kleinen Finger zuvorkommender und menschlicher war als der ganze Anton Dungs. Und da wunderte sich dieser grausame Mensch gar noch, wenn man lieber mit höflichen und wohlerzogenen Leuten zusammen war als mit so einer *bête noire*! Und da maßte er sich das Recht an, ihr deshalb Vorwürfe zu machen? Bei ihm hielt es ja überhaupt niemand aus. Weder die Frau noch die Kinder. So ein Tyrann!

Anton Dungs blieb ganz still und ließ den gewaltigen, wilden Strom der Anklagen ruhig über sich ergehen.

»Im stillen lachst Du wohl noch über mich?« rief Madame Adele im höchsten Zorn. »Auch das sähe Dir ganz ähnlich. Du bist es gar nicht wert, daß man sich solche Sorgen um Dich gemacht hat, daß niemand mehr um Deinetwillen eine ruhige Stunde hatte!«

»Was macht denn das kleine Berliner Fräulein?« fragte er ruhig mitten in die Sturzrede hinein.

»Die hast Du auch unglücklich gemacht, und Dein Verdienst ist es nicht, wenn sie nun wieder gesund ist.«

»Also gesund ist sie wieder?«

»Gott sei Dank, das ist sie, und Du sollst ihr nichts mehr zuleide tun können, so wahr ich auch noch auf der Welt bin!«

»Ich bitte Dich, Adele, nicht gar zu heftig, der Justizrat kommt.«

»Schicke ihn wieder fort, Anton, ich bitte Dich, höre einmal auf mich, dies einzige Mal. Ich will Dir auf den Knien dafür danken, Anton!«

Der Justizrat trat ins Zimmer, verbeugte sich feierlich vor Madame Adele, die ja mit ihrem Gatten nun wieder besser zu stehen schien, und beglückwünschte dann Herrn Dungs, daß er so wohlauf sei und ja nun bald wieder völlig hergestellt sein würde.

»Anton, ich bitte Dich zum letzten Male!« Madame Adele nahm nicht einmal mehr Rücksicht auf die Gegenwart des Justizrats. Dieser sah verwundert auf die beiden. Das sah ja nichts weniger als friedlich aus. Er erlaubte sich, Madame Adele halb den Rücken zuzuwenden, während er in die Brusttasche seines Gehrockes griff.

»Ich nehme wohl richtig an, Herr Dungs, daß Sie mich des Testaments wegen rufen ließen, oder vielmehr jenes Anhanges wegen zu Ihrem Testament, den Sie mir damals diktierten. Sie sind ja nun wieder völlig hergestellt, und ich dachte mir daher gleich, daß Sie diesen Anhang wieder an sich nehmen oder in Ihrer Gegenwart vernichtet sehen wollten.« Er zog ein versiegeltes Kuvert aus der Tasche.

Anton Dungs hielt es in der linken Hand. In diesem Augenblick nahm auch er keine Rücksicht auf die Anwesenheit des Justizrats, sondern sagte zu Madame Adele: »Ich kann Dir auch jetzt nur noch einmal versichern, daß ich meine Anschauung über Alfred durchaus nicht geändert habe.«

Madame Adele wandte sich mit einem Ruck ab und wollte zur Tür.

»Nur noch einen Augenblick, Adele, ich habe eine Bitte an Dich!«

»Du ... Du, das wagst Du!«

»Haben Sie einen Bleistift bei sich, Herr Justizrat?«

»Gewiß, Herr Dungs.«

»Dann streichen Sie bitte aus, was auf dem Kuvert steht, denn das paßt nicht mehr. Erst nach meinem Tode zu öffnen, steht da. Also, das streichen Sie durch.«

Der Justizrat tat, wie ihm geheißen, wenn auch nicht ohne ein leichtes Erstaunen. Wozu solche Umstände? Man zerriß den Brief oder verbrannte ihn. Das war doch viel einfacher.

»So, nun geben Sie mir das Kuvert wieder,« sagte Anton Dungs junior.

»Adele!«

»Was willst Du noch?« fragte sie unwillig.

»Ich bitte Dich, komme ein wenig näher. So weit kann ich noch nicht reichen.«

Madame Adele trat näher.

Anton Dungs junior war ein wenig rot und verlegen. »Ich bitte Dich, bringe das Kuvert dem kleinen Berliner Fräulein mit einem Gruß von mir.«

»Anton, was heißt das?«

»Sie soll lesen, was ich da geschrieben habe, Adele.«

»Anton, ich bitte Dich!«

Anton Dungs junior lächelte. »Es ist nichts Schlimmes, Adele, Du wirst es selbst sehen.«

»Ja, aber ... ich verstehe nicht ...«

»Soll ich mich vielleicht nicht rächen dafür, daß Du mir so zugesetzt hast?«

Sie wollte auf ihn zu, aber er wehrte ab. »Du weißt ja noch gar nicht, was in dem Kuvert enthalten ist, Adele. Gehe lieber gleich damit zu dem kleinen Fräulein; und ich bin neugierig, was Du für ein Gesicht machst, wenn Du wiederkommst.«

»Quäle mich doch nicht so, Anton!«

Er lächelte. »Und was hast Du die ganze Zeit über getan? ... Beeile Dich lieber, Adele!«

Sie ergriff das Kuvert und ging eilends hinaus.

Anton Dungs junior sah ihr lächelnd nach. »Verstehen Sie sich auf Frauen, Herr Justizrat?«

»Ich bedaure, ich bin ihnen stets möglichst aus dem Wege gegangen,« erwiderte der Justizrat gemessen.

*

»Mein Gott, Mama, wie siehst Du denn aus, was ist denn geschehen?« rief Alfred und eilte auf sie zu.

»Wo ist Lotte?« rief Madame Adele und wehrte ihrem Sohn.

»Hier bin ich ja, Mama,« sagte Lotte und trat auf sie zu.

»Hier, nimm das und lies, aber gleich, und lies laut!«

Madame Adele ließ sich erschöpft auf einen Stuhl fallen. Auch Anton und Helene Momm näherten sich besorgt der Mama.

»Beeile Dich, Lotte, drehe nicht erst lange an dem Brief herum!« rief Madame Adele.

Lotte las: Für den Fall meines Todes füge ich meinem Testament noch folgendes hinzu. Ich bestimme, daß die Forderungen unserer Firma an meinem Sohn Alfred von seinem Pflichtteil abgezogen werden, und zwar dermaßen, daß sein Erbteil davon nicht berührt wird. Mein Sohn Alfred mag selbst festsetzen, ob die Forderungen auf einmal in ihrer ganzen Höhe von dem

Pflichtteil abgezogen werden, oder ob sie nach und nach von dem ihm zustehenden Gewinnanteil alljährlich abgezogen und so mit verrechnet werden sollen. Ich würde es ferner im Interesse der Firma für einen Vorteil halten, wenn mein Sohn Alfred wieder in sie eintreten würde, entsprechend den Anweisungen, die ich in meinem Testament vorgesehen habe. Zu der Wahl seiner Braut, die sich so tapfer zu wehren weiß, kann ich meinen Sohn Alfred nur beglückwünschen. Anton Dungs junior. Für die Richtigkeit der Unterschrift: Seiffert, Justizrat und Notar.

Madame Adeles Augen waren immer größer und größer geworden. »Gib mir den Brief einmal, Kind,« sagte sie hastig.

»Ich verstehe kein Wort davon,« sagte Lotte verwirrt.

Nun aber sprachen Alfred und Anton und Helene Momm auf sie ein, denn nun war ja alles gut.

Die drei waren so mit Lotte beschäftigt, daß sie auf die Mama nicht achteten. Sie wurden erst aufmerksam, als sie die Mama laut schluchzen hörten.

»Aber, Mama!« Alle umdrängten sie.

»Ist das eine Art, quält man so eine Frau?« schluchzte Madame Adele, »gehört sich das? Meint er, ich sei ein Stein? Konnte er mir das nicht sagen?«

Sie war gar nicht zu beruhigen.

»Ich werde jetzt zu Papa gehen,« sagte Alfred.

»Keine Macht der Welt bringt mich mehr zu ihm!« schluchzte die Mama. »So ein Unmensch! Ich fahre gleich wieder nach Paris. Ihr braucht mich ja auch nicht mehr. Ich gehe wieder!«

Sie hatten ihre liebe Not mit der Mama.

»Ich kann ihm ja auch gar nicht wieder unter die Augen treten,« schluchzte sie. »Wenn Ihr wüßtet, was ich ihm alles gesagt habe! Und er schweigt zu allem, er tut den Mund nicht auf, er läßt mich reden und reden, dieser Barbar, nur damit er mich jetzt demütigen kann. O, jetzt liegt er in seinen Kissen, und wenn er könnte, er hielte sich die Seiten vor Lachen. So ein heimtückischer Mensch!« schluchzte sie. Ein wahres Glück, daß sie das Taschentuch vor den Augen hielt, denn ihre Kinder konnten nicht anders, sie mußten lächeln.

»Auf der Stelle fahre ich nach Paris!« Madame Adele erhob sich. »Mich so zum Narren zu halten!«

Lotte und Helene ruhten nicht eher, als bis sie die Mama im Schlafzimmer hatten und im Bett, was ihnen erst nach vielen Mühen gelang. Die arme, liebe Mama. Lotte und Helene konnten nicht anders, sie mußten wieder lächeln, und sie hatten ja glücklicherweise die Läden heruntergelassen, so daß es ziemlich dunkel war und die Mama dies Lächeln nicht sah.

Alfred war derweil zu seinem Vater gegangen. Die beiden sahen sich in die Augen und drückten sich stumm und bewegt die Hand.

»Ich danke Dir,« sagte Alfred immer wieder.

»Setze Dich ein bißchen,« meinte der Vater, und nun suchte er dem Sohn sein Verhalten zu erklären. Es sei durchaus nicht purer Eigensinn von ihm gewesen, wie sie alle wohl angenommen hätten. Alfred habe ihm immer seines Charakters wegen mehr Sorge gemacht als seine Brüder, denn er ähnele darin allzu sehr seiner Mutter und lasse sich mehr von augenblicklichen Stimmungen leiten, als für einen Kaufmann gut sei. Außerdem habe er als ein Dungs eigentlich nie etwas vom Ernst des Lebens zu spüren bekommen. Bei den beiden andern verhalte es sich zwar auch so, aber da sei es nicht so gefährlich, denn Anton ginge nun einmal ganz und gar in der Fabrik auf und Adam in seiner Wissenschaft. Alfred aber mit seinem unruhigen Kopf und den mancherlei Plänen hätte übel anlaufen können; und so habe sich sein Vater denn nicht nur über den Eigensinn des Sohnes geärgert, sondern auch, als er wirklich die eigenen Wege ging, recht um ihn geängstigt, denn es konnte nach Meinung des Vaters gar zu leicht schief mit ihm gehen. Das sei ja nun glücklicherweise nicht geschehen. Er habe sich darin getäuscht, wie er zugeben müsse. Um so besser für sie alle. »Und nun erzähle mir von Java,« schloß Anton Dungs junior, »es interessiert mich, und ich bin da ja kein Konkurrent.«

Alfred erzählte, und sein Vater hörte aufmerksam zu. Zuweilen nickte er zustimmend, zuweilen unterbrach er aber auch den Sohn und setzte ihm auseinander, warum er in diesem Fall anders gehandelt hätte. Für Alfred ein recht lehrreiches Gespräch.

Dann wurde Anton Dungs junior unruhig und fragte schließlich: »Wo bleibt denn Deine Mutter?«

Alfred erzählte, wie erregt sie sei, sie wolle durchaus Wieder nach Paris, da sie hier ja wieder überflüssig sei.

»Siehst Du, immer nur Launen und Stimmungen,« sagte Anton Dungs.

Alfred meinte, sie schäme sich wohl auch, weil sie gar so heftig geworden sei, und vor allem aus diesem Grunde wolle sie abreisen.

Anton Dungs junior lächelte listig. »Das ist ihr sehr gesund, wenn sie sich mal ein bißchen vor mir geniert, das kann ihr gar nichts schaden.«

»Sie weigert sich, hierher zu kommen,« sagte Alfred.

»Ich kann doch nicht zu ihr gehen, das muß sie doch wissen,« antwortete Anton Dungs, und es war ihm zum ersten Male nicht unangenehm, daß er immer noch an das Bett gefesselt war. »Das muß sie doch einsehen?«

Alfred nickte. Nun fragte sein Vater, wie er sich nun eigentlich die Zukunft dächte, und der Sohn setzte ihm das auseinander. Er könne und wolle jetzt die Kufferaths nicht im Stiche lassen, er brauche es ja auch nicht, da sein Vater nun bald wiederhergestellt sei.

Anton Dungs junior nickte.

»Wenn ich Dich nun aber einmal brauche? Denn über kurz oder lang wird Dich die Fabrik sowieso nötig haben. Wie denkst Du Dir das?«

Alfred erzählte, Lotte habe ihm berichtet, wie sehr sich ihr Bruder Hans für Java und Alfreds Tätigkeit dort interessiere. Er werde versuchen, den Jungen vom alten Karst dafür freizubekommen, daß er sich in das Zuckergeschäft einarbeiten könne. Er nehme an, das werde gelingen, und dann könne Hans von Karst mit der Zeit an seine Stelle treten, wenn man Alfred hier nötiger habe.

Das schien dem Vater einzuleuchten, und so gingen sie denn zum ersten Male seit langer Zeit zufrieden und wie Freunde auseinander.

Als Lotte und Helene am nächsten Morgen in Madame Adeles Zimmer traten, war sie mit Einpacken beschäftigt.

»Aber, Mama, Du wirst doch nicht wirklich heute schon abreisen wollen?« fragte Lotte erschrocken.

»Es ist das beste, Kind, glaube es mir.«

»Nun kommt doch auch Lottes Vater,« sagte Helene, »so lange wirst Du doch bleiben? Wir wollen doch einmal alle zusammen in Frieden beisammen sein.«

»In Frieden? Da kennst Du Deinen Schwiegervater schlecht, Helene!« rief Madame Adele.

»Er bittet Dich so, Mama, daß Du wieder zu ihm kommst,« sagte Lotte. »Er ist doch noch krank und kann doch nicht zu Dir kommen!«

»Woher weißt Du denn das, *ma petite*?«

»Alfred hat es mir gesagt.«

»Er hat immer Glück,« erwiderte Madame Adele. »Jetzt, wo er den ersten Schritt tun müßte, kann er nicht.«

Helene meinte: »Aber, Mama, er hat doch den ersten Schritt getan! Er läßt Dich doch durch Alfred bitten, zu ihm zu kommen.«

»Da muß ich Alfred selbst fragen, sonst glaube ich das nicht.«

Sie fragte Alfred, und er bestätigte die Meinung der beiden Mädchen.

Madame Adele schüttelte verwundert den Kopf. »Wißt Ihr, Kinder, das ist mir fast unheimlich, das sieht ihm gar nicht ähnlich, mich zu bitten. Das lange Liegen hat ihn doch sehr schwach gemacht. Aber natürlich, wenn er mich direkt darum bittet, dann gehe ich zu ihm. Sonst bildet er sich ein, ich fürchte mich vor ihm.«

»Darf ich mit Dir gehen?« fragte Lotte.

»O nein, *ma petite*! Damit Du es hörst, wenn er mir Malicen sagt. O nein, da bin ich lieber allein mit ihm.«

»Du willst schon wieder nach Paris?« fragte Anton Dungs, als sie bei ihm eintrat.

»Das will ich allerdings.«

»Muß das gleich sein, Adele?«

»Du brauchst mich ja nicht mehr, und die Kinder auch nicht.«

»Woher weißt Du das so bestimmt?«

»Es ging doch ein halbes Leben lang ganz gut ohne mich? Warum soll es jetzt auf einmal anders sein,« meinte Madame Adele bitter.

»Vielleicht ist es doch etwas anders heute, Adele.«

Sie setzte sich besorgt an sein Bett. »Höre, Anton, geht es Dir wieder schlechter? Du fieberst doch nicht?«

»Herrgott, Adele, bist Du boshaft!«

»Ich, *mon ami*?«

»Du könntest doch wenigstens versuchen, noch eine Weile hier zu bleiben. Nach Paris kannst Du immer noch.«

Madame Adele starrte ihn an.

»Anton heiratet, Alfred heiratet, vielleicht vertragen wir uns auf unsere alten Tage besser, Adele.«

Sie fühlte nach seinem Puls.

»Du bist fürchterlich, Adele!«

Ein Lachen ging über ihr Gesicht. »*Mon ami*, Du willst mich doch am Ende nicht wieder heiraten?«

»Wer spricht denn davon!« brummte Anton Dungs.

Alfred trat ein und brachte Lotte.

Alfred Dungs und Madame Adele atmeten erleichtert auf.

Lotte umarmte ihren zukünftigen Schwiegervater, so gut es ging, und war sehr zärtlich und töchterlich zu ihm. Gar nicht ängstlich und zurückhaltend. Und Anton Dungs ließ sich das gerne gefallen.

Eigentlich hat sie ganz recht, dachte Madame Adele. Man kommt immer noch am weitesten mit ihm, wenn man ihn verwöhnt.

Als Lotte dann mit der Mama nach Hause ging, begab sich Madame Adele eilig in ihr Zimmer und packte wieder aus.

Madame Adele blieb, und die Kinder freuten sich darüber, ohne viel davon zu reden. Nur über die Art, wie die Mama mit dem Vater verkehrte und dieser mit ihr, darüber lächelten sie heimlich. Sie kamen sich so sehr viel vernünftiger vor als Anton Dungs junior und Madame Adele.